華語文文化教學

周慶華 著

序

　　世紀初，中國大陸以新興經濟體的姿態崛起，並在世界各地廣設孔子學院和中文學校，而引發國際上學習華語文的熱潮；相對的，臺灣向來在海外所推動的華語文教學，反而在這一波的單體壟斷中聲勢消沉了下來，儘讓中國大陸以簡體字教材及摸索釋出的半生中華文化強力推銷而搶走風采。這對整體的華語文教學是福是禍，目前尚難斷定，但可以考察的是還得多加努力的對外華語文教學，並沒在這一段新的經濟躍動中有什麼長足的進步。

　　理由是華語文教學的主體性始終未能獲得有效的定位，相關迎合甚或屈就受學者的現象普遍存在。如今即使有中國大陸全力介入華語文教學事務而看似前景一片大好了，但那都是表面浮華，外國人（尤其是西方世界的人）仍然以學習「弱勢語言」的態度在對待這種吆喝招徠的「商品買賣」，並非真心對中華文化有所傾慕。因此，推廣華語文是自我安慰的話，其實它更像是祈求別人來賞鑑，高格永遠屬於對方。

　　但大家又知道情況不能這樣，只是找不到好的對策，導至該強顯基進的華語文教學一直蹉跎至今。倘若以世界現存的西方的創造觀型文化及東方中國傳統的氣化觀型文化和印度佛教開啓的緣起觀型文化等三大體系來說，那麼我們就可以區辨出創造觀型文化尚縱欲、氣化觀型文化尚節欲、緣起觀型文化尚斷欲。這三者分別給世界帶來了不同的影響力。創造觀型文化因為內蘊對造物主的深信不疑且為了贖罪而大肆搜括資源去創造發明，以為媲美造物主和尋求救贖的憑藉，早以強伸欲望而把世界搞得千瘡百孔，人類再也無

處可以安居了；而氣化觀型文化和緣起觀型文化原一個比照精氣化生萬物的和諧性不透支欲望、一個崇尚逆緣起解脫企圖絕去欲望，都可以維護世界的原始秩序，但到了晚近卻因前者的凌駕而妥協勉為去追隨，從此黯淡模糊了自家面目。然而，很明顯的當今世界緣於創造觀型文化發達所釀成的資源短缺、生態失衡、環境汙染、溫室效應、臭氧層破洞和核武恐怖等危機，無法仰賴創造觀型文化回過頭來自救救人，而得倚靠氣化觀型文化和緣起觀型文化從中予以緩和化解。只可惜當前這兩系文化都還在昏蒙怠惰中！

我們比較可以借來扭轉世界滅絕危機的氣化觀型文化和緣起觀型文化，後者的斷欲實踐如同下猛藥，理當是最足以致效而無妨優先召喚；但這對「享受」慣了的世人來說，要他們跟著斷滅一切豈是容易？因此，只剩氣化觀型文化可以多被寄望。而這重新揚聲，就得透過華語文教學來「滴水穿石」，然後期能浸假博得響應。這看來是順理成章的事，卻因為既有的華語文教學用心無方而看不到具體的效果。因此，大家如果認同華語文教學還是拯救世界的一個重要途徑，那麼別為裝備華語文教學也就成了最迫切的事。

至於這種裝備該當如何的問題，依我個人所見，無疑的是把原體現在華語文裏特別講究的「縮結人情／諧和自然」的該一文化性發掘出來，並尋找對治創造觀型文化持續販售的「挑戰自然／媲美上帝」理念的方案，兩相磨光進擊，才有可能見著成效。而這經由一個道地的「華語文文化教學」理論的規模，已經可以預期曙光的出現。

它就是本書所要貢獻的。內文既有所以要改為實在華語文文化教學的理由說明，又有華語文文化教學面向的開闔，以及華語文文化教學實施途徑的規畫和華語文文化教學檢核方式的提供等，甚至連有關華語文文化教學要怎樣推動展演，都擬議備列了。大家只

要多從這裏取徑，一個華語文教學的新紀元就會來臨；而想藉華語文教學來拯救世界的美夢，也可以隨著成形。

　　最後，對於揚智文化公司發行人葉忠賢先生不吝接納這本書，願意爲華語文教學的前途一起貢獻心力，深表感謝！這不僅是「吾道不孤」，而且還是人類的福氣。此外，總編輯閻富萍小姐和執行編輯鄭美珠小姐等，高效率的編輯服務，讓書顯得更加可觀，也要一併致上謝忱！

周慶華

目 次

圖目次

表目次

第一章

緒論

- 文化教學
- 華語文文化教學
- 華語文文化教學的前景

第一節 文化教學

就像各種學科教學一樣，文化教學是以「文化」來限定教學的內涵。而有關文化的界定如果廣擴到可以含括各種學科，那麼文化教學則又是一種統包性的教學，它有著自我顯能以及足以指引其他教學方向等特徵。因此，從教學順次的角度來看，文化教學是要在各個學科教學後「總其成」，但無妨在一開始就以它為鵠的，勇於站上制高點來宏闊視野。

所以說文化教學要勇於站上制高點來宏闊視野，主要是因為其他學科教學本身都已經具備文化性（所有學科都是人所創設的，有別於自然物而為文化的結構成分），但卻不及文化教學可以從後設層次將它們「抽出共相」來談，而使得文化教學在實踐上得更具終極性才有廣大的發揮空間。即使不然，當各學科必須被推衍到「何以要」或「何以能」如此被建構的追問時，文化性就會立即顯現，而造成優先倡導文化教學是一件特具卓識的事。

此外，文化教學的重要性，也可以從我們已然面對一個越來越惡劣的環境（包括資源日漸枯竭、生態極端失衡、汙染越發嚴重、溫室效應加劇和天然災難愈見頻繁擴大等），而不從根源來實施文化教學以普遍培養自救救世偉業的心靈，這個世界恐怕就沒有希望了。因此，文化教學的必要肯定，就不只「開新」學科旨趣的，它還有世界免於沉淪的希望所繫。

這樣說，也許會「空口無憑」，不如先舉幾個例子來印證。首先是有關資訊科技的問題：「1964年，正當披頭四席捲美國影視廣播之際，加拿大哲學家麥克魯漢出版了《認識媒體：人的延伸》一書，也因此從一位默默無名的學者竄升成為明星……麥克魯漢宣

稱二十世紀的『電子媒體』，包括電話、廣播、電影及電視，正在打破文字對我們思考及感官的無情主宰……我們忘了麥克魯漢並不只是承認新通訊科技的改變力量，並為它喝采，他還同時警告著這股力量帶來的威脅，以及忽視這份威脅的風險……網際網路是最新引起這種辯論的媒體……擁護者宣布資訊易取、高參與度的新黃金時期將屆；而批判者抱怨這是庸俗、自我沉溺的新黑暗時代。」（卡爾〔N. Carr〕，2012：15~16）這如果放在教學場合，大概只會針對資訊科技的更新情況以及它所引發的世界變革和相關後遺症等在作討論，所涉及的僅是科學、人類學、傳播學、經濟學、社會學和生態學等層面，而對於何以科技的生發演變都由西方人所一手操縱（相對的非西方人就沒有這種能耐），這就不得不再推及更深的世界觀及其終極信仰（前者為哲學範圍；後者為宗教學範圍），才足以解釋清楚。而這更深的世界觀及其終極信仰，就是深層的文化性所在。換句話說，因為西方人有對上帝造物的信仰，所以才會自我衍發出仿效性的創造發明，終而不斷在塵世歷演「更新逞能」的行動（相對的非西方人別有信仰，以至就不時興這類創新以為榮耀／媲美上帝的志業）。同樣的，科技的負面危害始終無法得到改善，也跟西方人已經享有宰制世界的優勢而忘形於當「上帝第二」有關。因此，不從事文化教學，所有的認知活動就沒有「一個準的」；而學習者最後恐怕也會困惑於所學「不明不白」。

　　其次是有關智羣合作的問題：「自然界中的羣體告訴了我們兩件事：第一，只要在聰明的羣體中彼此合作，我們就可以減少不確定性、複雜性和環境改變所帶來的影響……智羣告訴我們第二件事，就是羣體中的成員也不用犧牲個別性。自然界中，好的決策不僅來自妥協，也來自競爭；不僅來自共識，也來自不同的意見……個人要能為團隊或組織提升價值，就必須從個人獨特的經驗和技巧中，提出一些可靠又有獨創性的想法，而不是盲目模仿他人、利

用他人，或忽略自己敏銳的直覺。」（米勒〔P. Miller〕，2010：316~317）這倘若放在教學場合，大致也只會針對組織羣體從自然界螞蟻、蜜蜂和飛鳥等特殊的互動機制處得著啓發而深感興趣，殊不知這種發現及其激勵效法，只在西方社會有效（而出了西方社會就常被視而不見或不大理睬），因為它是緣於對上帝造物的神奇性的發覺類比以及在受造意識下必須「獨創顯能」和「合作致勝」等雙重心理所致（而別有信仰的非西方社會中人沒有類似的機會和需求，所以就看不到有同等行為的扮演）。可見不從事文化教學，所有的倫理規範就找不到「源頭」；而學習者最後恐怕也會礙於情境不類而難以「反身作用」。

再次是有關身體美的問題：「美國人正經歷一種自我厭恨的傳染病，並將它輸出到全球……報紙標題寫道：『飲食失調的海嘯席捲亞洲』、『繁榮意味有更多腦滿腸肥的中國人』。第一篇報導描述，強迫自己挨餓的症候羣，已蔓延首爾、香港和新加坡，遍及所有社會階層漢民族背景的婦女。『臺北、北京和上海也發現相關案例，甚至在仍需解決饑饉問題的國家，如菲律賓、印度和巴基斯坦，厭食症也出現於富裕的菁英階層。』在第二篇報導中，中國人抱怨：『我們幾乎要跟美國人一樣肥了。』隨著健身和節食跨越文化，『幾百年來受到饑荒詛咒』的中國人，如今卻得奮力對抗肥胖。」（詹德勒〔J. R. Gendler〕，2008：162~163）這假使放在教學場合，大略也只會針對現今富裕社會的厭食／瘦身風氣進行消費主義和感官美學的討論和分析，而根本無從再思及為何西方人（兼局部感染非西方人）那麼在意「雕塑身體」。這只有追溯到西方人的上帝信仰，才能一窺當中的祕辛。換句話說，因為西方人有受造觀念，凡是人體一定得符合「標準身材」，才不會辜負上帝造人的美意，所以肥胖就成了極大的禁忌；反觀其他社會中人別有信仰，對身體審美的著重點就不在整體的「雕琢有成」上（而可能僅限於

臉部或嘴唇或臀部）。由此可知，不從事文化教學，所有的美感體驗就莫名它的「所從出」；而學習者最後恐怕也會茫然於「跨域追趕」的掙扎。

另外，有關資源短缺、生態失衡、環境汙染、溫室效應、臭氧層破洞和核武恐怖等全球性的人為災難持續嚴重，使得某些末日預言就要逐漸成真：「人類文明的瓦解幾乎已到了難以避免的局勢。人類的實力並沒有表面上看起來那麼強大……事實上，財富規模到達頂點，代表對環境的影響也最大，所以會亡國滅種並不令人驚訝」（麥奇本〔B. McKibben〕，2011：133）、「末日不再是一種宗教概念、一個靈魂遭到清算的日子，而是我們的社會和經濟即將面臨的一種可能結果。如果不加以控制，光是氣候變遷本身就足以為人類帶來可怕的災難。能源的枯竭也是，我們的能力絕大部分都仰賴能源。另外還有大規模衝突的可能，或許將因此動用大規模毀滅性武器」（紀登斯〔A. Giddens〕，2011：280）；而這在人類所可能想出的挽救策略以及透過教學宣傳來啟導大眾因應危機的做法，卻都不出底下這類「揚湯止沸」或「以火救火」的思考模式：

> 那些未來的科技讓我們能夠用回收的原料運轉工廠……尼龍面料回收再製成新的尼龍沙用來製造新的地毯；襯底物料回收再製成新的襯底材料供新的地毯使用……特多龍紡織品回收再製成特多龍纖維，用來製造新的紡織品。回收再利用，以循環的方式一次又一次地使用那些珍貴的有機分子。（安德生〔E. C. Anderson〕，2006：22）

> 「綠領」中的「綠」，是保護並提高環境品質，也是拯救地球。綠領工作是在發展中的產業，幫助我們戒絕石油惡習、控制溫室氣體排放、消除毒性物質並保護自然生態系統。現在綠

領勞工安裝太陽能板、改進建築物的能源效率、精煉廢油成為生質柴油、裝配風力發電廠、修理混合動力汽車、改造綠屋頂、種植樹木、建設大眾運輸路線，諸如此類。（瓊斯〔V. Jones〕，2010：48~49）

過去十年來，水耕、氣霧耕以及滴灌方式已經有了大幅改進，讓我們得以革新種植方式……要將它們帶進市區裏，只需要重新把水平排列的溫室互相堆疊起來以節省空間，可以充分利用廢棄的都市空間。此外，也可以建構不同高度的垂直農場，以滿足餐館、學校餐廳、醫院以及公寓大樓的不同需求……這種都市農業將會是未來農業的基礎。（戴波米耶〔D. Despommier〕，2012：124~125）

這不論是在倡導「資源再利用」，還是在擬議「開發新能源」或「垂直農場」，都是資本主義的延續（可以稱為綠色資本主義），仍然要大量耗用資源才能維持既有的榮景，而對於它違反能趨疲（entropy）法則（雷夫金〔J. Rifkin〕，1988）以及潛存悖世的支持性力量（周慶華，2011a），卻很少被重視。換句話說，「資源再利用」和「開發新能源」或「垂直農場」等，只是換個方式耗能，全然無法緩和不可再生能源趨於飽和而使地球陷於一片死寂的危機；而有關西方社會所帶動資本主義全球化而快速耗能的背後緣由，也不曾獲得深切的反省而知所退卻，以至所有可見的拯救地球的倡議都無濟於事。而這在教學場合所不知道帶出的根源於西方人的原罪信仰及其殷切尋求救贖行動（周慶華，2006a：250），就得透過文化教學來「補偏救弊」，這個世界才庶幾可望有平復的一天。

其實，當今所見各種學科教學，全源自西方，也還少有人意識到它的文化制約性而有所「自覺脫困」的回應。我們知道，西方

現代學科的建置，乃因在近代世界形成的時候，人們發現自己是主體，而外在世界是客體，主體和客體之間無法溝通，所以主體只好透過種種表象的建構來認知或控制客觀世界。也就是經由主體觀察的「印象」，對它形成「概念」甚至「理論」，而藉此就可以認識這個世界，並且還可以控制它。雖然這已遭逢後現代思想的解構挑戰，所建構的「表象文化」（一套套相應現實世界的理論體系）早已失去所指而淪為「假象文化」，以及它所帶動的「工具理性」促成的統合機制也在快速的瓦解和分化（沈清松，1993）；但它實際建置完成的學科規模，依然繁衍至今（並不因後現代思想的解構挑戰而有所鬆動，更何況後現代思想本身也有問題而不是萬靈丹；否則各種學科也不會「仍舊運作」迄今）。如圖1-1所示。

　　當中人文學科是「探討人類存在的意義、價值及其創作表現的學問」（周慶華，1999a：127）；社會學科是「探討人類的社羣組織的原理原則和人際關係的運作方式的學問」（同上，179）；自然學科是「探討生物和物質的產生及其運作規律的學問」（同上，212）。至於各學科的次類型，則都是沿著各學科的特性而裂變成立的，彼此在終極點上都有「原」學科在作保障。如在人文學科的次類型裏，為了直接間接處理人的存在（性質）、存在意義和存在價值等課題，就有文藝學、哲學和宗教學等的設立；而為了分別處理人的存在、存在意義和存在價值在歷史長河裏演變的情況和所運用的語言符號媒介等課題，就有史學和語言學的設立，它們都由「原」學科的屬性所統轄。又如在社會學科的次類型裏，為了直接處理社羣組織的原理原則和人際關係的運作方式等課題，就有社會學、政治學、經濟學、法律學、心理學和傳播學等的設立；而為了間接處理社羣組織的原理原則和人際關係的運作方式等課題，就有人類學、民俗學、考古學、地理學和教育學等的設立，它們也都由「原」學科的屬性所籠罩。又如在自然學科的次類型裏，為了直

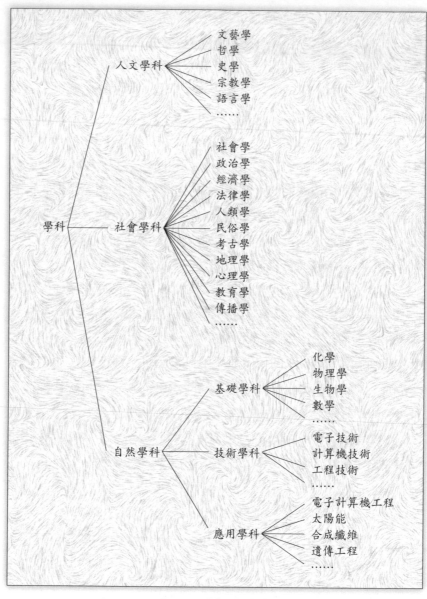

圖1-1　學科分畫圖

接間接處理應用生物和物質的產生及其運作規律等課題，就有基礎
學科（如化學、物理學、生物學和數學等）、技術學科（如電子技
術、計算機技術和工程技術等）和應用學科（如電子計算機工程、
太陽能、合成纖維和遺傳工程等）等的設立，它們也都由「原」學
科的屬性所部勒。（周慶華，2007a：151）

上述這些學科，無不是基於知識的生產、傳播和接受等必要
分工的緣故；而它所受學科的規訓，則在於「稱一個研究範圍為
一門『學科』，就是說它並非只是依賴教條而立；它的權威性並
非源自一人或一派，而是基於普遍接受的方法和真理」。（沈威
〔D. R. Shumway〕等，1996）一般對學科的認知，約略只到這個
層次；至於有關學科劃分為西方人的上帝造物信仰內蘊的「物物互
異」觀念所促使成形這一更關鍵的問題，就礙難體會了。

照理非西方社會中人，自有人文、社會和自然等關懷，可以
在自己的生活天地生發演變而不必涉外；但如今卻都屈服於西方文
化的強勢凌駕，紛紛改向仿效而沒了自家面目。殊不知西方人所致
力的學科建置，都以耗能為前提，已經把世界帶向瀕臨滅絕的境
地；尤其是自然學科的發展，更讓人難以「想像明天」！這在稍
早，還被誤認為它的積極快速開發自然，可以造成人類文明的昌
盛，同時也改變了人類的思想觀念和生活方式：

> 現代科學思想、科學方法、科學精神、技術成就，時時刻刻都
> 對人們的思想觀念發生作用……此外，科學還促進了人類生活
> 方式的進步。電子計算機、控制機的普遍使用，大為減輕人們
> 的腦力勞動、體力勞動的強度……家用電器進入千家萬戶，使
> 人們減輕了家務勞動……現代化的交通、通訊工具使世界變小
> 了，人們的閒暇活動空間不再侷限於家庭，並增強了個人活動
> 的獨立度和自由度。（潘世墨等，1995：27）

9

　　這說的似乎很輕鬆，實際上卻忽略了那「源源不絕」的負面弊病。如生物學的發展和醫療技術的提高所引起的諸如對遺傳工程、精子倉庫、無痛死亡、性別的人為選擇以及複製人、植物人等一系列道德倫理的爭論；化學和物理學的發展被用於製造武器相互殘殺而使人類面臨毀滅的邊緣；而整體科技的無止境更新帶來資源短缺、生態失衡、環境汙染、溫室效應和臭氧層破洞等後遺症，這些都比前者要令人「驚異」！（波伊曼〔L. P. Pojman〕，1997；伊瑪納〔E. J. Emanuel〕，1999；費根〔B. Fagan〕，1999；畢修普〔J. E. Bishop〕等，2000；萊斯理〔J. Leslie〕，2001；辛格〔P. Singer〕，2003；布魯吉斯〔J. Bruges〕，2004；柯爾朋〔T. Colborn〕，2008；Co+Life A/S策畫，2010）非西方社會中人在這個危急關頭，不啻都成了即將把世界推向絕境的幫兇。因此，要有所「自覺脫困」的因應（見前），無疑的得先知道所回應對象「所以致之」的因由，而藉助文化教學來開啓反西式文化「劫掠地球」的先聲。

第二節　華語文文化教學

　　顯然在這一存亡絕續必要抉擇的時代，文化教學比什麼都來得亟須踐履，才能從中找到拯救世界的良方。而華語文文化教學因為有著異質色彩，可藉為抗衡西化浪潮而塑造華語文教學的新格局，所以在凸顯文化教學的重要性後不妨集中力氣來細談華語文文化教學。

　　如果說文化教學是奠基益世的偉業，那麼從文化教學到華語文文化教學就是一個「疊加致勝」的歷程；它在搬演的時候，已經內化文化教學為一「可以出擊」的形態，再加上華語文原有極為緩

變和非征服型等雙重特性，以至不斷將它排上議程，總有針砭時流而延緩能趨疲到達臨界點的功能。

縱是如此，所謂華語文文化教學，仍是一個需要界定的對象。就像文化教學一樣，它可以是統包式的，也可以是深化式的。前者（指統包式的），指「華語文文化教學」為虛提，它實際上就是以「文化教學」來領航的華語文教學，這時所有的華語文教學都是文化教學式的；後者（指深化式的），指華語文教學最後是以文化教學收場，它要把相關的教學都轉成文化教學來取得終點標誌，二者的區別在於一個「起始即然」而一個「終究得然」。但由於前者在此地不虞可以如此展開而在華語文教學仍有「漸次需求」（對外的關係），所以還是採用後者的界定比較方便發揮。

這種深化式的華語文文化教學，所對應的是其他語文文化教學，它除了自我掘深以顯義，還得對比其他語文文化教學而凸出獨特色彩，才能完成最基本的任務（至於還可以有衍生的任務，則詳見後節）。好比現今所說的學科，據前節所述都源自西方，而該學科所稱的「學」或「理論」則自有規模範疇，並非華語文所屬傳統可以見著。這當中一定有可以從文化立場予以解釋的分際在，但卻同樣少有人對它深懷警覺，馴至迄今大家還在「矇然以對」。

現在要把它提到議程上來，就得反向透過華語文文化教學加以釐清。通常所稱的「學」，是指一種有組織的知識（范錡，1987：3），它以系統的互相連接或按部就班運用方法為具體的特徵。（布魯格〔W. M. Brugger〕編著，1989：324~325）而這就是另一通稱的「理論」。換句話說，一門學科就是一套理論（或數套理論），這套理論有它所要解釋的現象；而解釋本身乃是理論的完成式。所謂「一個現象的理論，就是一套對此現象的解釋；只有解釋才配得上用『理論』這名詞」（荷曼斯〔G. C. Homans〕，1987：18），說的正是這個意思。

　　有個現成的例子，它是有關一個歷史事件的心理學解釋：「近幾年來，科學界對歷史的解釋本質發生很大的爭辯……另外一個哲學家舍律文也曾說：『假如我們想解釋為何征服者威廉從來不襲掠蘇格蘭，答案很簡單了：因為他沒有想獲得蘇格蘭貴族們的土地的欲念……但上面這種解釋根本沒有任何法則。』說實在的，在這樣的解釋中的確沒有法則……只有前提存在，解釋才有效。現在我們把上面敘述加以整理分析，形成下列三個符合演繹系統的解釋步驟：(一)一種鼓勵對個人的價值愈高，則他採取行動取得此一鼓勵的可能性愈大；(二)在某一假設情況下，征服者威廉認為對蘇格蘭的征服沒有多大的價值；(三)所以他不會採取行動來征服蘇格蘭。」（荷曼斯，1987：34~35）這以行為心理學的一個命題「如果做某件事的反應得到鼓勵，那麼做這件事的次數會增加」（杜加斯〔K. Deaux〕等，1990：14~15）來解釋歷史上不掠奪他國土地的事件，構成了一個有效的演繹論證，就是最基本或最單純的一種理論形態。

　　然而，上述這種「線性」的邏輯觀念，只在強調上帝造物「條分縷析」或「理路清楚」的西方社會通行，非西方社會則另有信念而不務此（當今有人轉為崇尚西式論述的，另當別論）。如中國傳統講究的精氣化生宇宙萬物觀，一切論述都帶有如氣的漫布性或迴環多義性；而印度佛教所開啟講究的因緣和合宇宙萬物觀，它為逆緣起解脫所體現常見的「反常合道」刻意矛盾的論述形態等，都不是線性邏輯所能準繩。即使西方還有詩性思維表現為隱喻、借喻、換喻和諷諭等技藝，在從另一面反襯人的感性的必要性（維柯〔G. Vico〕，1997；李維－史特勞斯〔C. Lévi-Strauss〕，1998；列維－布留爾〔L. Lévy-Brühl〕，2001），但那也不是氣化觀或緣起觀一類世界觀所實踐出來的情志思維或解離思維樣態的（詳見第三章第四節）。因此，華語文文化教學就得在這一眾所遺忘「自我

本然」的學科性上強為致意，才不會再被人家所收編而喪失自主性。

最基本的學科教學情況是這樣，而環繞著學科教學的其他認知問題也不例外。如擁有學科撰述或轉譯的人，中國傳統稱「家」，而西方則稱「者」，彼此有具集體性和個別性的不同。家，從構字來看，原指人的居屋（兼養豬一類的牲畜），它是專屬於中國的氣化觀型文化傳統所重視的社會結構的基本單位（精氣化生成人，大家虯結在一起，必須分親疏遠近才能過有秩序的生活，而親疏遠近的區分自然以血緣為最好或最合理的依據）。而這得由婚媾最為中介性的前提來保障家的成立。所謂「有夫有婦然後為家」（賈公彥等，1982：169）、「未有家室」（孔穎達，1982a：545）和「在家則記中霤」（孔穎達，1982b：923）等，就是「依序」在說明或記敘家的存有情況。爾後封建政治的體制日漸完密化，家一轉變成公卿大夫所食采邑。（賈公彥等，1982：285）所謂「開國成家」（孔穎達，1982c：36）和「聞有國有家者」（邢昺，1982：146）等，當中所提及的家都是指涉同一種現象。這麼一來，家就由婚媾構成的「家族」性衍化為一姓一氏所沾盆佔有的「政治版圖」，而使得它的自稱／他稱的別外性（家家有別）終於得到了「一以貫之」的確立。我們看歷來的思想家或文藝家常自居一家以及別人也常稱他們的學說在「諸子百家」行列，就都應了上述深具社會／政治意義的家的概念。而這相對西方的創造觀型文化傳統以「人」為社會結構的基本單位來說（西方人受造意識一旦成立，內裏的「物物有別」觀念，勢必影響他們的「個體」化的自我定位以及才能創發的自主性），顯然有「不可共量」的意識形態在背後隱隱的促動者。以全國人所習慣稱什麼家、什麼家的（如哲學家、作家、心理學家、社會學家和各行各業專家等），西方人就只以「人」為單位而稱什麼者、什麼者（如學者、作者、記者、編者

和文化工作者等），彼此的確有著「借家揚聲」和「自我稱能」的意味上的差別。因此，傳統思想家或文藝家可能的權力衝動，就只侷限在企圖影響／支配他人或別家，而不像西方社會中人還可以逆推到回過頭去影響／支配造物主，二者的強弱分際仍有差等異趣。而這種耙梳雖然無益於更動或增減某些思想家或文藝家既有稱家的格局，但它卻有助於大家理解那些思想家的學說或文藝家的作品所以會後繼乏人的真正原因。也就是說，當一種學說或作品不足以恆久影響／支配人心，就會有轉向另謀出路或由他人代勞以新的學說或作品遞補空缺。相對的，西方人只要認定一種學說可以遙想造物主的接受影響／支配（要造物主肯定它、讚賞它，甚至據以為允諾救贖的憑證），就會不斷地再接再厲的去推廣新衍而沒有什麼「因人廢言」的現象發生。（周慶華，2008a：134~135）由此可見，我們要在學科撰述或轉譯上強比他人，只會「自曝其短」，不如別為尋求它途（詳後節）。而這也得透過華語文文化教學來「開啟視野」，才不致盲目跟隨他人而無所成就。

又如教學本身，究竟要教育受學者成為什麼樣的人，這在當今似乎也還在摸索中，更別說屬於旁衍且更茫無所適的華語文教學了。以大學教育為例（在華語文教學約略是高級以上階段），通常都有所謂通識教育的規畫和實踐。而通識教育，相對的是專精教育。前者以培養通才為主；後者以培養專才為主。雖然如此，兩種不同取向的教育課程，在大學裏並不成比例；不但研究院完全沒有通識課程，連大學部的通識課程也僅佔全部課程的四分之一左右。這樣的大學教育能否培養出專才已是個問題，更遑論是所謂的通才呢！大家得知道，大學教育所以會走到重視專精教育勝過通識教育的地步，全是緣於西方文化強調細分的傳統。因為要細分而建構起各種學科的知識體系（以模仿或媲美上帝創造萬物有條不紊的風采），所以在大學這種高等學堂裏就以追求專精的學問為目標。至

於通識教育部分，那是根源於要補救因專精教育所導至人心偏執而設的，目的無非是要重立通才的典範（以便向上帝這種萬能者看齊）。但因為人畢竟是有限的存在者（無法全能）而專精教育也已「騎虎難下」，以至通識教育的呼籲和踐履，就往往成了高音獨唱和聊勝於無的自誑點綴！國內自民初以來，仿效西方的辦學方式，對於別人的文化背景不甚了了，還動輒盛稱他們如何的重視通識教育（全然不顧自己真正羨慕的是人家的專精教育）。（淡江大學通識與核心課程組編，1996；何秀煌，1998；黃俊傑，1999）這不但忽略了對方所以興起通識教育不可或缺的念頭只為彌補專精教育的不足而實際上效果有限，而且還遺忘了自己向來就在勤學對方的專精教育卻要奢談通識教育而最後只能流於「鸚鵡學舌」的下場。反觀我們自己的傳統，固然有課以一經一藝而設科取士也多德能分列的現象（陳東原，1980；沈兼士，1986；毛禮銳等，1994），但大體上還是重視全才教育的。正如下列文獻所示：

> 子路問成人。子曰：：「若臧武仲之知，公綽之不欲，卞莊子之勇，冉求之藝，文之以禮樂，亦可以為成人矣。」（又）曰：「今之成人者何必然？見利思義，見危授命，久要不忘平生之言，亦可以為成人矣！」（邢昺，1982：125）

> 君子知夫不全不粹之不足以為美也，故誦數（禮樂詩書之數）以貫之，思索以通之，為其人以處之，除其害者以持養之。使目非是無欲見也，使耳非是無欲聞也，使口非是無欲言也，使心非是無欲慮也……生乎由是，死乎由是，夫是之謂德操。德操然後能定，能定然後能應。能定能應，夫是之謂成人。天見其明，地見其光，君子貴其全也。（王先謙，1978：11~12）

> 古之教者，家有塾，黨有庠，術（鄉遂）有序，國有學。比年

入學，中年考校。一年視離經辨志，三年視敬業樂群，五年視
博習親師，七年視論學取友，謂之小成；九年知類通達，強立
而不反，謂之大成。夫然後足以化民易俗，近者說服而遠者懷
之，此大學之道也。（孔穎達等，1982：649）

　　說的都是這一觀念的體現。換句話說，教育要以使人德能兼
備為最終目標；而實際上有以一經一藝為課或取士也依德能分科，
那只是為考慮人有心智性向的差異和自勉學習的勤惰而權為設定
的。《禮記・大學》所提出的格物、致知、誠意、正心、修身、
齊家、治國和平天下等八個條目（孔穎達等，1982：983~988），
長期以來就是教育成人的典範格局。這全是緣於中國文化所繫的氣
化觀，以至人在別無關注（像西方人凡事都要對上帝負責那樣）的
前提下就會全力於經營人間樂土，要求大家都有同樣的蘄嚮（但不
強求德能不足的人膺此重任）。今天我們的教育所以辦得不夠出
色，就是因為「內質」難變，學不來西方人要以學術成就去榮耀上
帝而勤於著述立說，又沒有多餘的時間好好延續自己的傳統並加以
發揚光大。試想當國人還普遍沉醉在「長治久安」的夢想中時，我
們的大學教育卻要學人家朝專精技藝的方向邁進，兩頭落空（既
技藝不精又博聞全無）顯然是不可避免的了。（周慶華，2008b：
13~15）在這種情況下，華語文教學就得以此為鑑，回歸自我傳統
而強化全才教育，庶幾可望是道地的華語文教學（而不至於繼續面
目模糊）。而這只有仰賴華語文文化教學，一切才能了然於胸。
　　所謂「深化式的華語文文化教學，所對應的是其他語文文化
教學，它除了自我深掘以顯義，還得對比其他語文文化教學而凸出
獨特色彩，才能完成最基本的任務」（見前），約略就是以上述的
甄辨取用為模式，一方面穩著自己的主軸前進；一方面不斷對照其
他語文文化教學來獨標新義（就少被發掘而說的），兩相呼應而試

為走出一條通衢大道。

第三節　華語文文化教學的前景

　　西方的學科發展，都以窮究造物理則為前提，而所回應的創造發明本事又不免耗能致禍而無從善了，以至必須有一種足以反致抗衡的力量，才能把世界帶離可預見的絕境。這時原有所崇尚縮結人情／諧和自然的華語文，以它如氣的緩變特徵和非征服性格，恰巧可以對治西方語文所彰顯的挑戰自然／媲美上帝的流弊。（周慶華，2011b：17~25）因此，它的非精究性學術和不務超越創新的持守信念，就正好是反西式文化劫掠地球（詳見前節）的最佳表徵。於是透過傳統全才教育的發揚，以及相關華語文文化教學的深微開展，就成了挽救世界沉淪唯一可以寄望的事。

　　但可惜的是，長期以來海峽兩岸所推動的對外華語文（漢語文）教學，都還跟其他教學一樣依違在西式的學科架構和方法範疇，而少了凸顯自我能「揚聲致勝」的東西。換句話說，究竟該教學有什麼前景可以讓人崇仰，始終都不在大家的計慮中；有的只是「要讓外人認識中華文化」或「證明我們也有文化」一類空泛或識見不足的想望。如果是要別人來認識中華文化或正告世人別輕忽中華文化的存在，那麼人家可以舉西方文化在創新學說和發明器物等「遠為超前」來映襯我們的「不自量力」，又豈有我們反轉贏面的空間？因此，它的前景就不在目前所見的這種「仿效競比」，而在還有待開啟的「對治救渡」。

　　以當今中國大陸崛起而加速了中華文化在世界的能見度來看，所配備的華語文教學，還是有淺易化遷就以適應外人學習和不知從那裏顯揚華語文的高度價值等困境存在，但我們又不能沒有信

心加以改善；否則又何必掛念和實際從事華語文教學？正如我在一本書中所提到的：

> 沒有錯，華語文目前是「偉大」不起來，但這並不表示它不會有機會。我們知道，英語帝國也是最近幾世紀才建立的，它所採用的手段是殖民征服和資本主義邏輯；而這證明已經越來越行不通而註定會走向日暮窮途，因為它的耗能以及造成環境破壞和生態失衡等後遺症逐漸需要他人來拯救！這時華語文原所體現的「綰結人情和諧和自然」的文化特性，就勢必要重整再出發而介入現實事務的運作，才能緩和能趨疲的危機。因此，它可以顯得越來越重要。（周慶華，2011b：序ii）

這種重要性，不是以反向凌駕他方文化來彰明的，而是透過批判和背離西方人所帶動西式的政治、經濟、社會和科技等全球化以顯能的。也就是說，人類要在地球上永續經營，已經無法仰賴西方創造觀型文化那一套窮竭或縱欲式的作法；而中國傳統的氣化觀型文化這一套取諧或節欲式的作法，正是它所需要藉以安頓的。因此，轉過來走向全球化的反面，就會跟氣化觀型文化相遇。（周慶華，2011b：序ii）而相遇後的救渡世界，經由華語文文化教學來發動帶領，浸假就有可能成真。

華語文文化教學的前景所以可以顯現在對世界的救渡，主要是它於最迫切的議題上毫無疑問的能作為反全球化的新語境。縱使正當全球化風行而世人相當普遍期待它更實在的時刻，要反全球化且能看到具體的效應，顯然有如蚍蜉撼樹而起不了什麼大震撼的作用；但反全球化這條路又不能不走，因為由西方世界所主導推動的全球化已經過度耗用地球有限資源而造成不可再生能量即將到達飽和的險境，不反全球化大家就會淪落集體滅絕的下場。大家知道，全球化表面的榮景，始終掩蓋不了赤裸裸的資源爭奪戰和許多貪

得無厭的嘴臉在吃定這個早已千瘡百孔的地球。封・笙堡（A. von Schönburg）《窮得有品味》一書就描寫了這一幕景象：

> 在那些所謂新自由主義的國家裏，比方說英國，法律並沒有明確規定資方該怎麼通知員工「他被裁員了」。於是倫敦一家保險公司，只用手機簡訊就叫員工滾蛋。另一家公司更有創意，而且還效率卓著：他們乾脆啓動警報系統，佯稱火警。驚慌失措的員工全數自動離開座位，聚集在辦公大樓前。接著奇妙的事發生了，所有被裁員員工的晶片都失效了，再也不得其門而入。另外，美國一家投資銀行也很妙，他們在旗下的倫敦分行舉辦了一次「樂透抽獎」，抽到「0」的人就必須自動離職。（封・笙堡，2008：21）

這還只是系統內部的社會達爾文主義式的「殺伐」，如果再擴及西方跨國企業的四處掠奪，那麼留給當地社會的豈是一個「血淋淋的創傷」可以道盡！我們再看上述書還著錄了一個現象：

> 伊利諾州那個「幸運」的三十七歲廚師，贏得樂透彩三百六十萬美金，不到幾天就心臟病突發，一命嗚呼了，據說是因為受不了得獎的壓力！另一位曾在德國被大肆報導過的「樂透先生」，也在贏得三百九十萬馬克樂透彩後，從只喝得起廉價啤酒的失業貧民，搖身變成穿金戴銀、皮草加身的大富豪。夜夜笙歌、酒色財氣的結果是，五年後他掛了。所以事情的結果，可能跟我們想像的剛好相反。（封・笙堡，2008：78）

這似乎只是個案，其實背後的邏輯卻是世人都被鼓舞了向錢看的熱情，而由那些少數的「幸運兒」代爲演出猙獰吃相的戲碼！所謂的全球化，就儘讓我們看到這些「不知伊於胡底」的難堪境

況，沒有了明天美好的盤算，也沒有可以深所期待的未來。此外，全球暖化警示升高、生態嚴重失衡、環境破壞日劇和核武擴張無時或已等等，更讓人無從看好全球化有辦法反過身拯救自己惹來的危殆！因此，反全球化就是最新的濟世策略，也是還想活命的人勢必要一起承擔的重負。（周慶華，2010：序i~ii）

雖然如此，這裏所說的反全球化，並非時下可見的一些類似的論調及其作為，而是徹底反對式的。原因在於：時下可見的一些類似的論調及其作為只是不同意「已然全球化」或從邊緣抵抗「相關全球化強迫接受」的浪潮，而不是主動或積極的反全球化危及人類的生存，整體上還沒得希冀它來發揮濟渡世界的功能。我們知道，全球化約略從十六世紀以來，西方世界透過殖民征服、資本主義動員和科學技術更新的「一體成形」的龐大怪獸肆虐非西方世界就逐漸開啓了；而到了當代，全球化儼然就是「跨越洲際的流動和社會互動模式的影響範圍擴大，影響程度的加劇、加速和更加深入。它代表著連結遠距社羣的人類組織結構所產生的改變或轉化，並使得跨越全球各區域和大陸權力關係觸角更加延伸」。（赫爾德〔D. Held〕等，2005：5）換句話說，全球化的概念「提醒我們一種經由跨全球性，並經由我們對它注意而形構起來的多元面向的經濟、社會、文化和政治的連結。因此，全球化涉及世界的逐漸壓縮以及我們對於那些過程逐漸增長的意識」。（巴克〔C. Barker〕，2007：99）而它的主導者則為歐美的「先後」霸權：

> 全球化是歐洲文化經由移民、殖民和文化模仿而擴張到世界的直接結果，而它深入文化和政治領域的支脈在本質上也跟資本主義的發展形態相同……這意味正在經歷全球化的全球化模式本身是一個歐洲模式（譬如歐盟的發展被廣喻為全球去領土化實例）。（華特斯〔M. Waters〕，2000：5）

既存的國際政治秩序主要透過經濟和軍事稱霸一方的強權國家（及它們的組織）的行動所構成……按照這樣的説法，倘若沒有美國霸權的運作，那麼支撐著晚近國際互賴密集化的既存自由世界秩序則無法維繫。在這樣的觀點內，全球化被理解為幾乎和美國化無異的現象。（赫爾德等，2005：11~12）

這除了展示出主導變數的遞嬗競爭（指歐美霸權的先後爭奪宰制全局），還隱含著不平均的世界經濟和相當程度的虛無化前景（如「在地文化」的消失）；而諸多變故的暴露，自然就給了無力主導全球化的國家和厭惡被同化的個人有了抗拒的理由。（周慶華，2010：21~22）但這種抗拒，僅是對於全球化的「全球」性名不副實以及強權藉機籠絡收編他國的行徑予以質疑和撻伐。所謂「現代世界秩序的歷史可以被視為西方資本主義強權們瓜分利益的歷史，並重新將世界切割成數個排外的經濟領域。有些論者指出，今日的帝國主義是以一種嶄新的模式出現，因為正統帝國已經被多邊控制和監督的全新機制所取代，例如頂尖工業強權的七大工業國以及世界銀行均在此列。也正是因為這樣的情況，許多馬克思主義者認為當前的新時代並無法以全球化的語彙加以描述；反而是一種西方帝國主義的新樣態，並受到世界主要資本主義國家的金融資本的需求和要求所主宰」（赫爾德等，2005：11），就是當中質疑全球化部分具代表性的言論。至於撻伐全球化部分的言論，則多由邊緣國家的人在發動（湯林森〔J. Tomlinson〕，2007），所擔心無非是壟斷資本主義國家的排擠壓抑已到了「無所不用其極」的地步，不反彈恐怕就沒有「翻身」的可能性。但以上這些反全球化的聲浪，終究只是一股「潛制衡」的勢力（而不是搶眼有力的「據理以爭」），仍舊無法抵抗日益劇烈的全球化浪潮。（周慶華，2010：22~23）更何況有人堅決不承認這類反全球化可以成功：

反全球化運動的主要訴求並不是這幾年才冒出來的，它讓我想起1994年在新德里聽到學者對印度從1994年開始的貿易和投資自由化的懷疑態度，他們的看法在當時就不合時宜，現在也是一樣。反全球化運動人士應該了解：自從1990年代起，全球化使印度減少了兩億左右的赤貧人口，在中國則減少了大約三億；這些國家非但沒有受跨國公司的剝削，反而達到過去前所未有的經濟成長率和外人直接投資，外銷總量也隨著增加。（薩克斯〔J. D. Sachs〕，2010：439~440）

依此類推，其他脫貧的第三世界國家（如俄羅斯、巴西、土耳其和非洲某些國家等），也都可以反證反全球化的徒勞無功！曠觀反全球化所以不見效，全是緣於反全球化國家大多在從事另一種由窮國轉為富國的全球化工作（可以稱為「逆向的全球化」，以對比於西式全球化的富上加富模式），它們所走的都是仿效版或山寨版的西式文化的道路，根本無力開啟新的氣象。但倘若不實踐徹底反高耗能和殘酷鬥爭取向的全球化，那麼目前所見的一些榮景很快化為泡影後就會更無所適。而這也就有所需求於能作為這類反全球化新語境的華語文文化教學，來形塑可以從邊地發聲而有希望直搗西方霸權核心的華語敘述。

一般所說的語境，是具有認知作用的，叫做「認知語境」。而所謂的「認知語境」，既包括了上下文這種語言意義上的語境，又包括了即時情景這種物質語境，還有個人特定的記憶、經歷和對未來的期望所構成的心理語境，以及社羣知識和百科知識等在不同程度上共有的知識語境。（斯珀波〔D. Sperber〕等，2008：譯者前言14）反全球化所需要的新語境（有所區別於既有反全球化無效的舊語境），既是可以作為上下文範限的，又可以充當環境背景和人的先備經驗，合而顯現它的能表顯能潛藏的特性。而如果說反

全球化得有基礎才能進一步去衝撞全球化的體制，那麼這個基礎無疑就是中國傳統文化原本保有的那一非耗能狀態及其所能配合促成有待發展的新能趨疲世界觀，彼此合作就成了對抗全球化最好的武器。而當今還難預見成效的，只要等非西方社會的人覺悟且願意拒絕西方的宰制，就會出現「登高一呼，四方響應」的效應。因此，反全球化的新語境在此時此刻就有一點「導夫先路」的功能；它表面是在供給反全球化的可用資源，而實質上則是自己也先反全球化了。就因為憑著這雙重性，所以更確信反全球化乃是通往救渡世界危亡最直接的途徑。（周慶華，2010：序ii~iii）而這必要透過華語文文化教學整體來啓智「滴水穿石」，才能保證大家可以走上這條道路。

　　由此可見，華語文文化教學的前景就在這一摶造華語敘述以為對治全球化而延緩能趨疲臨界點的到來上。它以彰顯自我無以倫比卻為國人所遺忘的文化特色為起點，而以唾棄全球化救渡世界為終點。而只要世界一日未濟，華語文文化教學就得一日為已濟的希望所繫。因此，從對比西方文化的深重遺禍世界，到為人類未來尋求出路，此一可以為論述職志的，就成了我所要繪製的相關華語文文化教學的理論圖象，而它將在後面各章節中細細的鋪展。

第二章

文化教學的幾個課題

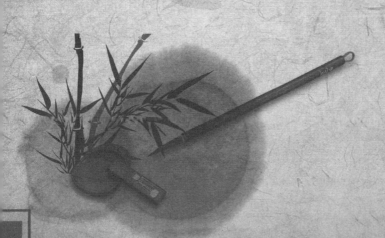

第一節　文化的界定

　　既然華語文文化教學是以塑造華語敘述以爲抗衡全球化而挽救世界沉淪爲旨趣，那麼這種敘述要如何展衍也就得優先給予條理定性。而就敘述來說，可以指傳統通行的處理時間序列裏的一系列事件（周慶華，2002：99~100），也可以指晚近廣涵的一切人類活動和傳播（布魯克〔P. Brooker〕，2003：262）；但不論如何，它的權力意志和文化理想等「目的訴求」，已經使它徹底成爲一種心理／社會／文化機制再現的活動。因此，用華語來敘述而讓它形成一種「華語敘述」，根本上就是爲了有別於非華語敘述而去世界舞臺爭取「出頭」或「風行」的機會。但可惜的是，現代既有的華語敘述盡是要把自我所屬社會轉附歐美強權的「驥尾」來顯能，而全然不理會這般再怎麼積極奮發也贏不回尊嚴！這當中的差距，就在人家所能的，我們幾乎永遠不能；而跟隨全球化的腳步，就形同是在逼迫自己帶上鐐銬去追趕別人，顛躓挫敗定所難免。（周慶華，2010：26）不信且看，海峽兩岸除了充當歐美強權的中下游工廠或勉強擠出一點小創意，此外就不知道還能做什麼。顯然這條尾隨別人「搭乘全球化順風車」的不歸路，要靠自我的覺悟來懸崖勒馬，才有機會轉圜而別爲圖存。

　　大家得明白，整體上西方人的受造意識一直會促使他們走上創新的道路。所謂「人類受造的目的，是爲了創造；唯有創造，人類才能以榮耀回報造物主」（魏明德〔B. Vermander〕，2006：15），不啻道出了箇中消息。而實際上他們的所有成就（包括累積財富、從事科學技術的發明和學術的建構以及致力於新穎文藝的開展等），也都結結實實的被用來回應上帝造人的美意（不論是爲榮

耀上帝還是爲媲美上帝）。反觀我們自己所信守的氣化觀這種世界觀，只在「縮結人情／諧和自然」上顯能，跟西方人所信守爲「挑戰自然／媲美上帝」的創造觀那種世界觀迥異，如何能夠自我忘卻去追趕別人而還能追趕得上？好比曾經得過諾貝爾文學獎的泰戈爾（R. Tagore）（他的生命形態隸屬於東方另一以「自證涅槃／解脫痛苦」爲蘄嚮的緣起觀型文化傳統），聲譽在西方居然大不如想像（沈恩〔A. Sen〕，2008：130）；而許多西方人也不諱言根本不看東方文學（寒哲〔L. J. Hammond〕，2001：43），原因不就在東方的文學作品都不合西方人馳騁想像力以爲創新慣了的胃口！而再擴大來看，東方人一切仿效或半仿效西方人的表現，又有那一樣被人看重且大爲讚賞過？有的不過是像「只有歐洲擁有歷史」（柯嬌燕〔P. K. Crossley〕，2012：中文版序言1）或「亞洲的現代文化很多仍是沒有創造力」（希爾斯〔E. Shils〕，2004：499）這類的冷嘲熱諷！這是典型的「西方中心」的論調，把一切不符西方創新規範的東西都蔑視不提；而對於己文化傳統有意無意不當凌駕他者的霸權心態如何了卻反而一概鮮少反省。而有關西方人這種非公允的論斷或莫名的詆諆，想「爲之氣結」的人可能還得有點強心來看下列這段話：

> 不久前，我們爲未滿五歲的兒子西蒙找學校，而申請進入北倫敦一所小學的程序之一是跟校長面談……那位校長告訴我們，他的學校「拉丁文很強」，只要小男孩展現對拉丁文有天分，就可獲准學希臘文……「拉丁文！」我說：「你們爲什麼教拉丁文？現在世界上有多少人說拉丁文？」「呃，是沒有，但拉丁文是所有語言的根本。」校長說……「……你知道今日世界有多少人說中文嗎？」校長搖搖頭……「你有沒有教中文的打算？」我問。「沒有，老實說，我從沒想過。」（貝克曼〔M.

Backman〕，2008：19~20）

　　這擺明了就是「唯我獨尊」；寧可學（教）他們本系統已經死去的拉丁文（瓦克〔F. Waquet〕，2007），也不願碰一下正在流行的他系統的中文，豈不欺人太甚？一個老大中國，居然只剩「任人嘲弄」的份（而不再有一點被景仰或被敬畏），實在是匪夷所思！試問華語敘述還可以這樣不顧別人鄙視的眼光而胡亂或無知式的當別人附庸以為「逞能」下去嗎？倘若不在意顏面，也不計較前景，那麼繼續「苟且偷生」也不失為一種混世或欠世的好方法；但倘若覺得還有「谷底回升」的必要和想望，那麼向已經快被挪盡的華語敘述的剩餘情節尋覓可以他圖的蹤跡，也就成了唯一的希望所在。而它無虞是躲藏或隱匿許久的自我專屬的文化韌性：一個有關「道成仁心」的氣化觀型文化精髓（詳見第三章）。這一精髓，早已發跡，卻尚未普遍實踐見效（到了現代還被誤解而棄若敝屣）；但它的覆蓋性和可以穿透生靈的實力，於今更顯得必要重新召喚，以為因應和緩和全球化所帶來的衝擊和禍害。（周慶華，2011b：22~25）

　　所謂的華語文文化教學，就是設計來為重新召喚這一氣化觀型文化心靈，藉由對外教和學的傳播，冀望能廣為世人所知，一起來化解能趨疲的危機。而這首先會牽涉到幾個基本性或原則性的課題，包括文化的界定、文化教學的教學性、文化教學的對象和範圍以及文化教學的實施方式等等。當中文化的界定課題是基礎，其他課題則疊加環衛而成。如圖2-1所示。

　　這是說，經過界定的文化是文化教學的依據；而文化教學有教學性可說；而可說的教學性必須為它設定具體的對象和範圍；而有了對象和範圍就得想實施方式，彼此形成一層包裹一層的邏輯關係。現在就先來處理文化界定課題。

圖2-1　文化教學相關課題關係圖

文化，就中文來說，所可考的是從《周易・賁卦》象辭「觀乎天文以察時變，觀乎人文以化成天下」（孔穎達，1982d：62）截取而來，有人治教化的意思；而此後劉向《說苑・指武》所說的「凡武之興，爲不服也；文化不改，然後加誅」（劉向，1988：1913）和王融〈三月三日曲水詩序〉所說的「設神理以景俗，敷文化以柔遠」（李善等，1979：866）以及束晢〈補亡〉詩所說的「文化內輯，武功外悠」（同上，355）等，也都是同一個指意。顯然這跟當代來自西方已經具有統稱人類創造表現的文化觀念有所不同。以英文來說，文化的動詞culture，源於動字colere，原爲耕耘種植的意思，相傳是西塞羅（Cicero）率先使用它；也有居住的意思；還有維持、照管、保護、行禮和尊重的意思。而文化的名詞cultura，也是西塞羅開始使用，有耕耘、栽培和修理農作物的意思。後來西塞羅又寓意的使用它爲理智和道德的修習；並有注意、授課和禮敬的意思。（趙雅博，1975：3）1871年，泰勒（E. B.

Tylor）重新為文化下定義，說它是一種複雜叢結的全體；這種複雜叢結的全體，包含知識、信仰、藝術、法律、道德和風俗，以及任何其他人所獲得的才能和習慣等。（殷海光，1979：31引）從此為西方樹立了一個新概念的里程碑，吸引許多人前來討論發揮；但也因此文化的新生概念，就在越被討論發揮中越顯歧義。

如有位論者就歸結出了文化被運用的四種類型：第一，文化為一智識或認知的範疇：文化被理解為一種普遍的心態，當中包含著完美的理念，就是對於人類個人成就或解放的目標或渴望。在某一層面上，這可能反映出一種極度個人主義的哲學；而在另一層面上，這正是對人類的特殊和不同、甚至是對「選民說」或人類優越性的哲學信念的例證。這又跟後來作品中的救贖主題相連，例如馬克思（K. Marx）的假意識以及法蘭克福學派的憂鬱科學等等。但我們在一些浪漫主義文學和文化批評作品中，最能清楚發現根源。第二，文化為一種更包容和集體的範疇：文化代表著社會中知識或道德發展的狀態。這個立場把文化和文明的概念相連，是由達爾文（C. Darwin）的進化論所啟發的，後來則由一羣被稱為「早期進化論者」並為人類學研究先驅的社會學家所接收，提出了「退化」和「進步」兩種彼此競爭的概念，進而跟十九世紀的帝國主義相連。然而，這種觀念卻將文化納入集體生活的領域，而非個人意識層面中。第三，文化為一敘述和具體的範疇；文化被視為任一社會中藝術和智識作品的集合體：這幾乎就是日常用語中的「文化」一詞，並且蘊涵獨特性、排他性、菁英主義、專門知識和訓練或社會化過程等意義。包括一種對文化牢不可破的既成觀念，視文化為人造的、經過沉澱的象徵物，一個社會中奧祕難解的象徵主義當然也包括在內。第四，文化為一社會範疇：文化被視為是一個民族的整體生活方式：這就是文化的多元論，並隱然有民主意涵的觀點，現在已經成為社會學和人類學關切的領域，而在較地區性的層面上，

也是文化研究的關注重點。（簡克斯〔C. Jenks〕，1998：23~25）
這麼一來，大家就得把文化視爲「是一個複雜的且尙處爭議中的詞
彙，因爲文化的概念並非再現一個獨立於客體世界的實體。相反
地，文化最好理解爲一個流動的符徵，這個符徵可以爲人類的活動
產生特定的和多元的論述方法，因爲人類活動的目的極多元。也就
是說，文化的概念是一項工具，讓我們用以作爲一種生活形式來
說，這個工具或多或少具有用處，而且它的用途和意義也持續地在
改變中，正如思想家們希望能在文化的概念中去探討出不同的事
物」（巴克，2007：62），此外似乎就沒有可以再予致思的餘地
了。但又不然！所謂「沒有可以再予致思的餘地」，其實是少了後
設思維在調節。

　　我們從後設思維的角度來看，文化仍是一個「人在限定」的
概念，只要限定本身沒有自我矛盾、不相干和循環論證等「沒說什
麼」的情況，基本上就擁有「合法性」（至於「合理性」，則要看
它可被接受度而定），而都可以進駐「定義文化」的行列去被議
論。因此，如果我們不滿意先前那些文化定義而要再別取另一種文
化定義，也是使得的。而這在本論述所考慮的，乃基於整體布局的
需要，文化得將它從「旨趣不定」的情境中轉向限定它的用法，而
依然保有它不可被取代的可期待值的「作爲一個最高精神的滲透實
力」。（周慶華，2010：65）這個限定，不採「文化是整體的生活
方式」（巴克，2007：97）這類較寬泛的說詞或其他紛雜乏序的指
稱（李威斯〔J. Lewis〕，2005；考夫〔R. Caves〕，2007），而是
把他當作是人類展現創造力的歷程和結果的整體（而有別於純天然
的存在狀態）。如有一個由比利時學者賴醉葉（J. Ladrière）所提
出和此地學者沈清松所增補的文化定義所說的：

　　文化是一個歷史性的生活團體（也就是它的成員在時間中共同

成長發展的團體）表現它創造力的歷程和結果的整體。當中包含了終極信仰、觀念系統、規範系統、表現系統和行動系統。（沈清松，1986：24）

這經過我個人試驗的結果（周慶華，1997；2005；2006a；2006b；2007b；2008a；2011a；2011b；2011c；2012），遠比其他的文化定義要方便收編材料而可以優先採納（在這種有得援用的情況下，也就不必再重新界定）。而該整體所包含的五個次系統，則為終極信仰是指一個歷史性的生活團體的成員由於對人生和世界的究竟意義的終極關懷而將自己的生命所投向的最後根基。如希伯來民族和基督教的終極信仰是投向一個有位格的造物主，而漢民族所認定的天、天帝、天神、道和理等也表現了漢民族的終極信仰。觀念系統是指一個歷史性的生活團體的成員認識自己和世界的方式，並由此產生一認知體系和一套延續並發展他們的認知體系的方法。如神話、傳說以及各種程度的知識和各種哲學思想等，都是屬於觀念系統；而科學以作為一種精神、方法和研究成果來說，也都是屬於觀念系統的構成因素。規範系統是指一個歷史性的生活團體的成員依據他們的終極信仰和自己對自身及對世界的了解而制定的一套行為尺度，並依據這些尺度而產生一套行為模式。如倫理和道德（及宗教儀軌）等。表現系統是指一個歷史性的生活團體的成員用一種感性的方式來表現他們的終極信仰、觀念系統和規範系統等，因此產生了各種文學和藝術作品。行動系統是指一個歷史性的生活團體的成員對於自然和人羣所採取的開發和管理的全套辦法。如自然技術（開發自然、控制自然和利用自然等的技術）和管理技術（就是社會技術或社會工程，當中包含政治、經濟和社會等三部分：政治涉及權力的構成和分配；經濟涉及生產財和消費財的製造和分配；社會涉及羣體的整合、發展和變遷以及社會福利等問題）

等。（沈清松，1986：24~29）

　　縱是如此，上述的設定並不是沒有問題。如（順著所援引論者的說詞來看）五個次系統既分立又有交涉，要將它們併排卻又嫌彼此略存先後順序，總是不十分容易予以定位；又如表現系統所要表達的除了終極信仰、觀念系統和規範系統等，此外當還有呈現它自身，也就是由技巧安排所形成的一種美感特色，而這都在一個「表現」（將終極信仰、觀念系統和規範系統等現出表面來或表達出來）概念下被抹煞或被擱置了。（周慶華，1997：74~75）然而，這個設定所涵蓋的五個次系統作為一個解釋所需的概念結構，卻有相當的實用性，所以這裏也就不捨得放棄了。而從相對的立場來說，這比常被提及或被引用的另一種包含理念層、制度層和器物層等的文化設定（汪琪，1984；傅佩榮，1989；李宗桂，1992）或包含精神面和物質面等的文化設定（史美舍〔N. J. Smelser〕，1991；黃文山，1986；邵玉銘編，1994），更能說明文化世界的內在機能和運作情況。而它跟不專門標榜「物質進步主義」意義下的文明概念（湯恩比〔A. J. Toynbee〕，1984；史賓格勒〔O. Spengler〕，1985；杭亭頓〔S. P. Huntington〕，1997），是相通的。換句話說，文化和一般廣義的文明沒有分別，彼此可以變換為用。而這倘若真要勉為理出一個「規制」化的體系來，那麼重新把這個次系統整編一下，它們彼此就暫且可以形成如**圖2-2**這樣的關係圖。（周慶華，2007a：184）

　　當中終極信仰是最優位的，它塑造出了觀念系統，而觀念系統再衍化出了規範系統；至於表現系統和行動系統，則分別上承規範系統／觀念系統／終極信仰等（按：表現系統和行動系統之間並無「誰承誰」的情況；但它們可以互通，所以用虛線來連接。如「政治可以藝術化」而「文學也會受政治／經濟／社會影響」之類）。這看來就「眉目清晰」多了；而隨後所要據以論述相關的課

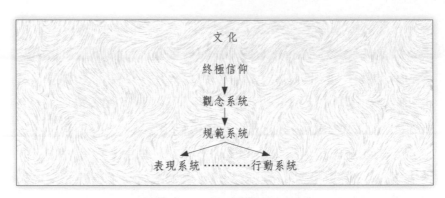

圖2-2　文化五個次系統關係圖

題，也因為它「已經就序」而不難一一取得對應。（周慶華，
2007a：182~185）

　　有關華語文文化教學裏的文化，就從上述的界定取義；而所
有的教學活動所要凸顯自我文化的特色以及對照西方文化所以不能
救渡世界的原因，都可以透過此一概念架構來理解。因此，文化即
使要再依踐履形態而有所分化（如把世界現存三大文化體系，分別
命名為西方的創造觀型文化、東方中國傳統的氣化觀型文化和印度
佛教開啟的緣起觀型文化等），也會因為此概念架構明辨可用而都
無妨它的如實演出。換句話說，上述五分法的文化界定（有別於二
分法或三分法），它要搬演那一體系的文化形態，都能夠「應付裕
如」或「任由操作」（詳見第三章），可說沒有比它更為恰當的界
定了。

第二節　文化教學的教學性

　　文化教學的文化性既然已經確立了，那麼接著要再框限的是
它的教學性。就跟文化性一樣，教學性也常被「紛紜其說」或「莫

知所向」，使得概念在運用時的「必要重新界定」工作得跟著成形。好比「教學」一詞本身，就有「複詞偏義」（就是「教」和「學」分立，而有時偏重在教、有時偏重在學）和「單詞顯義」（就是「教學」是一個詞，意指「教導人來學習」）等不同說法（耶龍〔S. L. Yelon〕，2000；佐藤正夫，1995；施良方等主編，2000；張世忠，2001），如果不先確定，那麼所謂的文化教學要如何展開？

　　又好比教學的實踐，一般所關注教學活動安排的「怎麼教」部分已經夠分歧了（林國樑等，1983；國立編譯館，1983；楊九俊，1994；國立臺灣師範大學學術研究委員會主編，1994；王萬清，1997；陳弘昌，1999；黃光雄主編，2000），更不要說還有「為誰」、「選材」和「教什麼」等部分（周慶華，2011b：67~69）根本還少被開啟。此外，更深層次的「為什麼教」，則幾乎尚未被有效的後設反省。這倘若沒有得著安置，那麼所謂的文化教學也就無處掛搭和據以規模。

　　在這種情況下，文化教學的教學性就形同一個新的命題（而沒有自明性），必須自我侷限質性和向度，才能夠用來「操作」而開啟它細項的「分進合擊」實力。而這首先是有關教學質性的問題。雖然教學可以任人界定，但基於它的「啟導」特性（不然就毋須教學），還是把它當作是經驗傳授的過程比較好設想。而該傳授，是一個不對等的發言關係；也就是高階（教師）對低階（學生）的言說的啟導，它的可能性是由那一有形無形的階序所保障的。這種保障，整體的邏輯形式是：有一個人P，擁有一些內容C，而且這個人企圖把C傳授給另一個人R；R這個人原來是缺乏C的，於是P和R構成了一層關係，它的目的在使R能取得C。（李咏吟等，2000：12）在這個形式中，P是擁有較多經驗的人；而R則是被假定為有待P來傳授經驗的人，彼此分屬兩個層級（高階和低

階）。雖然如此，所有的教學活動還可以有更多元的變化（如指導學生自學或相互學習之類），兩個層級的對立性因為能夠自我調節得宜而減緩或淡化當中的緊張性。（周慶華，2007a：5）換句話說，教和學的不對等關係，未必是要「硬性」執行的，它也可以在「軟性」中有機的誘導完成。而不論如何，對於教學質性的這種定位，是文化教學的教學性也不得不據為自我裝備的（否則它的經驗傳授的理想設定就會落空）。

其次是有關教學質性的質性問題。這是從後設思考的角度為教學所以必要作定性的，比前者更為根本（但少有人意識得到或能察覺到這個層次）。通常教學的發生最多只被當作傳授經驗而已，但對於為何要傳授經驗以及如何保證該傳授經驗的可能性等本體課題，卻礙難深入檢視，以至所有談論教學的著作（如前所徵引批判的）莫不流於討較枝節而無法給人「整包」或「齊備」的觀感。因此，觀瀾索源，實有必要把這個可稱為「教學質性的質性」問題考究清楚。而這根據前面所引那個行為心理學的命題（詳見前章第一節），可以知道教學的終極變數也不外是它能「獲得鼓勵」。整個心理邏輯結構如下：

> 一種鼓勵對個人的價值愈高，那他所採取行動取得此一鼓勵的可能愈大。在某一假設情況下，教學者認為教學有很大的價值。所以他會採取行動來從事教學。

很顯然，在這個心理邏輯結構中，有一隱藏著的主體在操控一切。我們知道，一般所說的主體，是指「人」這一物質兼精神存有；但馬克思主義、精神分析學和形構主義等卻另有所指。如古典馬克思主義以「社會環境」為主體；精神分析學以「潛在性欲」為主體；新馬克思主義以「意識形態」為主體；形構主義中的結構主義和解構主義等以「語言符號」為主體（當中解構主義更進一步認

為該「語言符號」是分裂的）。（譚國根，2000：1~9；周慶華，
2003：178）這些都可能在教學中起作用，而使得教學在具體形態
上看不出有什麼道理。其實，上述這些碎散的主體都可以收攝在
一個最牢固的「權力」主體上。這權力，不論是韋伯（M. Weber）
所說的「一種所有物」，還是巴恩斯（B. Barnes）所說的「人們
互動模式的結果」，或是傅柯（M. Foucault）所說的「一種被統治
者和統治者間的網絡」（喬登〔T. Jordon〕，2001：13~23），它
都顯現出一種影響力或支配力的「強為作用」（史美舍，1991：
550~551），且運用範圍遍及各個領域。（開普樓〔T. Caplow〕，
1986；卡卡貝茲〔A. Kakabadse〕等，1990；韋伯，1991；郎恩〔D.
H. Wrong〕，1994；羅素〔R. J. Russell〕，1995；喬登，2001；路
克斯〔S. Lukes〕，2006；奈伊〔J. S. Nye〕，2011）由於權力主體
都會預設所要影響或所要支配的對象，所以從教學的起點到終點就
會一再出現「事實就是如此」的假象，它的真正目的是「你只要相
信它，它就是真的」。而倘若大家所秉持的「教學為一」而「內容
卻彼此有出入」，那麼它除了蘊涵有第一層次的權力主體（企圖影
響或支配一般的受學者），還蘊涵有第二層次的權力主體（企圖影
響同領域的行家）。（周慶華，2011d：2~3）如**圖2-3**所示。

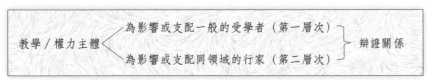

圖2-3　教學／權力主體伸展圖

正因為有權力主體的存在，所以我們才能看清教學的必要性
（權力主體所欲求的兩個層次彼此為辯證關係，是緣於愈能影響或
支配一般的受學者，就愈想進一步再影響或支配同領域的行家；反

過來，愈能影響或支配同領域的行家，就欲想擴大影響或支配一般的受學者，此為權力的性質使然而毋須過多論析）。也就是說，如果一個人沒有權力欲求，那麼它就不大可能去從事教學。因此，所謂的教學可以「獲得鼓勵」（見前），說穿了就是權力能夠得到滿足。而當它還未遂行前，就只能先存「欲求」（意志）。而這欲求的體現，就到了謀取利益、樹立權威和行使教化等實質行動的階段。當中謀取利益，涉及利益的多沾或多得（相對的別人就少沾或少得），可以說是權力欲求的變相發用；而樹立權威，則無異是該權力欲求的遂行；而行使教化，更是該權力欲求的恆久性效應。換句話說，權力欲求可以統攝謀取利益、樹立權威和行使教化等想望，或者乾脆就說它是謀取利益、樹立權威和行使教化等想望中的想望。（周慶華，2004a：205）因此，上面的心理邏輯結構再明劃一點，就是在「某一假設情況下」部分填入謀取利益、樹立權威和行使教化等：

> 一種鼓勵對個人的價值愈高，那他採取行動取得此一鼓勵的可能愈大。在可以謀取利益、樹立權威和行使教化的情況下，教學者認為教學有很大的價值。所以他會採取行動來從事教學。

這麼一來，教學的「所以必要」（見前），就是權力欲求使它必要的，而不是什麼「理所必然」或其他更冠冕堂皇的理由。當然，這裏面還可以搭配「創新經驗」來重許文化理想，而使權力欲求稍微淡薄它所隱含強爭奪的「猙獰面目」。換句話說，有文化理想和權力欲求聯手，教學一事才能顯出它可感可愛的一面。至於它的傳授經驗的可能性，則是由該權力欲求／文化理想掛保證，而不關受學者的能否接受或是否有能力接受。縱是如此，這一教學者和受學者的可能的經驗差距，仍是可以有致思改善的餘地。而這不妨以**圖2-4**來說明。

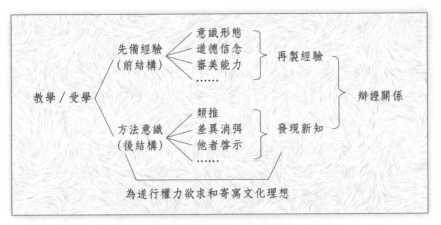

圖2-4 教學／受學經驗差距的改善依據圖

不論教學或受學，都得受先備經驗的制約，但這先備經驗只會使教學和受學再製經驗（沒有長進）；倘若想發現新知，就得透過方法意識來達成。一般可為先備經驗的成分，不外意識形態（一套思想體系或觀念體系）、道德信念（成就個體人格的行為尺度或規範的意志）和審美能力（體驗感發趣味的本事）等；而可為方法意識的成分，也不離類推（以已知推得未知）、差異消弭（透過各種途徑把差異消除於無形）和他者啟示（接受他人或外靈的啟發而重新認知）等。（周慶華，2011b：62~66）前者可以稱作「前結構」；而後者可以稱作「後結構」。這前結構的再製經驗和後結構的發現新知，彼此又可以構成一種辯證的關係。也就是說，越能再製經驗的，就越有機會去發現新知；反過來，越有機會去發現新知的，就越能豐厚再製經驗，彼此相互激盪顯異。因此，教學者既可以誘導受學者再製經驗，又可以提供受學者發現新知，而把全然無能或無效啟發的情況排除在外，這樣消弭彼此的經驗差距就有望了。同樣的，受學者只要肯善用各種發現新知的方法，那他在吸收教學者的經驗上就不大會有隔閡了。而無論是教學還是受學，在整

個過程中都受制於權力欲求和文化理想（在受學者來說，他的「反向影響」或「力爭上游」而希冀後續效應，於理依然存在）。這是教學質性的質性所在，而文化教學的教學性也不例外要有這一自我的後設定位，相關的「隱匿情節」才會明朗化而有我們可以察覺因應的空間。

再次是有關教學的規模問題。明白了基本教學質性和後設教學質性的質性後，所得再考慮的是教學所會牽涉的實際層面；這些層面合而構成教學實踐的規模。一般在談這個課題時，約略只涉及「怎麼教」一個層面（見前），而未能廣為連結顯義，導致教學在實施上常不見章法，效果自然就不堪聞問了。現在根據實質上教學會碰觸的面向，可以為它理出一個模式，如圖2-5。

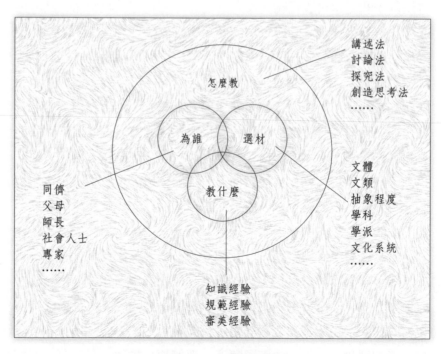

圖2-5　教學模式圖

　　這個模式從「爲誰」開始考慮，然後連及「選材」到「教什麼」，最後才由「怎麼教」總收，彼此形成一個迴環扣連的關係圖象（「怎麼教」一環所以用統括形態出示，主要是它是在最終以「總其成」的姿態出現，必須整體考量「爲誰」、「選材」和「教什麼」後才決定出招。至於「爲誰」、「選材」和「教什麼」等，則依序結體作用，彼此呈互關交集狀態）。而在這一圖象中，每個環節都可以充實相關的內涵而等待爲用。（周慶華，2011b：67~70）當中「爲誰」是最優先要計慮的，教學者要爲受學者想清楚學習可以去影響或支配誰（爲不同對象學習，所採取的策略也不一樣，教學者都得預作安排引導的方式），而後才知道如何去選擇可用的教材，以及進一步確定所教的內容和設計相關的教學活動等。而把這套教學的規模，連結前面所說的心理邏輯結構和教學／受學經驗差距的改善依據圖，就可以完整呈現教學實質的面貌，如**圖2-6**。

　　當中「教什麼」環節增加「建設取向／製造差異」，是把可能的積極面以及內層的創意性補進來。它們爲異名同實，而列著也可以更明白在獲取經驗上的進趨向度。還有在「怎麼教」環節增加「戲劇化」，是爲更進取強化而設想的。此外，在圖側標出的（一）、（二）、（三）序號，僅供理論定位，實際彼此已融爲一體在踐履。而以此爲前導，教學的具體作法就可以依次展開。（周慶華，2011b：71~72、121~122）相同的，文化教學的教學性也得有這一套規模來使它「完構」，從此在實踐上就可以無往不利。至於文化教學所要教的「文化」，主要體現在知識經驗／規範經驗／審美經驗裏。我們只要思考到「教什麼」這個環節時，就會跟文化相遇。

　　華語文文化教學的教學性，一定得從這裏汲取資源而予以「比照辦理」。先前相關論說及其實務而未能充分慮及的（梁鏞，

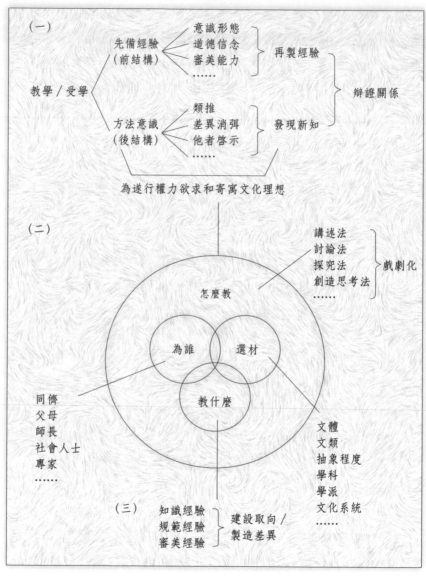

圖2-6　教學實質的面貌圖

1999；劉珣，2000；李泉，2005；李曉琪主編，2006；張和生主編，2006；何大安等主編，2007；徐子亮等，2008；朱榮智等，2009；戴維揚等編著，2009），往後就得以此為鑑而重新來展開；否則所論一定無甚可觀，而實務進行也會像在打迷糊仗。

第三節　文化教學的對象和範圍

　　形同一個新命題的文化教學的教學性既然已經分辨限定了，那麼有關文化教學的對象和範圍也就得緊跟著予以設定，以便這承上（文化性和教學性）啟下（實施方式）的扣環可以勾勒成形。而這一「文化教學的對象和範圍如何」的發問，也有如一個新命題般的要妥善賦予內涵，後續相關的討論才有得根據。

　　在文化教學的對象方面，順著脈絡顯然它是指文化教學所要教學的「文化」。但這文化固然主要體現在教學知識經驗、規範經驗和審美經驗等「教什麼」的範疇裏（詳見前節），然而所旁涉的「為誰」、「選材」和「教什麼」等環節也無不跟文化有關而得一併留意。好比「為誰」中，會面對不同知識、性別、階級、宗教和種族背景等所要影響或支配的人，而在這些不同背景的人中一旦需要文化介入調節時，就得額外把文化帶進來先行「暖身」（而後才教相關文化的各種經驗）。如：

> 我有一位學佛多年的朋友，在印度噶侖堡禪修。某年忽然長滿了頑癬，眾藥無效，所以我們就把他送到當地基督教牧師所辦的第一流的醫院去治療……隔了一個禮拜，我到醫院去看他，問他情形如何？他劈頭就說：「西洋文化真是騙人！騙人！全部騙人！」我聽了不勝驚奇……他說：「你看！這醫院裏想盡

辦法來粉飾人生的痛苦和醜陋，護士小姐一個個都那麼漂亮乾淨，每天給你換新床單、送鮮花，搞這一套……他們剝奪了我觀察苦聖諦的大好機會！想盡一切辦法來掩飾人生的痛苦，所以全是騙人！騙人！」（張澄基，1973：151）

「苦」是緣起觀型文化中人所秉宗教的特有觀念，而不是所有文化系統中的人都一致看待。因此，上文中主角在該文化氛圍裏才會順著把呻吟哀號這類行為視為苦的象徵；而當他在醫院裏看不到這類行為時就認為別人在偽裝。殊不知這全是他一人在起苦念，而跟現實中是否真有這類現象存在並不相干。（周慶華，2004b：108~109）像面對這種帶有殊異宗教印記的人，在教學過程中就得告訴受學者要先有「一番疏通」才可以發揮影響力。

又好比「選材」中，也會觸及不同文化風格的作品的甄選（當中直接關係文化系統歧異的固然不必多論，其餘的文體、文類、抽象程度、學科和學派等，也莫不蘊涵文化性的差別）（周慶華，2007a：107~199），而這當唯恐有違「先後緩急」的理則時，以所選具有文化意義的為優先，也就會浮出檯面。如：

一個貴族想邀請一位著名的小提琴手到她家去演出，但她又不想出錢，於是給這位小提琴手寫了一封邀請函：「親愛的小提琴手，請明天中午十點鐘，一定要到我家來喝咖啡。注意，請你千萬不要忘了帶上你那把心愛的小提琴。」小提琴手看完邀請函後，立刻回函說：「謝謝您的邀請，我一定去喝咖啡，但我的小提琴就不去了，因為它從來不喝咖啡。」（天舒等，2007：164）

有三隻獵狗正在追趕一隻土撥鼠，土撥鼠情急之下鑽進了一個樹洞……不一會兒，從樹洞裏鑽出了一隻兔子……倉皇中沒站

穩，掉了下來，砸暈了正仰頭看的三隻獵狗。最後，兔子終於逃脫了……老師問：「這個故事有什麼問題嗎？」同學回答說：「兔子不會爬樹」、「兔子不可能同時砸暈三隻獵狗」。老師繼續問：「還有？」直到同學再也找不出問題了，老師才說：「可是還有一個問題你們都沒有提到：那隻土撥鼠那裏去了？」（陳明賀，2008：158）

鋼琴家波奇……有一次他到美國密西根州福林特城演出，當他登上舞臺時，竟失望地發現劇場的觀眾不夠多……他定了定神，然後幽默的對觀眾說：「福林特城的人一定很有錢，我看到你們每個人都買了兩、三個座位。」整個劇場頓時一片笑聲。於是演出在歡樂的氣氛中進行下去了，結果獲得了圓滿成功。（天舒等，2007：27）

這三篇短文的結尾，都能顯現出製造差異的創意性，讓人驚喜不置！但就前兩篇的表現來看，似乎只是到「聰慧應對」層次，而還沒有可以發揮「文化辨義」作用。至於後一篇就不同了，它所流露的「嘲笑自己吸引力不夠」的幽默感而不償事，只在西方社會為常態（創造觀型文化中人過個別生活，在人際互動時多自嘲，可以贏得「同為上帝所造」的他人的好感而少去敵意；反觀如氣化觀型文化中人過集體生活，在人際互動時不易自嘲，因為那會貶損他在「精氣化生不定」的團夥中的地位和聲望而危及處境，彼此差異甚大）。因此，優先選它當教材，就有殊異文化性可說；同時也把該短文提升到可為「文化體證」的高度。

又好比「怎麼教」中，在當今可見的特殊安排教學活動的方法（如討論法、探究法和創造思考法及其戲劇化等），幾乎都來自西方，以及對照自我傳統所偏重的講述法，彼此很明顯就有文化性可以區辨；而這在實際選用時自然也得有「文化的自覺」，才不會

既莫明所以又莫明所終。換句話說，教學程序到了最後一個環節要選擇安排教學活動的方法時，也摻雜了文化意識，可以說沒有「無文化意識」的方法。像上述提到的討論法（由團體成員共同參與的活動）、探究法（由受學者主動去探討問題並找出解決問題的方法）和創造思考法（以受學者的活動爲中心而教學者從旁協助）及其戲劇化（以戲劇的形式／技巧來強化方法的運用）等，可以無盡繁複（摩根〔N. Morgan〕等，1999；王萬清，1997；張曉華，1999；黃政傑主編，1999；黃光雄主編，2000；林寶山，2000；李咏吟等，2000；陳龍安，2004；廖順約，2006）；而整體上不是重視教學者和受學者雙向或多向的互動，就是強調以受學者爲中心或主動學習。而這根本就不是講究師生倫理（由家族倫理延伸）的氣化觀型文化所能見著，乃是主張受造平等的創造觀型文化所鼓勵創發的；因此我們才會看到國人引進這些方法卻效果有限（因爲教學者不習慣如此「大費周章」，而受學者也不覺得學習「賣力投入」有什麼意義）。不過，這些方法既然「勉爲通行」有時了，不考慮採用它，也未必有更好的方法可以援爲「變點花樣」嚐鮮；只是該有的文化意識，採用者仍然不宜或忘，以便自我補強後設反省能力而更有利於教學的推動。此外，有關「怎麼教」的方法的結引，也可以顯現部分的文化意義。像上述的各種方法，它們在被運用時並非孤立進行，而是彼此互有交涉；再加上比較時髦的戲劇化的加持，整體的方法採擇開始有「科際整合」的意味。如圖2-7所示。

　　這是說當一種方法不敷使用時，就可以考慮多採其他方法；而搭配不同方法來安排教學活動，不啻能顯示教學者某種程度的「善於教學」。而這在當今爲吸引受學者情願來受教，彷彿已經到了非如此變戲法不可的地步，西方資本主義的全球化滲透（強迫消費）在這裏弔詭的宣示了它的勝利。大家或迎合或抗拒或先迎合再抗拒，必定要再面臨一次抉擇。縱是如此，這僅止於教學手段的彷

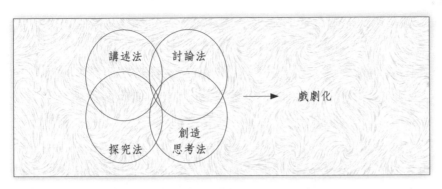

圖2-7　教學活動安排方法的整合運用圖

效對華語文文化教學的衝擊是有限的；只要不自我矛盾太離譜，都可以諒解（況且華語文文化教學也是要對外，不斟酌採用這些方法，可能會讓人覺得「隔閡」太深而難見成效）。

　　所謂「所旁涉的『為誰』、『選材』和『怎麼教』等環節也無不跟文化有關而得一併留意」（見前），就是指上述這種情況。它在教學的過程中未必有多重要「得被看見」，但儘量注意它帶著文化性的角色扮演，還是有增添一分「深刻察覺」自如的作用。而剩下的就是所體現的知識經驗、規範經驗和審美經驗等這一文化教學的對象，所該比照著為它作一點範限的工作。

　　如**圖2-6**所示，「教什麼」所以出示知識經驗、規範經驗和審美經驗等，而不逕自標明文化或文化的五個次系統，是因為文化或文化五個次系統直接體現為知識經驗、規範經驗和審美經驗等，而知識經驗、規範經驗和審美經驗等是具體可感知的對象（文化或文化五個次系統得經由解析或詮釋才能顯現），以至依「為誰」、「選材」和「怎麼教」等一貫體例，必須如此註記。而註記後的知識經驗、規範經驗和審美經驗等，就要在文化教學的對象範疇中擔任可被發掘的「內蘊」文化的任務。

　　當中知識經驗的經驗性，是從認知的基礎來論斷限制的。它

以該經驗為人類的理性的架構，所以必須合理化，目的乃在求真。（姚一葦，1985：353~354）於是從這一純認知的觀點著眼，找出相關語文所依據的是什麼以及更透過這一事物的知識架構找出它的意義，也就成了教學者的一項重要工作。而這還可以再區分出「抒情／敘事／說理等文體類型」、「高度抽象／中度抽象／低度抽象等抽象類型」、「人文學科／社會學科／自然學科等學科類型」、「前現代／現代／後現代等學派類型」和「創造觀型文化／氣化觀型文化／緣起觀型文化等文化類型」等五個不妨優先認知的次形態。（周慶華，2007a：107~199）而這五個次形態，也就在所可能的選材中著見（當中「抒情／敘事／說理等文體類型」，還可以再細分而有「歌謠、抒情詩、抒情散文」／「神話、傳說、敘事詩、傳記、敘事散文、小說、戲劇」／「對象說理文、後設說理文、後後設說理文」等甚多文類）。至於規範經驗和審美經驗的經驗性，則是分別從規範和審美的立場出發，找出有助於教化和感興的成分而予以判定，目的在求善和求美。（姚一葦，1985：376~377、380）前者又有倫理式、道德式和宗教式等三種模式；而後者也有優美、崇高、悲壯、滑稽、怪誕、諧擬、拼貼、多向和互動等多種審美形態。（周慶華，2007a：201~297）而不論是規範經驗或審美經驗，它們都只能夾雜在知識經驗裏而共構教材文本（無法自行顯現）。在此，在**圖2-6**中的「選材」環節，才沒有單獨顯示它們。

　　由於知識經驗有真假可說（可供真假檢證），所以顯出的真理性質通常叫做「論理真理」（名實相副：論說跟所論說的事物相符，該論說就是真的；否則該論說就是假的）；而規範經驗和審美經驗只有善惡和美醜可說，所以顯出的真理性質通常叫做「本體真理」（實名相副：被論說事物的善／美和論說相符，該事物就是善／美的；否則該事物就是惡／醜的）。（趙雅博，1979；柴熙，1983；曾仰如，1987；朱建民，2003；周慶華，2007b）二者該各為

類型而不相涉，但後者常被檢視論析不輟而有轉向論理真理的態勢；而前者也偶有被感動領受的機會而跟本體真理混淆不清。（阿德勒〔M. J. Adler〕，1986：31~139）這麼一來，它們就不得不構成一種可以互轉或互通的關係。如**圖2-8**並舉例如下：

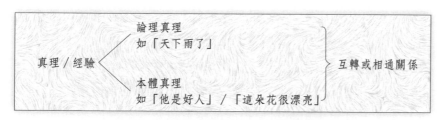

圖2-8　真理的類型及其可能的關係圖

「天下雨了」這句話的真假，只要往室外一看就能判斷；它原本屬於論理真理的範圍，但有時候卻兼有規範或審美意涵而一轉變成本體真理。如卡尼（J. D. Carney）等著《初級邏輯》就舉了一個例子：「比如一個細雨濛濛的春天的早晨，弟弟用報告的口氣說：『天下雨了！』用焦慮的語氣，他的姊姊說：『天下雨了！』他們的父親，用命令的口氣說：『天下雨了！』同樣是『天下雨了』，由於他們的用法和聲調不同，弟弟可能只是傳知的，報導下雨的消息；姊姊卻可能是表情的，表現她可能不能去赴野宴的約會；而父親可能是實效的，命令他的兒女，雨天不許外出。」（趙天儀，1978：95引）這裏就有規範（父親的命令語）和審美（姊姊的焦慮語）等蘊意強著，可以為證。而「他是好人」／「這朵花很漂亮」這兩句話所牽涉好人／花美的論斷，只要看當事人和實地花是否如所論斷（可以要求該論斷先提出論斷的標準），就能了解那人的善和那花的美；它們原本屬於本體真理的範圍，但它們卻又很容易被帶上解剖檯上去分析「好」／「漂亮」的屬性及其「規

範」/「審美」如何可能（佛瑞克納〔W. K. Frankena〕，1991；盧納察爾斯基〔Lunachaersljlzhu〕，1998；福斯特〔H. Foster〕主編，1998；史密斯〔A. Smith〕，2007），而紛紛著染上論理真理的色彩。因此，這裏才說它們不得不構成一種可以互轉或相通的關係。

顯然如此，上述大抵還是屬於光譜中間的模糊地帶（而不是明顯可察的光譜兩端）；如果是基於純粹學術論辯的旨趣，那麼不理它或將它存而不論，也是無傷大雅的。而華語文中文化教學的對象所要帶進來使力的氣化觀型文化，在某種程度上也得經歷類似的交纏釐清的過程。只是僅有創造觀型文化預設或相信造物主的存在，才會去追究「知識的源頭或前提」以及「知識的發展如何可能」等一類似乎是在等待上帝給答案的課題；而對於只重視現實界而現實界卻不疑有它的氣化觀型文化來說，幾乎興趣都在本體真理上，所以理當這一部分教學對象的考慮，就只能經由「對比」顯義（包括批判對方「遺害」在內）。

至於在文化教學的範圍方面，也應該是從脈絡所限定的對象來圈畫，而包括上面所說的知識經驗、規範經驗和審美經驗等（及其建設取向／製造差異的創意性追求），但這裏還得有一點加碼式的分辨才能定案。通常所說的範圍，在學科上是指學科分子所分布的區域。（周慶華，2003：18~19）從中文的語源來看，範是指模型或典範；而圍是指四周或區域。（漢語大字典編輯委員會編，1998：1246、304）。如《易繫辭傳》說：「範圍天地之化而不過。」朱熹注：「範，如鑄金之有模範。圍，匡廓也。天地之化無窮，而聖人為之範圍，不使過於中道，所謂裁成者也。」（朱熹，1972：58）這跟當今用於指稱學科分子所分布的區域，已經沒有什麼差別。但它對於哲學專屬的範疇（如質、量、關係和方式等）難免要轉成範圍的同義詞，卻有著相當的包容力。換句話說，哲學專屬的範疇，經常會轉成學科的範圍而被混合的使用著。（周慶華，

2004c：29~31）這在本脈絡既然叫做「文化教學的範圍」了（而不是「文化教學的範疇」），就沒有什麼衝突；但有關「範疇」一詞已經間雜在使用，不先作點聲明，恐怕有「混用不辨」的嫌疑。

那麼文化教學又該怎樣確切的擬定？依照前面的說法，文化或文化五個次系統作為文化教學的對象改以知識經驗、規範經驗和審美經驗等註記後，它的具體可感性立即可以顯現出來，以至相關文化教學範圍的圈畫也就盡在這些經驗了。然而，這些經驗只是文化的徵象，我們在教學上還是要將它們所內蘊的文化掀揭開來，才算完了任務。因此，實際的文化教學範圍的擬定，仍得從可以明確指稱的部分著手，整體的論述才不必「繞路前進」。在這種情況下，文化的終極信仰、觀念系統、規範系統、表現系統和行動系統等五個次系統，最能細為展現說明舉證的效果，自然就得納入變成文化教學的範圍而為文化教學所能開展的面向。但它們的必要體現為各種經驗的特性依然存在，所以就讓彼此的關連性隱含在裏面。如圖2-9所示。

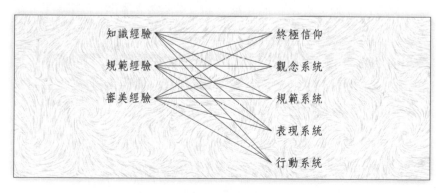

圖2-9　經驗和文化的關係圖(一)

也就是說，知識經驗、規範經驗和審美經驗等可以分別體現終極信仰、觀念系統、規範系統、表現系統和行動系統等，而終極

信仰、觀念系統、規範系統、表現系統和行動系統等也得透過知識
經驗、規範經驗和審美經驗等的內蘊成就，彼此緊相關連著。倘若
嫌上述關係圖不夠清楚，那麼還可以改為如下早就經過整合（詳見
圖2-2）及解明相涉（見前）的關係圖，如圖2-10。

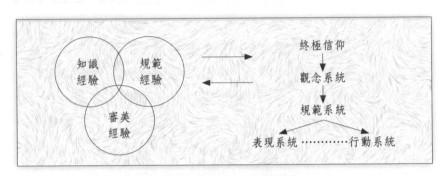

圖2-10　經驗和文化的關係圖(二)

圖左有關知識經驗／規範經驗／審美經驗的交集圖，是前面
已經舉例圖示過了（詳見圖2-8），現在讓它跟文化五個次系統的
關係圖雙向互動，表示它們在被考慮文化教學的範圍課題時「可左
可右」。只是敘明了它們的關連性後，就得專取文化五個次系統來
標目而完成文化教學範圍的限定工作。而所謂華語文文化教學的範
圍，也是這樣看待；至於名目裏所要處理專屬氣化觀型文化各次系
統的內涵，那就留待後面章節再加以細究了。

第四節　文化教學的實施方式

確立了文化教學的對象和範圍後，就可以接著再談文化教學
的實施方式。這是文化教學的最後一個課題，也是要總發揮文化教

學成效的途徑規範；它雖然所關連僅是「技術」性問題而遠不及前面那些基調重要，但缺少它還真會「茫無所適」！換句話說，文化教學的實施方式是要必定見效果的（否則又何必有它來總收呢），它得讓人知道從那裏入手開展，才不會走冤枉路或躊躇不前。

在教學實務的「形上原則」上，可以像本脈絡這樣純作理論建構，也可以採取時下各種實證探討的作法。前者的原則性，在於經由概念的設定、命題的建立和命題的演繹等而完成一套新穎的論說（周慶華，2004c：329）；而後者的原則性，則透過量化（問卷調查／統計分析）和質化（參與觀察／深度訪談）等策略來印證或否證既有相關的理論以及生產可能的新論點等。（史特勞斯〔A. Strauss〕等，1997；巴比〔E. Babbie〕，2004；克拉伯粹〔B. F. Carbtree〕等，2007）這是說從事理論建構，以展現一種教學實務的形態（甚至轉用在文化教學的課堂裏引導受學者來建構相關的理論而更貼近「教學實務」的意涵）；或者以量化或質化的策略實際進入教室而展開兼量化或質化研究的教學，以展現另一種教學實務的形態。而從一般在教學現場的教學者已經大多缺乏量化或質化策略運用的教學方式來看，很難寄望他們還會把理論建構當成教學實務而黽勉從事，以為推動實際教學的革新。

也許有人會說，把理論建構當作一種教學實務，是在擅自擴大教學實務的範圍，這也無妨！但大家得知道，沒有理論建構這一部分，實證探討就會少了依據而流於無謂。因此，即使教學者都早早投入在教室進行實證探討式的教學了，也得了解背後還有更重要的理論資源必須設法去吸取；不然相關的教學永遠得不到突破的機會。而在從事教學實務前，先考慮妥當是要走理論建構的路還是走實證探討的路或是走更理想的理論建構和實證探討兼顧的路（後者這時就是一邊建構理論一邊自我檢證成效，乃雙重的建樹而可為教學實務的新典範）。這就是所謂教學實務的形上原則，而晚近開始

有不少案例在體現嘗試進趨。（陳佩眞，2008；葉玉滿，2009；廖五梅，2010；匡惠敏，2010；張銘娟，2011；陳美伶，2012；黃獻加，2012；李玉玫，2012；林怡沁，2012）相關的觀念架構，如圖**2-11**所示。

圖2-11　教學實務的形上原則圖

圖中所以再把理論建構式和實證探討式明訂為辯證關係，是因為它們會相互關連而最後可能互相「提攜前進」。而這裏面所強調的實證探討式的教學實務，跟一些全無理論依據的盲目的教學實務不一樣：有理論依據的實證探討式的教學實務，可以自我檢證成效；而沒有理論依據的貌似實證探討式的教學實務，則根本不知道從何處著手自我檢證成效，二者的差別判若天壤。

有了教學實務的形上原則在前指引，要規畫相關的「形下踐行」就容易了。以理論建構來說，它要根據理論諸要素（就是概念、命題和演繹等）作鋪展，就如本論述所示範的，在整體構想上有這樣的「理路」框架可以供仿效，如圖**2-12**。

當中概念所以要先設定，是因為概念是最基本的表意單位，優先把它設定好，才能據以為論說而建立命題。而所建立的命題，則是論點的展示（一個命題，不論是全稱肯定或全稱否定，還是特稱肯定或特稱否定，都是一個論點）。至於演繹，則又是命題連結命題所構成的一套有效的論說形式。

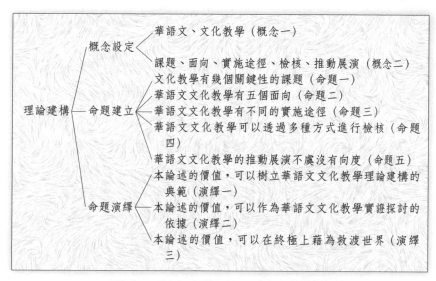

圖2-12　以本論述為例的理論建構框架圖

又以實證探討來說，它的模式就是不斷要去思考實際課堂情境的教學，跟理論的印證或否證以及可能的創新的關係。如一個叫瓊斯（C. Jones）的女教師所從事的行動研究（質化探討的一種）為例：瓊斯是一個班級的導師，班上學生的年齡是七歲到九歲不等。她調查她的學生對課程的了解情形。她先記下學生每一天的學習情形，內容包括家庭作業的完成狀況以及一些學生表現的特殊和狀態等。不久，她就發現學生對課程的學習，是經由原有預設的期望來加以了解的，並且會因為他們的老師而形成對課業的認識。爾後她的研究重點就擺在學生如何依據自己的標準來運作學習的歷程，而不是靠老師的注意和期望。她還從班級外找了一個志願者來觀察她的班級，訪問她的學生。透過訪談內容的謄寫和分析，她發現學生用於判斷他們課業的價值和重要的標準，的確是不同於她的想法。例如當她要求學生觀察蛾的幼蟲並畫圖、記下所看到的一切時，發覺學生對「畫」和「寫」是清楚而分開的界定。學生認為：

「寫比較『有價值』，比畫的位階高。」此外，由於學生長久習慣老師用生字卡片來幫助他們學習拼字，所以有學生看到指示卡片上的說明（要他們觀察蛾的幼蟲），以為這卡片「只是要幫助學拼字而已」。這些資料顯示，學生並未如她所預設的學習那樣。也就是說，學生並沒有投入於觀察和解釋的活動中，反而只是將這樣的觀察活動仍轉回原有的、常見的寫作活動而已。她還察覺學生並不如她那麼重視跟同儕合作的價值，學生用「喜歡有自己的想法」而拒絕分享相互的心得；並且認為分享會成為提供同儕抄襲心得的機會。（阿粹希特〔H. Altricher〕等，2000：2~3）這雖然問題重重（如瓊斯認為學生把畫和寫分開而以寫的價值高於畫的價值，這可能只是少數情況；更何況學生的這一反應，可能是隨口說說，也可能是故意要跟老師唱反調，更可能是自己根本畫不來而以遁詞矯飾。另外，學生不大願意跟同儕分享學習的心得，這也可能涉及學生的智識程度落差太大或其他諸如性別、階級和種族等優越感的有無，而跟所謂的「學生喜歡有自己的想法」這一觀點無關。瓊斯沒有深思這些問題，最後如果要站在學生的立場來規畫教學活動，那麼這不但會「遺大務小」，而且還會喪失「精實啟智」的理想性，往後她的教學很可能會越來越「忙亂」）（周慶華，2004c：213~214），但她的一邊教學一邊印證或否證理論的情況，就是一種典型的實證探討式的教學實務。

由於理論建構式的教學實務只存在書寫中，所以應驗在具體教室的只剩實證探討式的教學實務。後面這一部分，因為有制度、環境、人員、教材和教具等要因應運用，所以它得張羅必要的實施途徑和檢核方案。而在實施途徑方面，所限定的華語文文化教學已經極力要「教學文化」了，所以它的重點就在教材選用及其教學方式。如圖2-13所示。

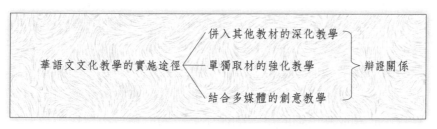

圖2-13　華語文文化教學的實施途徑圖

這仍是「舉要式」的展示（論說無法窮盡一切的緣故），所預告的華語文文化教學，除了可以併入其他教材予以深化教學，也可以單獨取材從事強化教學，還可以結合多媒體來進行創意教學（詳見第四章）。而不論是那一種實施途徑，它一旦上路了，多少都要跟其他的實施途徑辯證進行，以保障它的「確是優質」特性。即使如此，這所取材本身也還有一個小問題要解決：一般在取材時，普遍受制於「制式」的觀念（也就是崇尚根據教學原理、課程需求和受學者素質等因素而編纂的教材），致使格局開闊不了。因此，還得鼓勵發展「非制式」和「另類」等觀念。換句話說，我們可以有制式教材、非制式教材和另類教材的斟酌選用，以便發揮最好的教學效果。如**圖2-14**所示。

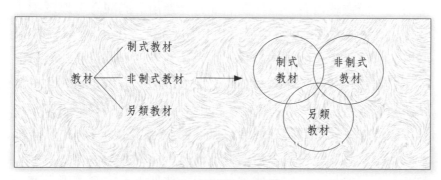

圖2-14　教材類型圖

當中制式教材的選用,大略只能在某些特定的課程綱要裏討活計,精采度有限。至於非制式教材的選用,則可以不受特定課程綱要的限制,但它仍得有符合典範或典律的約定要求。換句話說,非制式教材的選用是要進入一個更大的範圍,而這個範圍則有特定社羣或歷史性的生活團體所公認的典籍為指標性的擇取對象。這種選用依據,明顯是為了晉身該社羣或歷史性的生活團體的一分子以及複製或加工該社羣或歷史性的生活團體所形塑的文化。它跟帶有特定意識形態的制式教材的選用依據可以合謀,但終究得獨立開來才能顯現所強調非制式教材選用的自主性和理想性。最後,另類教材的選用又比制式/非制式教材的選用更進一層,專門以創新文化和帶領風潮為考慮,以至它的依據就大不同於前二者。這種選用的依據,全緣於基進(radical)觀念的啟發(傅大為,1991;1994):一方面從眾多可選擇的教材中專挑具有基進性的部分;一方面則鼓勵再創基進性的作品作為新教材(相對的典籍的認定在人而無法自我創作算數,比較不便比照基進性的創作這樣予以期待)。而這無妨視為選材的最新蘄嚮或合該為最新趨勢。雖然如此,上述三類可以運用的教材,它們彼此有些難以割捨的交集還是不能忽略(也就是三類教材在相異的以外,仍然會有相同的部分)。而這就再有一個如圖右「分合運用」的觀念可以形塑:「合」時,強調各自可以提煉出共有的創新性;「分」時,漸次擺脫凡庸化或常規化的制式教材。後者,在現實上可以制式教材為主,非制式教材和另類教材為輔;而在理想上則以非制式教材奠基,另類教材領航。(周慶華,2007a:53~56)有關華語文文化教學的選材,縱使到了基進教材這一關並不好開展(因為基進創新的觀念及其實踐主要來自西方,才有不同學科和學派的「爭妍競秀」),但尋找系統內的基進表現,依然不乏案例(周慶華,1996;1998;2001;2004d;2008a;2011c);以至整體上有上述

這一模式可以遵循，還是能顯現「頗有章法」。也就是說，華語文文化教學的選材，也得在上述的觀念架構中斟酌發用，才不致「失去準度」。

　　至於在檢核方面，這是要驗證華語文文化教學的成效，所以相關方案的規畫就在於「如何使它有效」。我們知道，教學成效可以由教學者自己檢核，也可以由他人旁觀檢核，還可以由受學者後設檢核，彼此形成一個最基本的檢核類型架構。如圖**2-15**所示。

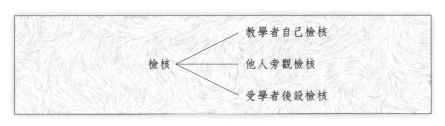

圖2-15　檢核類型圖（一）

　　然而，這並未顯示檢核本身的具體內容（也就是只羅列這一檢核類型，仍然看不出實際檢核要怎麼進行）。因此，還得有一些具體的指標註明，才能完成一個檢核類型架構的設定。而這無非是要「藉助層次檢核表」（透過文化五個次系統及其可能的細目實質表列檢核）、「運用對比檢核」（經由異文化體系的對照檢核）和「測驗和觀察行動檢核」（從了解程度的測驗和實際言行的觀察中檢核）等來撐起（詳見第五章），以別無可取代的特徵行世（也就是沒有其他更有效的方法可以用來檢核文化教學的成效）。而它跟圖**2-15**結合後，就構成了一個終極的檢核類型架構。如圖**2-16**所示。

圖2-16　檢核類型圖（二）

　　當中「受學者後設檢核」和「測驗和觀察行動檢核」連結的可能性，是在於受學者也可以從接受測驗和被觀察行動反應中自我省察悟及受學的成效，原則上並不影響它自成一種類型。而有關華語文文化教學的檢核，倘若要顯現所謂的「專業性」，那麼它也無從脫離此一範疇。

第三章

華語文文化教學的面向

- 終極信仰的教學
- 終極信仰體現為觀念系統的教學
- 終極信仰和觀念系統所形塑規範系統的教學
- 終極信仰和觀念系統及規範系統下貫為表現系統和行動系統的教學

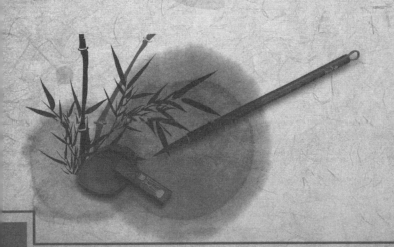

第一節　終極信仰的教學

　　談完文化教學的幾個課題後，就得照著所規畫的流程一一的來展開論述。而這最切近要處理的，是緣文化教學的範圍設定而來的華語文教學的各個面向。只不過它還有兩個小問題得先加以分辨：第一，本來華語文教學自身就是一種文化展現，而不必疊床架屋說是「華語文文化教學」，但基於「華語文教學」相當指謂不明的緣故，還是權爲更名而不再隨俗以「蘊涵」方式對待。第二，大致上所有的經驗都是文化，因爲它們全爲人的創造累積物，但所以不逕以知識經驗、規範經驗和審美經驗等爲文化的指標，是由於它們的「總稱」性不足以區辨文化的層次（也就是每一種經驗都可以蘊涵文化的各個次系統，這時它就沒有文化的解說力）；以至改以終極信仰、觀念系統、規範系統、表現系統和行動系統等來指稱後，就方便統攝材料了（詳見前章第三節）。縱是如此，在舉證時，知識經驗、規範經驗和審美經驗等，還是因爲它們有具體可感性而很難完全「視而不見」，所以只要有必要都會提一提，以便圖2-9中的互連性可以一併照顧而不爲徒發。

　　那麼現在就從最優位的「終極信仰的教學」談起。終極信仰是文化的首要次系統，它的教學，除了要有明確可從的設定，還得有效的區別異體系及其來由的解釋；此外，對於它的存在狀況以及如何發掘掌握等，也都要有一番交代。至於「教學」，在這裏是著重在上述理路的提點，相關的教學活動策畫則要等到談實施途徑時才會帶出。

　　根據傳播學的說法，個體的傳播會出現各種回應，但矛盾的是這些回應並不是個別的。在某種程度上，它們是由一個文化或次

文化中的所有成員共享。如用淡紅色的光線、柔焦所拍攝出來的一張照片，也許令人回應的是主觀的感傷；但這只是使用共有的慣例，在表意的第二序列上所產生出來的影響（也就是內涵意義）。雖然主觀的感傷經驗是獨一無二的，但照片內涵意義卻可以引起在自我所屬文化中其他成員的共通感覺。這種共有的主觀回應的領域，就是一種相互主觀性。而這也就是一個文化去影響它的成員的最主要方法；同時透過這種相互主體性，成員才會肯定自己的文化認同。（歐蘇利文〔T. O'Sullivan〕等，1997：204）因此，本脈絡把終極信仰限定為「一個歷史性的生活團體的成員由於對人生和世界的究竟意義的終極關懷而將自己的生命所投向的最後根基」（詳見前章第一節），也就只能以它的高度合理性來爭取有相同背景或相似經驗者的認同（雖然它是別人先發的），而經過傳播最終期待它能具有相互主觀性。這也許會影響到對外教學的推展（未必有辦法爭取到外國人衷心或全然的認同），但不這麼自我定位，似乎也沒有更好的途徑（總不好說藉由「殖民征服」去強迫灌輸吧）。

　　上述是在為本脈絡所設定的終極信仰作配備，希望它的召喚力不要夾雜太多的雜音，畢竟教學的「不對等的發言關係」（詳見前章第二節）已經帶有相當程度的強制性了，不能再讓這種應以啟導為主的文化教學流於另一種「暴力」；更何況如果我們正在痛恨任何形式的殖民征服，那麼所有的硬性傾銷行為都會反過來自我嘲諷而暗中判定文化教學的死刑！而有了這樣的騁論定位，所謂的「終極信仰的教學」就可以比較沒有疑慮的來點明前路。

　　首先是有關作為教學依據的終極信仰本身的「整套說詞」。這套說詞，必須涉及終極信仰的信仰性、終極關懷、異體系差異和來由解釋等定性和定量及其自我保證等諸層面，相關的教學才有得援引而不致引人疑猜。在信仰性方面，有人認為信仰是一種具有存在性的開始，它無法以邏輯學、心理學或道德因果律來解釋，「信

仰的萌芽本身有如被難以窺破的煙霧所包圍，而在它的背後還隱藏著更深的奧秘」；同時「信仰也需要不斷生成，而且有好幾個發展階段：它有起落、危機和平靜的成長期，信仰的生成在本性上是多方面的。信仰的歷史涵蓋了一個人的全部，包括他的個性、他的力量、他的弱點、他的性情、他的經驗以及他的環境」。（郭蒂尼〔R. Guardini〕，1984：19~21）也有人認為有若干判斷不能立即試驗證實的，那麼它是否真實就不可知，這類判斷就稱為信仰（跟能經試驗而得到證實的知識判斷相區別）。因此，信仰約略有兩類可說：一類是根源於知識，而且跟知識有邏輯上的關連，如每一科學的假定在它尚未確立時就屬於這類的信仰；一類是宗教的信仰，這類信仰跟知識不相統屬，乃以不可侵犯的信條或聖經為根據。（溫公頤，1983：116~117）按照後者含有前者的成分來看，不妨說前者是狹義的信仰，後者是廣義的信仰。當中狹義的信仰，它可以是一種行為，也可以說是一種習性。倘若是一種習性，那麼它就是神賦予的自然德行的一種，稱為信德，是使人「因著上帝的權威，完全相信上帝所啟示的道理」。（曾仰如，1993：280）

　　上面這種講法，顯然是從基督教的觀點來說的。基督教人士強調人的理解力有限、人的聰明才智受到極大的限制，單靠自己的力量人絕對無法完全清楚地知道上帝的奧秘、有關得救的途徑以及獲致永生（分享上帝的生命）的適當方法；於是上帝才把祂自己啟示給人，把得救的途徑指示給人。人如果對上帝的這種啟示有了迴響，肯接受祂的指導，就等於相信祂的權威，對上帝有了「信仰」。（曾仰如，1993：279）倘若不附和這種觀點，那麼狹義的信仰就可以具體指對（泛）神的信仰，也就是指任何一種宗教信念（即使並不以神的啟示為基礎）。這一意義的信仰，仍然是整個人自由的、道德上的重要決定。但有人觀察到現代的不可知論，把理性的基礎從信仰中除去，爾後都以非理性的信仰取代過去以理性為

基礎的信仰；而晚期更從「信仰上帝」和「信仰神」的宗教內容中
發展出一種完全屬於世俗意義的信仰。根據這一點，信仰意指一種
由情感強烈激盪發生的堅定的信念和信任而完全抗拒任何懷疑的困
擾；某些人藉著這種信仰會幾近宗教狂熱地依附自己所相信的人或
事。（布魯格編著，1989：120）這說的無非就是現代人對科學、
各種主義、甚至明星偶像的迎合崇拜情況。但不論如何，這都得把
信仰開放為所有的理智的認同行為（如果那些狂熱地依附自己所相
信的人或事本身也有理智成分，依然算數），才有繼續加以甄辨討
論的餘地。（周慶華，2007a：232~233）換句話說，信仰得排除盲
目性的崇拜而予以一種「堅定信念」的稱號，始能為它排上相關的
議程。這是有效的辨別，也是合理的意義賦予。

　　在終極關懷方面，這是由「理智的認同行為」的信仰性出
發，必然會面臨的課題，因為信仰的「實體」對象一定要有終極性
的關懷來確保它的「必要存在」。因此，終極關懷所指的，不外就
是呈現在對信仰對象及其啟示的關懷上的一種形態。由於它是終極
性的（該信仰對象為「終極實體」的緣故），所以可以稱為終極關
懷。這種終極關懷，可以構成一個「立體」的存在體系，也就是由
終極關懷而引出構成這一終極關懷的「真實」和所要追求的「目
標」以及為獲致目標而有的「承諾」（自我擔負）。（傅偉勳，
1990：189~208）倘若把終極關懷當作一個「對象性的存在」，那
麼從終極真實到終極目標到終極承諾就是一個「實踐性的存在」。
而此處所以統以「終極關懷」一詞指稱該對象性和實踐性的存在，
是為了終極關懷本身難以自存，而要有終極真實保證它的成立，有
終極目標指引它的出路，以及有終極承諾推動它的進程，彼此構成
一個關係緊密的存在體。（周慶華，1999b：185）這個存在體可以
用來解釋人許多超越現實經驗的神祕體驗、甚至有些靈感／靈療／
靈體輪迴轉世的信念深著等（周慶華，2006a；2011a），而使得一

個終極關懷的行為在兩界穿梭不停。此外，終極關懷所實蘊的終極實體信仰（已簡稱為如標題「終極信仰」），在成了文化所以能夠創發的根源後，也逐漸演為有組織的制度宗教和無組織的非制度宗教所以能夠建立的依據，彼此在表面關係上就有一定的先後順序。（周慶華，2007a：234）如圖3-1所示。

圖3-1　終極實體信仰／宗教／文化的關係圖(一)

　　圖中的宗教成立後所內蘊的終極實體信仰會衍發為文化的各個次系統，固然不言可喻；但文化各次系統在發展的過程中也會反過來對宗教的組織形式有所促進或激勵，而造成宗教和文化（文明）在相當程度上會有論者所積極揭露的「相互影響」的事實。（杭亭頓，1997）這時為了更貼切表達彼此的關係，就可以把上圖作一點更改。（周慶華，2007a：234~235）如圖3-2所示。

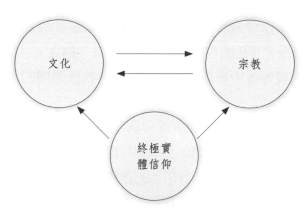

圖3-2　終極實體信仰／宗教／文化的關係圖(二)

　　更改後的關係圖，暗示了一個對文化有使命感的人，只要保有終極實體信仰（而不必進入任何教派受多餘的制約），一樣可以參與創發文化的行列。換句話說，在精取上只要有終極實體信仰的存在（不一定要建立組織化或制度化的宗教），就有可能造成文化的事實。而我們也可以越過組織化或制度化的宗教，僅憑對終極實體的信仰而參與文化的締造和發展的行列。（周慶華，2007a：235~236）因此，上述的形式圖就可以別為增衍如圖3-3所示。

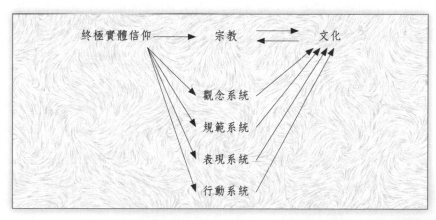

圖3-3　終極實體信仰／宗教／文化的關係圖(三)

　　由此一理路持續的演繹，就是各文化系統的成形；而終極實體信仰／宗教／文化的實質關係也終於得著了確立。這是經過別無更為合理的設定後所獲致的結論，為思考終極關懷的「進一層意義」作必要的定位。

　　在異體系差異方面，順著終極關懷的搬演，一個有關終極實體是否有異體系差異的問題，也跟著浮現出來；而它的解決，無非是為了確保所論不致落入「普同」的迷思中。換句話說，終極實體的存在如果有異體系的不同而我們未能予以析辨的話，那麼接著不論再怎麼倡議都會白費力氣，因為該差異性已經在向我們暗示不如所樂觀的可以「混同看待」。而這的確有足夠辨別的證據，顯示相關的暢論都得「嚴肅以對」。如有論者早就准立了四種相異的類型：第一是指向被實存地經驗到的作為另一個人格存在的終極大全的實在，這個人格傳統上被稱為上帝；第二是指向被實存地經驗到的作為自我或個人的更大的或內在的認同而存在的終極大全的實在（這跟上一類型的主要區別在於該終極大全的實在並非以個人內心認同的方式作為一個異己的對象而被經驗到）；第三是從一些合理的前提推演出一套關於終極大全的某些特徵的基本信仰，或者把它們建立在理性的基礎上，或者使它們符合理性的要求；第四是將第三類型中的合理性因素和第二類型中的實存的實現結合起來。（湯一介主編，1994：260~263）而這可以根據它有「實指」可以感應的特性而再縮減為兩大類型；也就是把後二者視為前二者所延伸而只保留前二者。（周慶華，2000a：101~102）這樣將該兩大類型的終極實體再予以細分，至少可以發現有三種不同的信仰對象：一種是指向具創造力的人格神（如神或上帝）；一種是指向自然氣化的根源或過程（如道或理）；一種是指向絕對寂靜的狀態（如佛或涅槃）。後二者是從「指向被實存地經驗到的作為自我或個人的更大的或內在的認同而存在的終極大全的實在」這一類型分化出來的；

同時它們也各自發展了自有統屬的泛神崇敬體系。如圖**3-4**所示。

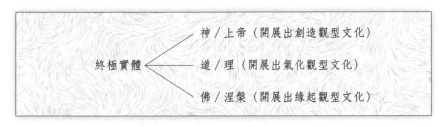

圖3-4　終極實體類型圖

　　雖然後二者原是分別供人契合和體證的（不像前者是供人崇拜的），但當它的契合和體證路非「一蹴可幾」以及相關境界和理則的隱喻描繪「增人遐思」時，諸項理由的輾轉促發還是會吸引人去追求和嚮往而一樣帶有信仰的印記。這麼一來，我們就可以說所謂的終極信仰，有以神／上帝這種終極實體為依歸的信仰形態和以道／理這種終極實體為依歸的信仰形態以及以佛／涅槃這種終極實體為依歸的信仰形態等等的分立。（周慶華，2007a：233~234）由此可見，普世的終極實體的認定並非單一化；它們不但相互歧異，而且還不可共量（如泛神信仰和一神信仰的無法媒合；而有所執著的信仰和無所執著的信仰的背道而馳，都顯現出「兩兩相異」的形態來）。

　　在來由解釋方面，如果說信仰性的限定是在為終極信仰定性而終極關懷的准許搬演是在為終極信仰定量，那麼異體系差異的甄辨就是在為終極信仰提供自我保證的條件（也就是終究要取則信據的終極實體截然有別於其他的終極實體）；而這一自我保證的條件則需要再給予解釋來由，才能將整套說詞提升到「已然後設」的高度而足夠作為相關論說的依據。我們知道，終極實體信仰的分化所各自下貫影響文化各次系統的建構，它們必有來由。這個來由，可以推測是自有人類以來就在不同需求中有意如此成就，或是人類自

已獲得靈界相異的啓示或來自其他星球生命的干預成形。後者還不太究竟，它必須再有靈異或其他地球生命也有不同需求才會如此導演的前提保證；以至最後就剩那一「不同需求」的變數爲可以致思的對象。但所謂「不同需求」的源頭已經無法溯及；當代一些科普書喜歡用「創造力大爆炸」或「思想大爆炸」一類說詞來解釋人類知見的由來（泰特薩〔I. Tattersall〕，1999；伯金斯〔D. Perkins〕，2001），這也許可以藉爲說明上述那些終極實體信仰的發生因緣而特許它們有「靈光一現」後各自發展的可能性。換句話說，再沒有更可靠的解釋前，這不妨就引來充當而把力氣集中在終極實體分化後的後果（詳後），以便爲找不到實際原因的缺憾「稍作彌補」。縱是如此，能夠肯定終極實體的分化源自人類有差別的信仰需求，也算是給了相當程度的解釋而大可據爲論說了。

其次是有關將終極信仰的教學付諸實踐的「實施原則」。由於終極信仰是體現在各種經驗裏以及跟文化的其他次系統緊相關連（在解析時常要牽連著講）等，所以在教學時就會涉及怎麼著手、如何體證和應驗場域等實施的原則。在怎麼著手方面，因爲終極信仰位居文化五個次系統的最高層級，所以它的經驗性和文化性併合後，就會是這樣的掀揭歷程，如圖**3-5**所示。

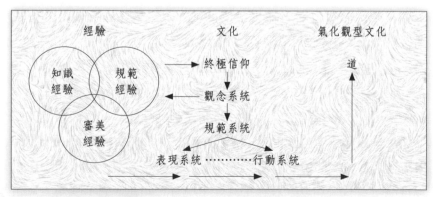

圖3-5　終極信仰教學著手程序圖

　　也就是說，從**圖2-10**相關的經驗開端，然後連結它相應的文化次系統，最後才溯及它的所在位置（圖中順便標出所要教學的氣化觀型文化中的終極信仰）。這是一般的著手方式；倘若是特殊的著手方式，那麼它就是先被意識，而後才回過頭去看所被蘊涵的文化次系統以及所體現的經驗類型，二者都可以成為教學引導的模式。

　　在如何體證方面，終極信仰屬於形上抽象的領域，所能體證的是那一相應的形態。而在知道怎麼著手後，就得接著引向這類的體證上。好比縮結人情和諧和自然是道的顯現（詳見前章第一節），它的「自然氣化的根源或過程」（見前）所強調的非造作或非力變性，只要能促使受學者在人事或環境上如此表現的，他就等於有所體證了。如**圖3-6**所示。

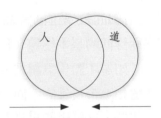

圖3-6　體證道的形態圖

　　純就體證道來說，在形式上只是一個交集的狀態；但在實質上則可能是滿全的演現，因此圖中畫雙箭頭向內，表示兩圓圈可以重疊。而更進一步看，「如何體證」所隱含的帶強制性引導，最後都得藉「事」予以磨鍊；而這就要過渡到應驗場域上。

　　在應驗場域方面，這是為引導受學者去事上磨鍊所得考慮的。而它通常會指向學校、家庭、社會和世界各地等；但根據布爾迪厄（P. Bourdieu）的說法，場域並不是空間或領域，而是一種「力場」。（邱天助，1998：120）因此，所謂的應驗場域，寧可

將它視為是一個權力場的估量；當中有特定人和不特定人的先行設定，然後才採取行動（詳見圖2-6「為誰」環節）。至於所要找的「事」，也就存在這一權力關係中；它可以主動積極造事（從無中生出），也可以被動消極應事（事先模糊存在而後因應使它明確化），直到一個影響或支配行動的結束。

再次是有關驗收終極信仰的教學成效的「檢核方案」。這除了可以透過測驗和觀察行動來檢核以應驗一個最便捷的方案，還可以運用異體系的對比和藉助層次檢核表的建立等來檢核以自成一個較繁複的方案（詳見第五章）。而從前者要以後二者為前提（才有辦法檢核出教學實質的成效）來看，後二者的方案性更為強甚。而它又涉及檢核者的條件具備、檢核的程序和檢核的評估等一整套相關連的方案。在檢核者的條件具備方面，不論檢核者是教學者還是他人或是受學者（詳見圖2-16），他們要檢核終極信仰教學的成效，勢必得具備有關終極信仰的基本經驗（包括了信仰性和終極關懷等），以及內部層次（如道所體現為縮結人情和諧和自然等兩個層次）和外部差異（如道和上帝及佛的不同）等進層經驗，才有能力研判所教學的效果。此外，檢核者如果是教學者，那麼他對於前面所說的「怎麼著手」、「如何體證」和「應驗場域」等流程的嫻熟度，也是檢核能否落實的一大助緣。至於檢核者是他人或受學者部分，則得經由不斷觀摩和學習以充實可以用來檢核的資源，整體的檢核工作才不致偏倚軼缺。

在檢核的程序方面，檢核者具備的條件終究要轉為在檢核的程序中運用或接受考驗，而此一程序則是確保終極信仰的教學不為虛設或徒發的不二法門。因此，所謂檢核的程序，就是一個在終極信仰的教學過程中隨時要現身的關鍵形式。而它約略可以區分教學前檢核、教學中檢核和教學後檢核等不同歷程，如圖3-7所示。

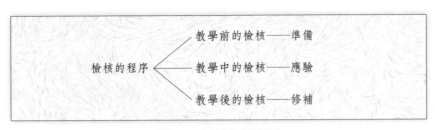

圖3-7　檢核的程序圖

　　圖中教學前檢核，是屬於準備階段的檢核，目的在於把檢核項目安排進教學活動的設計裏，以便因為有適當的準備而可以有效的進行終極信仰的教學。而教學中檢核，則是屬於應驗階段的檢核，它配合著教學進度隨時檢視檢核方案的實施狀況。至於教學後檢核，則是屬於修補階段的檢核，這是為恐教學過程有瑕疵而致績效不夠亮眼所增添的，在實質上可以提供下一波教學的借鏡。

　　在檢核的評估方面，從「檢核者的條件具備」到「檢核的程序」的考慮，莫不是為了最後的果效評估能夠如期完成。而這種評估，則可以針對受學者特能將所學用來分辨終極信仰的內部層次和外部差異及其所能理智抉擇的取向等來進行。好比終極信仰所敷演的終極關懷，它所可以受檢核評估的理解模式，則不妨融合所檢核的方案而布建如**表3-1**所示。

表3-1　世界現存三大文化體系中終極關懷的差異

項目＼類型	創造觀型文化	緣起觀型文化	氣化觀型文化
終極信仰	上帝	佛	道
終極關懷	原罪	痛苦	個體困窘／倫常敗壞
終極真實	墮落	二惑和十二因緣	分別心和名利欲／私心私利
終極目標	進入天堂	成佛	逍遙境界／仁行仁政
終極承諾	懺悔和禱告	八正道	心齋和坐忘／推己及人

彼此相關的內部層次和外部差異及其所能理智抉擇的取向等，就可以依表列對比的先後順序來作說明：

第一，創造觀型文化傳統在信仰上帝的基督徒身上所顯現的，他們所關懷的是人的「原罪」。這是承自古希伯來的宗教思想。根據古希伯來宗教的文獻（主要是舊約《聖經》）所述，上帝以祂的形象造人，於是人的天性中都有基本的一點神性；但這點神性卻因人對上帝的叛離而隱沒，從此黑暗勢力在人間伸展，造成人性和人世的墮落（這由亞當、夏娃偷食禁果首開其端）。從基督教所拈出的「原罪」觀念來看，人都有與生俱來的一種墮落趨勢和墮落潛能，構成它的終極真實；但人都是上帝所造，都有靈體，所以又都有它不可侵犯的尊嚴。憑著後面這一點，人經由懺悔、禱告，就可以獲得救贖，死後進入天堂，永隨上帝左右（人可以得救，但有限度，永遠不可能變得像上帝那樣完美無缺）。因此，進入天堂就是基督徒的終極目標，而懺悔、禱告尋求救贖就成了基督徒應有的終極承諾。雖然如此，這種終極關懷的方式卻因為內質含有「險巇」成分而問題重重。我們知道，根據基督教的說法，人具有雙面性，是一種可上可下的「居間性」動物。但所謂的「可上」卻是有限的，永遠無法神化；而所謂的「可下」則是無限的，且是隨時可能的。（張灝，1989：9~10）由這一觀念，必然重視法律制度，一以防範犯罪；二以規範人的權利義務。西方的民主政治，就是從這裏展開（至於西方別有源自人性「可上」的一面的自由主義，那又另當別論）。至於西方的科學，也跟對上帝的信仰有關。西方人談真理，原有「本體真理」和「論理真理」的區分。前者指「實」和「名」相符（真理在事物本身）；後者指「名」和「實」相符（真理在觀念本身）。（詳見前章第二節）由於事物不會有謬誤，只有人的觀念會有謬誤，以至本體真理勢必「過渡」到論理真理而為西方所存的唯一（強勢）真理。西方人為了讓名和實相符以獲得

真理，自然要極力去求得客觀的明顯性（直接的客觀明顯性或間接的客觀明顯性）；於是就會特別重視觀察（並發明工具儀器以為資助）和理論推演（跟觀察形成一辯證的關係）。而為了取得更客觀明顯性（最多是間接的客觀明顯性），多半要去追溯事物發生的原因；而事物發生的原因，最後又可以推到上帝的「目的因」（兼及「動力因」），而這才有事物的「質料因」和「形式因」的成立。這麼一來，就接上古希臘柏拉圖的「理型」（或亞里斯多德的「概念」）哲學和中古多瑪斯的神學而為西方科學所從出；而西方人也以科學上的發現或科技上的發明為可榮耀上帝的體面事。然而，西方人所說的民主（等值的參與）卻很難實現（頂多做到局部的程序民主）、甚至弄巧成拙而出現「假民主」的現象（如當今的選舉制度所設重重關卡就是）。至於西方人極度發展科學的結果，造成核彈擴散、資源枯竭、空氣汙染、水質汙染、環境汙染、臭氧層破壞、溫室效應和生態失衡等後遺症，早已預兆了人類將要萬劫不復，問題更為嚴重。因此，普受影響的他方社會如果不再悉心了解這種關懷方式的流弊而試為改向，那麼就得一起承擔苦果。

　　第二，緣起觀型文化傳統在信仰涅槃境界的佛教徒身上所顯現的，他們所關懷的是人的「痛苦」。這是佛教開創者釋迦牟尼從人類實存日日體驗到的無窮盡的身心逼惱（不快不悅的感受）而誓化眾生讓他們永遠脫離生死苦海的悲願所帶出的。而它不論是小乘佛教所偏重的「個人苦」還是大乘佛教所偏重的「社會苦」，都展現了一致的關懷旨趣。還有佛教所說的「痛苦」，具有相當的「實在性」（跟它相對的「快樂」就不具有「實在性」；因為快樂只是痛苦的暫時停止或遺忘而已）（勞思光，1984：（二）181~182），且遍及人身心的所有經驗（佛教對於苦的分類甚繁，最常見的有生老病死苦、愛別離苦、怨憎會苦、求不得苦、五陰盛苦等）。而造成這一痛苦的終極真實，主要是「二惑」（見惑和思

惑,由無明業力引起)和「十二因緣」(生死輪迴)。最後必定逆緣起以滅一切痛苦和出離輪迴生死海而達到絕對寂靜境界為終極目標。而身為佛教徒所要有的終極承諾,就是由八正道(正見、正思維、正語、正業、正命、正精進、正念、正定)進入涅槃而得到解脫。縱是如此,這種終極關懷的方式也因為「捨離無望」而減卻了它的苦心孤詣。我們知道,佛教所著重人的自清自淨雖然沒有給人間投下什麼災難變數,但也不免曲為指引到令人「望而怯步」或「礙難踐行」的地步。原因就在拋開所有的執著並不是常人所能輕易做到;而繁瑣的解脫法門也會讓人喪失耐性和信心(雖然有所謂「頓悟」得道的,但一般人卻都會苦於無處可悟)。畢竟人間社會永遠是一個「可欲」的場域,無法「阻絕」人心的蠢動。最後大家可能會發現它不但提不住人心,還揭發更多可以供人思欲的情境。因此,人間社會的擾攘和爭奪已經不是佛教單獨「出擊」所能平息的了。

　　第三,氣化觀型文化傳統在信仰自然氣化道理的儒道信徒身上所體現的,他們所關懷的有緣純任自然一路而來的個體的「困窘」(不自在)和緣重視人倫一路而來的倫常的「敗壞」(社會不安定)。前者是道家的先知老子、莊子等人透視人間世誘引個己的分別心和名利欲而遺留的夢魘後所考慮要除去的。這跟佛教徒的關懷對象類似,但著重點略有不同(詳後)。至於依附道家而又別為發展的道教,在既有關懷的基礎上又加了一項「命限」,也足以令人側目。當中道家所認定的「困窘」,基本上跟佛教所認定的「痛苦」無異(這也可以用來解釋佛教東傳中土所以「一拍即合」而廣泛引發迴響的原因),只是構成這一「困窘」的終極真實,多集中在較為明顯可見的「分別心」(別彼此、別是非、別生死)和「名利欲」上,彼此稍有差別。而道家信徒所要追求的終極目標,就是沒了分別心和名利欲的逍遙境界(純任自然)。而為了達到逍遙境

界，道家信徒必須以「心齋」（虛而待物）、「坐忘」（離形去
如）等涵養爲他的終極承諾。這在道教，又加了「方術」（如服
食、燒煉、導引、內丹、符籙、禁劾和祈禱等）以保全人的神氣而
長生不老。這比道家的作法，似乎又更「進」了一層。後者是儒家
的先知孔子、孟子等人考察人間世私心和私利橫行所造成而需要舒
緩的惡跡。這跟道家的關懷對象可以構成一種對比，而跟基督教的
關懷對象也可以互照出本質的差異（詳後）。原因是上述各教派
（學派）所關懷的都在一己的罪愆、苦痛的救贖和解脫上，只有儒
家獨在倫常方面著力。它以人倫的不和諧而導至社會的不安定爲關
懷對象，並且認定私心和私利是構成倫常敗壞的終極眞實。如何扭
轉，就在確立仁行仁政這一終極目標，而以推己及人（己欲立而立
人，己欲達而達人）爲終極承諾。這跟基督教顯然有絕大的差別：
一個重視自覺自反；一個重視他力救贖。不僅如此，前者最終是要
求得人倫的和諧（社會的安定）；而後者最終卻是要求得人神的安
寧（這也同樣可以用來解釋基督教傳入後「難以合轍」而始終無法
在中國社會生根發展的緣故），而這也跟道家（甚至佛教）構成一
事的兩極：前者排除私心私利是爲了生出公心公利；後者排除分別
心和名利欲是爲了自我得以逍遙（即使是佛教去除所有執著而苦滅
後不再有所作爲，也難以跟儒家相比擬）。話雖然是這樣說，基督
教、佛教和道家也不是不關心倫常的問題。它們以原罪意識來警告
世人不可以叛離上帝的旨意、以苦業意識來消滅人心的惡魔孽障、
以委心任運來帶領眾人齊往逍遙境界，也都是爲了看到人間一片淨
土、到處一片祥和；只是它們的考慮多了一個轉折，不像儒家那樣
直就自己和他人的關係切入，一舉揪出倫常敗壞的原因及其對策。
　　整體來看，道家／道教信徒的終極關懷終究要跟佛教徒的終
極關懷「匯」爲一夥而無意於向外推拓建立法制以防止人的叛離，
它的「曲爲思考」（要藉個體的普遍自求逍遙來解決人間社會的擾

攘紛爭）一樣難見成效；只剩下儒家信徒的終極關懷在現實中可以被多加「指望成眞」。畢竟儒家提出仁行仁政來指引人向上一路，並不是要剝奪人的私心私利，而是要喚醒大家能推己及人，轉而出現公心公利。這樣要求人（即使好樂、好貨、好色，也無礙於仁行仁政的施行），總比佛道要求人去除欲望來得容易（要人不好樂、不好貨、不好色，簡直難如上青天）。再說儒家沒有講究民主，不及基督教吸引人，這也不構成儒家的弊病。因爲儒家原有一套理想社會的設計：「大道之行也，天下爲公。選賢與能，講信修睦。故人不獨親其親，不獨子其子。使老有所終，壯有所用，幼有所長，矜寡孤獨廢疾者皆有所養。男有分，女有歸。貨惡其棄於地也，不必藏於己；力惡其不出於身也，不必爲己。是故謀閉而不興，盜竊亂賊而不作，故外戶而不閉，是謂大同」。（孔穎達等，1982：413）不論採用那一種制度，只要做到以上所說各項利己利人的措施，都是儒家所贊許的。只不過歷來還沒有一個時期實現過這個理想，以至讓某些不明究理的人誤以爲儒家已經過時了。其實，儒家正有待開展，它將會是人類免於沉淪的極佳保證。至於儒家沒有提倡科學，不像基督教有可以榮耀上帝的憑藉，但這也不是什麼值得遺憾的事；倒是不提倡科學（指西方式的科學），使人類得以長久的綿延下去。因此，重拾這種終極關懷就特別具有時代的意義，它還會是未來照見人類前途的「一盞明燈」。（周慶華，2008a：67~72）

倘若受學者在學習過程或學習後能比照上述這種理解程度和理智抉擇的取向，那麼就可以肯定有關所經歷的終極信仰的教學是有高度成效的；而教學者也終將蒙受特能從事高明且有遠見教學的美名。

綜合上述，終極信仰教學的整個理路已經提點完畢，不但對所要教學的終極信仰本身有明確可從的設定，而且對區別異體系及

其來由的解釋等也提供了必要的參考架構。此外，有關教學的實施原則和檢核方案等亟欲了解終極信仰的存在狀況以及發掘掌握的途徑等，更有詳細的指明，合而可以構成一個相關終極信仰教學的最佳模式。

第二節　終極信仰體現為觀念系統的教學

依據**圖2-2**，終極信仰是有一個實體對象（不論是人格神還是非人格神）在召喚的，而被召喚後就會產生相關的觀念及其後續的增衍發展，以至有所謂的「觀念系統」可以條陳。由於觀念系統是從終極信仰演變來的，所以在談論觀念系統的教學時，不妨連帶說這是「終極信仰體現為觀念系統的教學」，一方面藉以顯示觀念系統的源頭；一方面藉以預告不同的觀念系統會來自不同的終極信仰。因此，作為華語文文化教學的另一個面向，就是從這裏起論；而要比照為它點明前路，也已經有前節所規模的架構可以遵循。

首先是有關作為教學依據的觀念系統本身的「整套說詞」。這套說詞，除了必須先辨明觀念系統和終極信仰的相承性，還得關涉觀念系統的觀念性和系統性的定性和定量兩層面（前節另設「來由解釋」一個自我保證的層面，在此地已因觀念系統是承自終極信仰而被「一併」說了，所以就少了可重立性）。在觀念系統和終極信仰的相承性方面，縱使前面所作的界定「觀念系統是指一個歷史性的生活團體的成員認識自己和世界的方式，並由此產生一套認知體系和一套延續並發展他們的認知體系的方法」（詳見前章第一節）已經給觀念系統直接承自終極信仰畫好了位階，但有關實際的相承情況卻還有點問題要辨明。所謂的相承，是一種影響關係；而影響一般有啟示的影響和承繼的影響兩種情況。當中啟示的影響，

只是單純的受啓示而已，不會有什麼歧出問題；但承繼的影響就不同了，它可能會走向相反的道路而開展出新的格局。正如比較文學論述常提到的一個現象：

> 我們常常會發現，甲雖然受乙影響，但影響的方向卻是朝著另一目標邁進，大有「橘逾淮而北為枳」的味道。究其原因，不外下列三點：第一，可能是受影響者對原著的精神並不能十分把握，望文生義，匆忙引進，在自圓其説一番後，就開始大張旗鼓的實行了起來；第二，可能是因為受影響者別有懷抱，專取原著中符合自己意願的部分大為宣揚，有時候可能還會犯了斷章取義的毛病，跟原作者的意思背道而馳；第三，是受影響者根本誤解了原著，借題發揮，憑空杜撰，然後進一步鼓動風潮，呼風喚雨，聚集來一羣喜新好奇的人隨聲附和。（李達三等主編，1990：463）

這說的是受影響者經常「各取所需」而不理會或無法理會影響者的究竟義，導至「影響」產生偏向。雖然判斷所以偏向的原因本身很難或根本無從取得絕對客觀的依據或標準（最多大概可以取得相互主觀的依據或標準），但如果這種偏向在相當程度上成了常例，那麼有關影響的課題就更缺乏「內在邏輯」的保障了。（周慶華，2004c：146）換個角度看，不論這種反影響是有意還是無意，普遍都能成就嶄新的創作形態而不容忽視。（埃斯卡皮〔R. Escarpit〕，1990：137~138；布魯姆〔H. Bloom〕，1990：5~6）也就是說，反影響是為了走新創的路而出現的，它的影響焦慮是促使這一創新行為的基本動力。而它的突進策略，往往顯現在戲謔、反設計和歪曲模仿等各種嘲諷仿作上。（劉介民，1990：242）根據這一點，既有終極信仰的歧異，也可能是緣於當初的反影響因素（這樣前節所引的「創造力大爆炸」或「思想大爆炸」說也就不能

成立）；但這已經無法追溯影響源頭，同時就世界現存三大文化體系來看也不見相互反影響的痕跡。因此，各自觀念系統和終極信仰的相承性，就純粹當它是承繼或啟示的影響關係；此外不再額外產生枝節，以免逸離話題太遠。

在觀念性方面，前面所給觀念系統的界定（詳見前章第一節）已隱含了觀念是對世界和人生的看法這一性質，但它卻尚未說出該性質本身的屬性。也就是說，觀念是怎麼發生的，它的作用又是如何？這可以總稱為「觀念性」，而它還有待疏通。倘若依照觀念論的講法，那麼觀念就是相對於現象，乃指依本質所呈現的形式（而現象則是依感覺所呈現的形式）（布魯格編著，1989：63）；但這也一樣沒有說出當中的觀念性（它只是在為觀念作界定）。因此，只好試著從比較有關係的心理學的角度來看。心理學把觀念限定為「它是表示主體對於外在事物的態度，或說表示主體對於外在事物的反應或聯想，並由這種反應或聯想以引起指點未來行動的意向；對於一事物有了這種指示未來行動的意向，就是我們對於一事物有了一個觀念」（陳祖耀，1987：25~26），這就點出了觀念的形成及其作用力，不啻可以彰顯觀念在命名上應有的「動態」性質。這麼一來，觀念系統的觀念性，就理當賦予它源自意欲對世界和人生表示看法以及盼望該看法能發揮改造世界和人生的作用等心理屬性。換句話說，觀念系統雖然相承於終極信仰，但沒有這一心理動機，也不可能會有轉發展出一套觀念系統來，前章第二節所提及的權力欲求（兼及文化理想）再度獲得了印證。此外，觀念性還包含所能繁衍的意涵，會由第一級序的觀念分化出第二級序、第三級序……等觀念。如圖3-8所示。

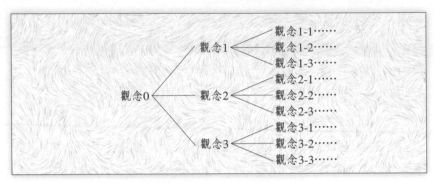

圖3-8　觀念分化圖

　　在這一觀念的樹狀圖中，每一次第觀念的衍生都由基本觀念或母觀念所保障；而這一基本觀念或母觀念，無疑的是具有優先性的「世界觀」。正因為有世界觀的存在，才會依次再發展出生命觀、性別觀、階級觀、族羣觀、宗教觀和各學科的學科觀等。反過來說，如果沒有先發展出對世界的整體的看法，那麼也就不大可能有其他相對應的看法的產生。因此，觀念性中所蘊涵的觀念羣，是由世界觀領銜的；而各文化體系的區別，也就以它為標誌（詳後）。

　　在系統性方面，既然叫做觀念系統，表示它是有系統性的；而這系統性連著觀念的動態演出，它也得有驅力形式。換句話說，整體的觀念系統是要經過一個可運作形態的東西加持，才能撐起它的名號。至於這個可運作形態的東西，無異就是那一系統「立體化」本身。而所謂的立體化，就是系統的各成分不是平面的組合，而是立體的構成。如圖3-9所示。

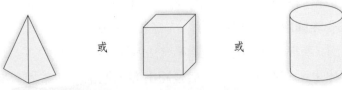

圖3-9　系統立體化形態圖

　　這當然不好舉例說明，但可以從一些系統論述來想像：一般給系統的界定，是指「依整體原來組合的許多知識」（每一部分在整體中都有不可轉換的地位及功能）（布魯格編著，1989：527）或「把由比較多的構成要素按一定的原理組合起來的一個整體」（比梅爾〔W. Biemel〕等，1987：248）；但這顯然看不出系統有立體化的能耐，因此得再寄望於系統論。根據系統論的說法，凡是稱作系統的，都得名副其實而具備一些特點：第一，它是由若干組成部分結合而成的。第二，這些組成部分不是彼此孤立、互不聯繫的，而是相互作用、相互依賴的。第三，它是具有特定功能的有機整體，這種整體功能絕不是各部分功能的簡單相加，而是具有它的個別組成部分所不能具有的功能；同樣的，組成部分如果組合方式不同，整體的功能也就不同。第四，它是有層次的，每個系統都包含若干組成部分，同時它本身又是所從屬的一個更大系統的組成部分：不但有內部的相互作用，而且還有外部的相互作用，構成一個錯綜交織的聯繫網。（劉元亮等，1990：2~3）至於這一系統的立體化能耐所要一併在具體情境中運作以完形的，則約略有五個步驟：第一，研究制定系統的總目標。第二，為實現這個總目標，要設計出若干可行的方案。第三，根據設計出來的方案，分別做出模型以模擬系統的實際情況。第四，根據模型的數據進行方案比較，選出最佳方案。第五，確定系統結構的組成和相互關係。以上五個步驟，都是統籌全局，立足整體，而把整體和局部以及分析和綜合等有機地結合起來，從而達到整體最優化。（張永聲主編，1991：607）因此，**圖3-8**的觀念分化情況，就不是單向式的；它終究要再添加「交纏為用關係」才符合系統需求。如**圖3-10**所示。

　　此外，有關系統的運作成為系統法所保障後，它的某些規律也跟著浮現出來了，例如：第一，從整體出發，把部分和整體有機地結

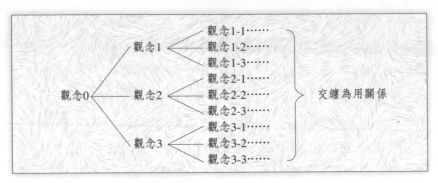

圖3-10　觀念分化的交纏為用關係圖

合起來，著重研究對象的形式、結構和關係等，以求得對象整體的特性、功能和律則等。對於包含大量元素和複雜相互作用關係的特大系統，往往要採取分層處理的方法；就是把大系統分解為若干子系統，分別在各子系統中把部分和整體的關係處理好，然後再將各子系統和大系統的整體結合起來。第二，以綜合為主，把分析和綜合妥善地結合起來。系統法要求綜合地考慮元素的多樣性，如目標的多樣性、方案的多樣性和後果的多樣性等。系統法還要求著重考慮元素之間的相互作用關係。以關係為中心代替以實體為中心，以相互作用關係代替直線因果鏈的關係，是系統法的一大特色。系統法並不排斥分析，而是要求在綜合指導下進行分析，並把分析的結果放在相互作用關係中進行綜合。第三，著重考察對象的秩序，從系統有序的角度研究和處理問題，選擇和確定控制方式和控制參量，以便把對象引向目標所要求的有序程度。由於信息可清除系統的不確定性並成為系統有序程度的標誌，所以選擇、接受、傳遞、加工和處理信息是實現系統有序性的重要途徑，也是系統法的一個重要內容。第四，在動態中把握對象。把對象放在系統和環境的物質、能量和信息交換活動中來考察，研究系統中元素相互作用所引起的動力學過程；研究系統從孕育、產生、發展到衰退、死亡的過

程；研究系統進化的條件和機制等。（王海山主編，1998：84）以上都是泛說系統，而有關所預設的系統內涵仍有許多不同的系統論在作限定的情況尚未再行分辨，如被歸為現代系統理論的信息論、控制論、一般系統論以及被歸為現代非平衡系統理論的耗散結構論、協同論、超循環理論和被歸為現代複雜系統理論的突變論、混沌理論、分形論等，對「系統」都各有所說、甚至還相互對立（魏宏森，1983；苗東升，1990；顏澤賢，1993；王兆強，1995），而這裏為了求簡便（且受限於體例）只好權作選擇；否則就得各自論說以為「落實成效」的檢證依據。（周慶華，2004c：185~187）所謂觀念系統的系統性，在論述上固然不便這麼複雜化，但作為一種系統的精神應該是要相應的；不然它就得喪失系統條件而另行限定。

　　其次是有關將觀念系統的教學付諸實踐的「實施原則」。因為觀念系統也是體現在各種經驗裏以及跟文化的其他次系統緊相關連（在解析時也常要牽連著講）等，於是在教學時也會涉及怎麼著手、如何體證和應驗場域等實施的原則。在怎麼著手方面，由於觀念系統位居文化五個次系統的第二層級，以至它的經驗性和文化性併合後，就會是這樣的掀揭歷程如**圖3-11**所示。

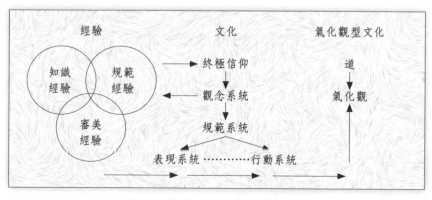

圖3-11　觀念系統教學著手程序圖

　　也就是說，從圖2-10相關的經驗開端，然後連結它相應的文化次系統，最後才溯及它的所在位置（圖中也順便標出所要教學的氣化觀型文化中的終極信仰，並以世界觀作爲觀念系統的領銜）。這也是一般的著手方式；倘若是特殊的著手方式，那麼它也是先被意識，而後才回過頭去看所被蘊涵的文化次系統以及所體現的經驗類型，二者也都可以成爲教學引導的模式。

　　在如何體證方面，由於觀念系統是相承終極信仰而來的，所以所能體證的形態就得在終極信仰的體證上再轉一層。而在了解怎麼著手後，也得接著引向這類的體證上。好比「精氣化生宇宙萬物觀」（詳見第一章第二節）的氣化觀，是「自然氣化的根源或過程」（詳見前節）所凝聚形塑出來的，它的必要縮結人情和諧和自然的兩個層級（詳見前節）的歸屬體現的觀感，只要能促使受學者也在人事或環境上如此表現的，他也等於有所體證了。如圖3-12所示。

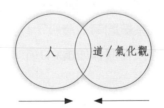

圖3-12　體證氣化觀的形態圖

　　也純就體證氣化觀來說，在形式上只是一個交集的狀態；但在實質上則可能是滿全的演現，因此圖中畫雙箭頭向內，表示兩個圓圈可以重疊。而同樣的進一步看，「如何體證」所隱含的帶強制性引導，最後都得藉「事」予以磨鍊；而這也要過渡到應驗場域上。

　　在應驗場域方面，這也是爲引導受學者去事上磨鍊所得考慮

的。而它也得跨過學校、家庭、社會和世界各地等空間概念，而指向「力場」（詳見前節）。也就是所謂的應驗場域，也寧可將它視爲是一個權力場的估量；當中有特定人和不特定人的先行設定，然後才採取行動（詳見圖2-6「爲誰」環節）。至於所要找的「事」，相同的也就存在這一權力關係中；它可以主動積極造事（從無中生出），也可以被動消極應事（事先模糊存在而後因應使它明確化），直到一個影響或支配行動的結束。

再次是有關驗收觀念系統的教學成效的「檢核方案」。這一樣除了可以透過測驗和觀察行動來檢核以應驗一個最便捷的方案，還可以運用異體系的對比和藉助層次檢核表的建立等來檢核以自成一個較繁複的方案（詳見第五章）。而從前者要以後二者爲前提（才有辦法檢核出教學實質的成效）來看，後二者的方案性更爲強甚。而它同樣又涉及檢核者的條件具備、檢核的程序和檢核的評估等一整套相關連的方案。在檢核者的條件具備方面，不論檢核者是教學者還是他人或是受學者（詳見圖2-16），他們要檢核觀念系統教學的成效，也勢必得具備有關觀念系統的基本經驗（含括了相承性、觀念性和系統性等），以及內部層次（如氣化觀所轄重人倫和崇自然及其逐次相關的觀念等）和外部差異（如氣化觀和創造觀及緣起觀的差異）等進層經驗，才有能力研判所教學的效果。此外，檢核者假使是教學者，那麼他對於前面所說的「怎麼著手」、「如何體證」和「應驗場域」等流程的嫻熟度，相同的也是檢核能否落實的一大助緣。至於檢核者是他人或受學者部分，則得經由不斷觀摩和學習以充實可以用來檢核的資源，整體的檢核工作也才不致偏倚軼缺。

在檢核的程序方面，檢核者具備的條件也終究要轉爲在檢核的程序中運用或接受考驗，而此一程序則是確保觀念系統的教學不爲虛設或徒發的不二法門。因此，所謂檢核的程序，就是一個在觀

念系統的教學過程中隨時要現身的關鍵形式。而它也約略可以區分教學前檢核、教學中檢核和教學後檢核等不同歷程,所有的準備、應驗和修補等檢核活動概如**圖3-7**所示及其說明。

在檢核的評估方面,從「檢核者的條件具備」到「檢核的程序」的考慮,也莫不是為了最後的果效評估能夠如期完成。而這種評估,則可以針對受學者特能將所學用來分辨觀念系統的內部層次和外部差異及其所能理智抉擇的取向等來進行。好比觀念系統中領銜的世界觀,它所可以受檢核評估的理解模式,也不妨融合所檢核的方案而布建如**表3-2**。

表3-2　世界現存三大文化體系中觀念系統（以世界觀為代表）的差異

類型 項目	創造觀型文化	緣起觀型文化	氣化觀型文化
終極信仰	上帝	佛	道
觀念系統	創造觀	緣起觀	氣化觀

依此相關的內部層次和外部差異及其所能理智抉擇的取向等,也可以依表列對比的先後順序來作說明:

這裏就以世界觀為例:世界現存三大文化體系都以世界觀這一帶終極性的意識形態為標誌(所以不以終極信仰為區分依據,主要是它不好稱呼以及它已內在世界觀中而可以由世界觀「出面打理」),以至有西方的創造觀型文化、印度佛教開啓的緣起觀型文化和中國傳統的氣化觀型文化等可以稱名。因此,相關的對比說明從世界觀切入,也就有「提綱挈領」的作用。

我們知道,西方歷來的世界觀,表面上繁複多樣,實際上卻有相當的同質性,就是都肯定一個造物主以及揣摩該造物主的旨意而預設世界所朝向的某一特殊目的:如古希臘人認為世界是由神所創造的,所以它是絕對完美的,但它並非是不朽的;世界本身就含

有衰退的種子。因此，歷史自身可視為一種過程。在這種過程中，事物的原初秩序在黃金時代裏，一直保持著完美的狀態，只有在往後的歷史階段中，才無可避免地陷入衰退的命運。最後當世界接近終極的混沌狀態時，神又再度介入而恢復原初的完美，於是整個過程又重新開始。這樣歷史就不是朝向完美的一種累積性進展，而是一種由秩序邁向混亂的不斷交替。這種觀念就影響到古希臘人對社會究竟要怎樣建立秩序的理念，好比柏拉圖、亞里斯多德相信最好的社會秩序乃是變動最少的社會；在他們的世界觀裏，根本未存有不斷更動和成長的概念。因此，他們最大的心願，就是儘可能保持世界的原狀，以流傳給下一代。又如基督教的歷史觀主宰著整個中世紀的西歐，它認為現世的生命，只是朝向下一個世界的中途站而已。在基督教的神學裏，歷史具有開創期、中間期及終止期的明顯區分，而以創始、救贖及最後審判等三種形式表現出來。這種世界觀認為人類歷史乃是直線型，而非交替型的。它並不認為歷史正朝向某種完美狀態前進；相反地，歷史被視為一種不斷向前的鬥爭，當中罪惡的力量不斷地在塵世播下混亂和崩潰的種子。在這裏，原罪學說已徹底排除了人類改善生活命運的可能性。對中古世紀的心靈來說，世界乃是一個秩序嚴密的結構。在這種結構下，上帝主宰著世上每一事物，人類根本沒有什麼個人目標；只有上帝的誡命，值得他忠實的服膺。基督教的世界觀，提供了一種統一化且含攝一切的歷史圖像。這種神學綜合世界觀，個別人根本沒有一席之地。人生在世的目的，並不在於「貪得」，而在於尋求「救贖」。基於這種目標，社會就被看作一種有機性的「整體」（一種上帝所指引的道德性有機體）；而在這種有機性的整體下，每個人都有他一己的角色。又如從十八世紀以來（按：底下所說的部分，已經屬於「現代」的範圍，此地為了前後「連觀」才一併敘及），以適當、速度和精確為最高價值的機械世界觀，經培根（F. Bacon）、笛卡

兒（R. Descartes）、牛頓（I. Newton）等人的大力推闡，早已席捲了全世界的人心。機器儼然佔有了人類生活的全部，而人類的世界觀念也因爲機器而結合爲一。大家把世界看成是永世法則，由一位至高無上的技師（神）所推動的一部龐大無比的機器。由於這部機器設計得極爲精巧，以至它可以絲毫不差地「運作自如」；而它運動的精確度，可以小到N度來核計。人類對自己在世界裏所看到的精確性深爲著迷，進而冀圖在地球上模仿它的風采。因此，歷史乃是工程上的一種不斷地實習。地球就像一個龐大的「硬體庫」，它由各色各類的零件所構成，而人類必須將這些零件裝配成一種功能性的系統，並且有永遠做不完的工作。這樣歷史已被視爲由混亂而困惑的狀態，邁向井然有序且全然可測的狀態的進步旅程；而中世紀追求後世救贖的目標，也成了過時之物。於是爾後所取而代之的是追求今世完美的新理念。在這種機械世界觀的啓示下，人類也紛紛展開探索這些普遍法則和社會運作之間關係的工作。如洛克（J. Locke）試圖將政府和社會的運作配合於世界機械模型；史密斯（A. Smith）試圖在經濟領域裏進行類似的工作；而斯賓塞（H. Spencer）及所謂社會達爾文主義者更試圖把自然淘汰的概念轉變成適者生存的概念，來強化機械世界觀（自利將促成物質福分的增加），從而促成更高的秩序。（雷夫金，1988：32~65）以上這些世界觀（包括古希臘時代的「神造」世界觀、中古世紀基督教的「神學綜合」世界觀和十八世紀以來的「機械」世界觀等），可以統稱爲「創造觀」（神／上帝創造宇宙萬物觀；底下再分三系，是緣於著重點的不同），長期以來一直支配著西方的人心，並在十九世紀以後逐漸蔓延到全世界。

至於東方的緣起觀和氣化觀，則各有特點。前者，以爲宇宙萬物的出現和消失，都是因緣和合所致。也就是說，有造成宇宙萬物存在的原因或條件，才能夠促使宇宙萬物的實際存在；反過來

說，沒有造成宇宙萬物存在的原因或條件，也就不能夠促使宇宙萬物的實際存在（或者當造成宇宙萬物存在的原因或條件消失了，宇宙萬物也要跟著消失）。而由此「衍生」出人生是一大苦集，最後要以去執滅苦而進入絕對寂靜或不生不滅的涅槃（佛）境界爲終極目標。所謂「若法因緣生，法亦因緣滅。是生滅因緣，佛大沙門說」（施護譯，1974：768中）、「此有故彼有，此起故彼起……此無故彼無，此滅故彼滅」（求那跋陀羅譯，1974：92下）、「所謂此有故彼有，此起故彼起。爲緣無明行，乃至純大苦聚集；無明滅則行滅，乃至純大苦聚滅」（同上，18上）、「是故經中說：若見因緣法，則爲能見佛，見苦集滅道」（鳩摩羅什譯，1974：34下）等，就是在說明這些道理。佛教這種世界觀的具體顯現，普遍流露在講究修練冥想、瑜伽術以及其他的心身冶鍊等行爲而將能量的消耗降到最低限度。後者，以爲宇宙萬物爲陰陽二氣所化生，所謂「道生一，一生二，二生三，三生萬物。萬物負陰而抱陽，沖氣以爲和」（王弼，1978：26~27）、「夫混然未判，則天地一氣，萬物一形。分而爲天地，散而爲萬物。此蓋離合之殊異，形氣之虛實」（張湛，1978：9）、「無極而太極。太極動而生陽；動極而靜，靜而生陰。靜極復動。一動一靜，互爲其根。分陰分陽，兩儀立焉。陽變陰合而生水火木金土，五氣順布，四時行焉，五行一陰陽也，陰陽一太極也，太極本無極也。五行之生也，各一其性。無極之眞，二五之精，妙合而凝。乾道成男，坤道成女。二氣交感，化生萬物。萬物生生，而變化無窮盡焉」（周敦頤，1978：4~14）等，都在說明這個意思（各文中另有陰陽二氣所從來的推測）。而該能化生的陰陽二氣，則是特指流布於天地間的精氣。天地間有陰陽二氣（它是從混沌中判分而出現的）；而陰陽二氣又有駁雜的部分（就是一般的氣）和精純的部分。當中精純的部分，就是所謂的神靈（陽精爲神，陰精爲靈）：「陽之精氣曰神，陰之精

氣曰靈。神靈者，品物之本也」。（戴德，1988：508~509）這神靈交感（陽精和陰精遇合），則可以化生萬物：「二氣感應以相與……天地感而萬物化生」。（孔穎達，1982c：82）而人的肉體自然也在這一化生的範疇裏：「凡人物者，陰陽之化也」（高誘，1978a：260）、「天地合氣，命之曰人」（白雲觀長春眞人編纂，1995：720）、「氣凝爲人」。（王充，1978：202）在人肉體內的陰陽精氣，又被稱爲魂魄：「魂，人之陽精也。陽精爲魂，陰精爲魄」。（高誘，1978b：70）人死後，魂魄消散，又恢復爲神靈。不過，魂氣固然還原爲「神」，魄氣卻又多出一個「鬼」名：「體魄下降於地爲鬼」（戴德，1988：509）、「存亡既異，別爲作名，改生之魂曰神，改生之魄曰鬼」。（孔穎達，1982b：764）而這魄氣只能歸地（而不像魂氣可以昇天），從此跟魂氣分異。傳統中國所見這種世界觀既然以宇宙萬物爲陰陽二氣所化生，那麼宇宙萬物的起源演變就在「自然」中進行；這不無暗示了人也該體會這一「自然」價值，不必做出違反自然之理的事。道家向來就是這樣主張的，而儒家所強調的道德形上學（所謂「夫君子所過者化，所存者神，上下與天地同流」〔孫奭，1982：231〕、「盡其心者，知其性也；知其性，則知天矣」〔同上，228〕、「天命之謂性，率性之謂道，修道之謂教」〔孔穎達等，1982：879〕等，可爲代表），也無不合轍。傳統中國人信守這樣的世界觀，所表現出來的多半是爲使自然和人爲、個人和羣體以及人和物之間達成和諧融通、相互依存境界的行爲方式和道德工夫。

　　東西方這三種世界觀，就因爲在相對區域的普及性，所以前現代的學派特色就由它們來撐起，爾後就各自再進行衍變（沒有衍變的，由於尾隨他者的關係，所以也形同衍變了）；如創造觀一系又開啓了現代的新學派。而所以會有「現代」的出現，主要是因爲西方人向來信守的創造觀所內在的造物主「絕對支配力」的鬆動，

而讓西方人得著自由馳騁思慮和無限伸展意志的機會。從此多方激盪串聯而營造成功的。它展現在十四世紀到十六世紀文藝復興所「假想」古希臘時代「人文主義」的復振（其實古希臘時代並未含有這種脫離神控色彩的人文主義），以及十七世紀啓蒙運動對「人文理性」的強調和十八世紀工業革命對「工具理性」的崇拜。當中還穿插著十八世紀以來由美國獨立運動和法國大革命所掀起的「政治民主」和「經濟自由」等世俗化的浪潮。此外，十六世紀出現的新教的宗教改革，也一起匯入了「推波助瀾」的行列，而它的「成就」的複雜性，可以從下列這段論述看出一斑：

> （現代社會的內涵）(一)工業化：傳統社會進入現代社會的動力是工業化。工業革命是真正對傳統結構和生產組織產生挑戰的主角……(二)都市化：在西方，都市化的腳步是緊跟著工業化而來的……我們可以看出，由於都市化的趨勢，逐漸把許多傳統的「生活模態」摧毀了……(三)普遍參與：上面我們已提到都市化導至了「知識」和「媒介系統」的成長……由於知識和媒介的相互刺激發展，使社會大眾投入到一個「廣大的溝通網」，這樣就產生了一種「普遍參與」的現象……(四)世俗化：傳統的社會在基本上是一「聖化的社會」。所謂聖化的社會，是指社會的行為是受宗教的啓示、傳統的教條、習俗的成規以及先知真人的「典則」所控制的……而現代的社會，則剛剛相反，人們對自然、人事都有一「世俗的態度」。他們受實證科學的洗禮，人們的行為思想都建立在「理性」的基礎上……(五)高度的結構分殊性：這就是雷格斯所說的「高度的繞射化」……在傳統社會裏，家庭幾乎擔負起宗教的、政治的、經濟的、教育的所有「功能」，也就是它的「功能」是高度普化的；但在經濟發展、技術發展的逼促下，社會的結

構自然而然地趨向分殊……(六)高度的「普遍的成就取向」：傳統社會是一簡單的農業社會，一切技術都是樸素的，人們用不到特殊的知識和技術……但由於工業化、技術化的結果，許多工作已非憑經驗和直覺可得而為，而需要相當的專門知識和技術；於是乃不能不逼出一種「普遍的成就取向」……（金耀基，1997：132~138）

雖然如此，現代的工業化下的科學技術和世俗化下的民主政治等特色，並不如後人所推測的那樣已經「解除魔咒」而不再相信造物主的主宰力了。（沈清松，1986；鄭祥福，1996）當中科學技術的發展，全是為了模仿造物主的風采或證實造物主的英明，固然不必多說（詳見後節）；民主政治的演變，所要防止人性的再度墮落，也依舊沒有抹去造物主在背後的絕對的支配力。（巴伯〔I. G. Barbour〕，2001；施密特〔A. J. Schmidt〕，2006；武長德，1984；張灝，1989）因此，所謂的工業化或世俗化後，原世界觀中所預設的高高在上的造物主並沒有消失，只是經由現代人的塵念轉深而暫時「退居幕後」或被「存而不論」罷了；必要的話，祂隨時還會被「請」出來或被「召喚」回來。至於後現代所涉及的是對西方現代及前現代所有成就的全面性的省察和批判。當中的「理路」，約略是這樣的：首先是後現代一詞的「自我定位」。有人認為「後現代」只是個通稱，其實它就社會來說，就是「後工業時代」；在知識傳承的方式上，就是「電腦資訊」；在一般生活的形態上，就是「商業消費」；反映在文學藝術的寫作上，就是「後現代主義」。（羅青，1992：245、254）不論這樣的「區分」是不是很貼切，至少有一點是「不容否認」的，那就是「後現代」是從第二次世界大戰後，新科技電腦的發明，帶領人類進入一個資訊快速流通的社會（也就是「後工業時代」或「資訊社會」或「微電

子時代」）而逐漸形成的。其次是後現代觀念成形的社會背景及其實踐。由於新科技電腦的發明，使得「知識」在一夕之間成了集體財富。理論性知識具體化後，所生成的「科學工業」（如聚合物、光學、電子學、電磁通訊學等）正蓬勃興起；而「知識工人」將成爲社會生產中的主力。這些改變，直接間接的衝擊到人類生活各個層面。當中最明顯的是，它使人由反思到唾棄二、三個世紀以來所形成的「現代社會」（工業社會）的一切。（奈思比〔J. Naisbitt〕，1989；詹明信〔F. Jameson〕，1990；葛雷易克〔J. Gleick〕，1991；托佛勒〔A. Toffler〕，1991）再次是後現代觀念在發展過程中所要塑造的時代特色。因爲有新科技電腦可以倚仗，所以使得大家形塑新時代特徵的信心大增，而終於表現出了有別於過去任何一個時代所能展現的特長。如：(一)累積、處理、發展知識的方式，由印刷術改進到電腦微處理，人類求知的手段，有了革命性的改變；(二)知識發展的方式得到了突破，各種系統的看法紛紛出籠，社會的價值觀及生活形態就朝向多元主義邁進；(三)所有的貫時系統和並時系統裏的有機物及無機物，包括人、事、物，都可以分解成最小的資訊記號單元，都可以從過去的結構體中解構出來，而資訊的交流重組和複製再生就成了後工業社會的主要生活及生產方式；(四)在資訊的重組和再生之間，大家發現「內容和形式」的關係也可以解構，以至古今中外的資訊就可以在人類強大的複製力量下無限制的相互交流、重組再生；(五)後工業社會的工作形態，把工業社會的分工模式解構了，生產開始走向「個體化」、「非標準化」，而工作環境則走向「人性化」等等。（羅青，1989：316~317）此外，後現代所連帶具有的「後設性」，也發揮了相當大的作用。也就是說，它針對前行代的「現代性」、「理性」和「中心主體性」等等的批判一直「不遺餘力」。（鄭泰丞，2000）「繼起者」有的據以爲表現在「改良式」的對自由的追

逐；有的表現在拋棄社會文化的完全超越的自由的崇尚；有的表現在女性主義、後殖民主義、生態保護等「反對性」的運動，可說是風起雲湧且高潮迭起。由於這類後設批判極盡「左衝右突」或「披荊斬棘」的能事，使得相關的論述在「捕捉」和「條理」後現代本身的特性上，就出現了眾說紛紜的有趣的畫面：

> 伽達瑪和德希達都認為後現代主義產生於（二十世紀）六〇年代，是伴隨著現象學、分析哲學的式微和存在主義、結構主義的衰落，以新解釋學和解構哲學的興起為標誌而登上現代思想舞臺的；貝爾認為後現代主義是隨「後工業社會」的來臨而興起，是社會形態在文化領域的反映，因此後現代主義產生於六〇年代；哈伯瑪斯則認為後現代主義興起於二次世界大戰以後，是一股反現代性的思潮，必須加以反抗；李歐塔認為現代主義是後現代知識狀況的集中體現，因此後現代主義的根本特徵是對「元敘事」的懷疑和否定，所以他把後現代主義的興起看成是六〇年代中期的事；詹明信則認為後現代主義是晚期資本主義的徵候……它的世界觀是一種重偶然性、重歷史呈現性的「機遇」，它的興起時間應追溯到海德格的存在哲學。（王岳川，1993：6~7）

這已經無法道盡這一波論述的千姿百態，「後現代性」還處在被無限形塑和嘆異激辯中。（佛克馬〔D. Fokkema〕等，1991；哈山〔I. Hassan〕，1993；貝斯特〔S. Best〕等，1994；史馬特〔B. Smart〕，1997；安德森〔P. Anderson〕，1999；康納〔S. Connor〕，1999；懷特〔H. White〕，2003）至於非西方社會的仿效，有的「全盤」接收；有的「擇異」宣揚；有的「兼行」批判，也不勝數它的「動人繁采」。（蔡源煌，1988；羅青，1989；陸蓉之，1990；王岳川，1993；蕭燁，1996；石之瑜，1997；高

宣揚，1999；王晴佳等，2000；鄭泰丞，2000；馬森，2002；黃瑞祺主編，2003；黃進興，2006；黃乃熒主編，2007）爾後到了二十世紀末，網路時代躍起，主宰了當代文化的運作；而它的需要被「最新期待」（相對的，後現代以前都失去了光彩，而變成沒有可以預期它們再轉變的依據），也就成了「勢所必趨」。只不過它的「前景何在」的問題，則要一併估量。

　　先前由於西方社會的「現代化」的成就光芒四射，非西方社會不免暗生企慕而有踵武西方社會後塵的「現代化」思潮和作為。它所涉及的是一個社會的經濟、政治、技術和宗教等等的持續變革。因此，有人就給「現代化」作了這樣的定義：「開發程度較低的社會為達到和開發程度較高的社會相同的水準而發生的變革過程」。（史美舍，1991：648）再具體一點的說，這種變化過程所要塑造的社會特質，約有「(一)穩定發展的經濟；(二)社會文化逐漸走向非宗教神權的文化特質；(三)社會上的自由流動量應增加並受鼓勵；(四)社會和政治的決定應採納大多數人的意見，鼓勵社會上的成員參加政策性的決定；(五)社會成員同時應具包括努力進取的精神、高度樂觀、創造並改變環境的毅力以及公平並尊重他人人格的價值在內的適合現代社會的人格」等幾項。（張建邦編著，1998：28）這都是以西方社會為模本所從事的「自我改造」工程。如果說現代化「乃是一個社會從原有傳統中為追求體現幸福或提高人民生活水準和改善生活品質而進行的社會全面性轉化的變遷過程」（同上），那麼這就是非西方社會普遍向西方社會取經所造成的風潮。然而，這裏面所隱藏的支配／被支配的權力關係，卻很少人去留意而有所「慚惡」式或「奮起」式的覺醒。這可以分兩方面來談：第一，非西方社會被西方社會支配的「奴事」的警覺性不夠。長久以來非西方社會在西方文化強力的衝擊下，紛紛走向西方社會所走過的或正在走的「政治民主」、「經濟自由」和「科技領

航」等等「現代」化的道路。當中政治現代化和經濟現代化部分，始終走得步履蹣跚，自然不必多說（非西方社會很難學好西方社會的管理方式或遊戲規則）；而以工業化為主的科技現代化，問題更多。如科技現代化所預設的不外是：西方民族或種族優越感、視科技現代化為一世界性和必然性的時代潮流、科技優越或萬能主義的思想、把科技現代化等同於進步主義來看待等等。（陳秉璋等，1988：29~30）這不只無法檢證，還有誤導他人的嫌疑（驗諸許多第三世界國家實施科技現代化的結果，幾乎要瀕臨崩潰和破產的邊緣，可以確定這點）。（安東尼〔L. Anthony〕等，2000；堺屋太一，1996；陳秉璋等，1988）又如科技現代化帶來了生態環境的破壞、能源的枯竭和核武的恐怖等後遺症，至今仍沒有人能想出有效的辦法來挽救（只能偶爾作些消極的抵制或小規模的控制）。（奧伯汀〔P. Aburdene〕，2005；安德生，2006；奈思比，2006）非西方社會既然要實施科技現代化，那麼受西方人宰制和參與了現代化持續性噩運的行列等後果絕對免不了。換句話說，科技現代化（對非西方社會來說這依舊是「現在進行式」的）是一條「不歸路」，而非西方社會正隨人腳跟盲目的走在它上面。第二，西方人支配非西方社會所存的「普同幻想」的欠缺合理性。理由在西方人信守的原罪觀一旦發用後，勢必以一種「暴力愛」收場（既不信賴別人，又要試著去感化別人，以彰顯自己特能包容別人的罪惡；殊不知別人未必有罪惡感，也未必需要他們強來感化）。這種暴力愛的背後，隱隱然的存在著人自比上帝的妄想：

> 罪就是對上帝的反叛……這是由於人總自詡是自己有限中的絕對。他力圖將他有限的存在變為一種更為永久、更為絕對的存在形式……這就是人身上一切帝國主義性的根源；它也說明了為何動物界受限制的掠奪欲會變成人類生活中無窮的、巨大的

野心。這樣一來，想在生活中建立秩序的道德欲望就跟想使自己成為該秩序中心的野心混雜在一起，而將一切對超驗價值的奉獻敗壞於將自我的利益塞入該價值的企圖之中。生活和歷史有組織的中心必須超越生活和歷史本身。因為在時間上、歷史上出現的一切太平面、太大不完全，無以成為它的中心。但由於人認識的偏限性、由於希望自己能克服自身的有限這兩點，使他註定會對局部有限的價值提出絕對的要求。簡單的說，他企圖使自己成為上帝。（尼布爾〔R. Niebuhr〕，1992：58）

這一自比上帝的妄想，終於演變成帝國主義而進行對「他者」的支配、懲治、甚至無度的壓迫和榨取：「西方資產階級把基督教世界之外的異教地區視為『化外之邦』，所以當他們獲得了生產力的迅速發展所賦予的巨大力量，可以向海外擴張時，他們所使用的武器並不僅僅是大炮，而且也有《聖經》；不僅有炮艦，而且也有傳教士」。（呂大吉主編，1993：681）這在早期是靠著強大的軍事力量征服別人，後來則是靠著文化的優勢侵略別人，始終有著「血淋淋」式的輝煌的紀錄！換句話說，原罪觀假定了人人都會犯罪，而一個基督徒自比上帝（這是就整體西方基督教世界的情況來說，不涉及個別沒有此意的基督徒），橫加壓力在非基督徒身上以索得悔過的承諾，卻忘了他自己的罪惡已經延伸到對別人的干涉和強迫服從中。由此也可見，所謂現代化一事，就不像「現代化並不指一種特殊的變遷，如工業化、西化或希臘化，而是指一種『歷史的相對性』的現象，指一個社會或國家自願或不自願地所發生的一種『形變之鏈』的過程。而這種形變乃在減少他自己和其他他認為更進步、更強大或更有聲威的社會之間的文化的、宗教的、軍事的或技術的差距者」（金耀基，1997：140引雷格斯說）這段話所說的那麼簡單，裏頭還夾纏著非理性宰制和盲目附和等「嚴重」

的問題（而不是表面的「自願或不自願」一類的生存抉擇而已）。
而這在繼續推進到後現代／後資訊社會的過程中，由電腦所串起的
全球性網絡，更沒有那一個非西方社會所能夠抵擋西方科技的「攻
勢」。這幕前幕後「穩操勝券」的人，仍然是西方那些擁有創發權
和跨國壟斷而自居上帝第二的科技新貴。而從整體來看，西方人主
宰全世界的布局和滲透力，幾乎已經到了極端縝密和無孔不入的地
步。好比由資訊工程和遺傳工程進步發達而引發的知識經濟熱和生
化科技熱所無法避免的「我們看到空前大量的智慧財產權相關的爭
訟案例。醫院和研究員對立，競奪控制新療法的權利；大學和教職
員對簿公堂，釐清那一方才能因為研究結果而受益；基因工程公司
在爭奪技術和材料時，更是不計成本；甚至研究莎士比亞的學者
也上法院，爭論誰擁有對《哈姆雷特》的特定注釋權」（舒曼〔S.
Shulman〕，2001：5）這類的「知識的戰爭」以及「得知基因組
數據是否意味著，未來夫婦將可選擇自己孩子的特徵？而這是我們
真正期待的事嗎？改變人類基因最可能造成的後果是，激勵許多善
心研究員以及偉大政治家根據他們認為最有利的性質來創造人類，
就像赫胥黎在《美麗新世界》書中所描寫的一樣。去除與生俱來的
人性所必須付出的代價和根除幾種人類疾病的利益相比，到底孰重
孰輕」（畢修普〔J. E. Bishop〕等，2000：457）這類的「基因聖
戰」，無不是那些擁有主導權的人逆向操作的「傑作」（他們一邊
散布相關的「發現」或「發明」；一邊利用他人迎拒不定的「矛
盾」心理加深從中牟利的信念〔反對者也得購買他們的技術或消費
他們的產品，才有辦法表示反對的「理由」〕）。因此，晚近從西
方社會內部陸續湧出的「網路大衰退」、「失控的世界」一類危
言聳聽式的警告和批判（曼德〔M. J. Mandel〕，2001；紀登斯，
2001），顯然就是在替那些科技新貴營造另一波更好主宰弱勢者的
機會（大家只要相信資訊工程會衰退、遺傳工程會失控那些話，接

著就會積極於尋求科技新貴們的「拯救」或提供「解套」策略，而讓他們可以繼續主導時代的走向）。在這種情況下，被主導者或喧嚷要「跟上去」的人，就只好永遠當個「順民」、甚至「幫兇」而不自知。而實際上也是這樣，到今天都還看不到有那個國家極力在反彈拒絕科技的「殖民」宰制。這麼一來，舉世一體化而缺少緩和科技「暴發」的安全閥，不啻要加速能趨疲到達臨界點（不可再生能量趨於飽和）的世界末日的來臨。原先存在的講究「縮結人情／諧和自然」的氣化觀型文化和講究「自證涅槃／解脫痛苦」的緣起觀型文化，本來可以跟西方這一講究「挑戰自然／媲美上帝」的創造觀型文化「共治」這個世界；但如今卻被壓縮加上自我退卻到幾近「不見效率」，毋乃也是人類的一大悲劇！因此，整個「濟危扶傾」的工作就最先落在對被壓抑加上自我放逐的文化的召喚，彼此互讓／對諍／妥協以謀世界的永續經營和人間社會的長治久安。而這時所需要的不再是像底下這類「天真」的想望：

> 在二十世紀末，還有一股力量掏空了「進步之塔」的基部，那就是全球環境的破壞。科學所催生的西方工業模式，仍在不斷耗竭、汙染自然資源，而讓地球生命面臨可能倏然寂滅的威脅。儘管人類已經大幅修正運用自然的方式，讓地球得以免受萬劫不復的傷害；但在西方工業模式的「優越之處」要全人類所信服，似乎已是不可能的事……自由市場或許有能力做到許許多多事，但保護環境絕對不在當中。以企業間的競逐利潤為基礎建立的體制，必然無法保護地球的自然資源。如果環境要受到保護，不當利用資源的行為要予以遏止，並讓那些即使不是對未來最樂觀的人都認為：整個二十一世紀，人類社會可享有今日的經濟成長率，那就勢必得靠國家和超國家的機構來安排、規範。（布雷瑟〔C. Brazier〕，2002：212）

這以期待國家或超國家的機構來安排、規範世人的行為尺度，無異是痴人說夢！如果國家或超國家的機構真有這個甘冒失去競爭力的「危險」而來從事這種自我「削減」工作的膽識和能耐，那麼大家也不會至今還在滔天大浪中掙扎！可見這已經不是「約束」行為的問題，而是根本上「去執」以求延緩能趨疲達到臨界點的噩運的來臨問題。因此，讓另外兩種文化（指氣化觀型文化和緣起觀型文化）「重光於世」，自然就會有所貢獻於「人類的絕滅問題」的解決。（周慶華，2011c：121~132）

縱是如此，相較於創造觀型文化的縱欲作為，緣起觀型文化的斷欲主張，不免又陷入另一個極端而讓人難以全面性的迎合。如圖3-13所示。

創造觀型文化	氣化觀型文化	緣起觀型文化
縱欲	節欲	斷欲

圖3-13　世界現存三大文化體系的欲望表現差異圖

從光譜中可以看出，縱欲和斷欲分居兩端，後者要救渡前者太過「遙遠」；只有講究節欲（緣於縮結人情／諧和自然而不致太過或不及）的氣化觀型文化可以藉來有效的解決上述的問題。因此，所謂的「重光於世」，得對氣化觀型文化多期待一點。而同樣的，如果受學者在學習過程或學習後能比照上述這種理解程度和理智抉擇的取向，那麼就可以肯定有關所經歷的觀念系統的教學是有高度成效的；而教學者一樣也將蒙受特能從事高明且有遠見教學的美名。

總括上述，觀念系統教學的整個理路也已經提點完畢，不僅對所要教學的觀念系統本身有明確可從的設定，而且對區別異體系

也提供了必要的參考架構。此外，有關教學的實施原則和檢核方案等亟欲了解觀念系統的連帶存在狀況以及發掘掌握的途徑等，更有詳細的指明，也合而可以構成一個相關觀念系統教學的最佳模式。

第三節　終極信仰和觀念系統所形塑規範系統的教學

在文化五個次系統裏，規範系統比觀念系統又低一層級，它直接源自觀念系統，並再上承終極信仰，是終極信仰和觀念系統直貫下的產物；以至於在談論規範系統的教學時，也不妨連帶說這是「終極信仰和觀念系統所形塑規範系統的教學」，以顯示它的居間性。而作爲華語文文化教學的又另一個面向，也是從這裏起論。至於要比照爲它點明前路，同樣也已經有前兩節所規模的架構可以遵循。

首先是有關作爲教學依據的規範系統本身的「整套說詞」。這套說詞，原也應該先辨明規範系統和觀念系統及終極信仰的相承性，但因爲前節所作「純粹當它是承繼或啓示的影響關係」的限定的必要一貫性（才不會有兩套標準而失去規律性），所以這裏就毋須再別作辨明，而把討論的空間留給其他。所謂把討論的空間留給其他，也是指剩下來的關係規範系統的規範性和系統性的定性和定量兩個層面。在規範性方面，前面所給規範系統的界定（詳見前章第一節）也已隱含了規範是所制定的行爲尺度及其行爲模式這一性質，但相同的它卻尚未說出該性質本身的屬性。也就是說，規範是怎麼發生的，它的作用又是如何？這可以總稱爲「規範性」，而它也還有待疏通。大體上，規範有社會學、結構主義、行動理論和後結構主義等不同看法：

規範的概念意指主宰活動模式的社會和文化規則，這可能包括有道德和倫理的律令、文化的習俗和實踐以及法律等要素……古典社會學將規範理解為，必須透過社會學習的過程或社會化的過程才能獲得……結構主義的觀點則是將規範視為存在於個別主體之外的社會結構中……行動理論則認為規範是由行動者所擁有，也是透過象徵協商的過程才能獲得發展……對傅柯（後結構主義學家）來說，規範化的過程構成了現代機構、實踐和論述的「規訓」特徵，藉著這些機構，「被馴化的身體」得以被支配、使用、轉變及改造。（巴克，2007：169~170）

不論如何，規範使得主體可以產製，從而成為權力生產的一部分。另外，規範對主體來說，也顯示了一個擇優原則（蘭特利奇〔F. Lentricchia〕等編，1994：319~320）：某些行為尺度及其行為模式被認為比其他行為尺度及其行為模式有更大的保存價值。可見在這種限定中，也終於點出了規範的形成及其作用力，無異也可以彰顯規範在命名上應有的「動態」性質。這麼一來，規範系統的規範性，也理當賦予它源自意欲對行為尺度及其行為模式的範限及其盼望該範限能發揮改變世人行為的心理屬性。換句話說，規範系統雖然相承於觀念系統及終極信仰，但沒有這一心理動機，一樣也不可能會有轉發展出一套規範系統來，前章第二節所提及的權力欲求（兼及文化理想）也再度獲得了印證。此外，規範性也還包括所能繁衍的意涵，會由第一級序的規範分化出第二級序、第三級序……等規範。如圖3-14所示。

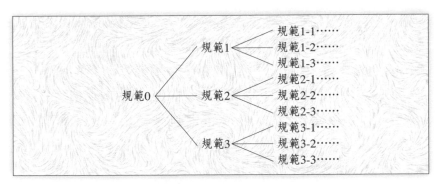

圖3-14　規範分化圖

在這一規範的樹狀圖中，每一次第規範的衍生也都由基本規範或母規範所保障；而這一基本規範或母規範，不處的是具有優先性的「強調親疏遠近」。這相對創造觀型文化所有的「強調互不侵犯」和緣起觀型文化所有的「強調自渡解脫」等分居光譜兩端，仍然顯現中間形態。如**圖3-15**所示。

創造觀型文化	氣化觀型文化	緣起觀型文化
強調互不侵犯	強調親疏遠近	強調自渡解脫

圖3-15　世界現存三大文化體系的優先規範差異圖

正因為有優先規範的存在，也才會依次發展出相關的倫理規範、道德規範和宗教規範等。反過來說，倘若沒有先發展出這緣觀念系統／終極信仰而來的最切要的規範，那麼也就不可能有其他相對應的看法的產生。因此，規範性中所蘊涵的規範羣，也是由優先規範領銜的；而各文化體系緣世界觀不同而來的所有規範的差異，也就同樣各有標別源頭（詳後）。

在系統性方面，既然叫做規範系統，表示它也是有系統性的；而這系統性連著規範的動態演出，它同樣也得有驅力形式。換

句話說，整體的規範系統也是要經過一個可運作形態的東西加持，才能撐起它的名號。至於這個可運作形態的東西，也無異就是那一系統的「立體化」本身。而所謂的立體化所指的「系統的各成分不是平面的組合，而是立體的構成」以及要「一併在具體情境中運作以完形的」特性等，也跟前節所敘的情況類似。因此，**圖3-14**的規範分化情況，也不是單向式的；它終究也要再添加「交纏為用關係」才符合系統需求。如**圖3-16**所示。

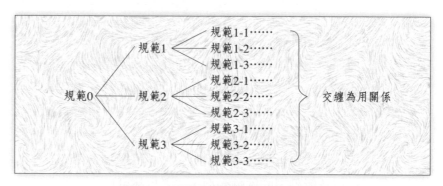

圖3-16　規範分化的交纏為用關係圖

此外，有關系統的運作規律和權作選擇以為相應系統的精神前提等，也跟前節所規範的沒有兩樣，彼此都同享系統的共名，也依照系統的要求自我制度化。

其次是有關將規範系統的教學付諸實踐的「實踐原則」。由於規範系統也是體現在各種經驗裏以及跟文化的其他次系統緊相關連（在解析時也常要牽連著講）等，所以在教學時也會涉及怎麼著手、如何體證和應驗場域等實施的原則。在怎麼著手方面，因為規範系統位居文化五個次系統的第三層級，以至它的經驗性和文化性併合後，就會是這樣的掀揭歷程如**圖3-17**所示。

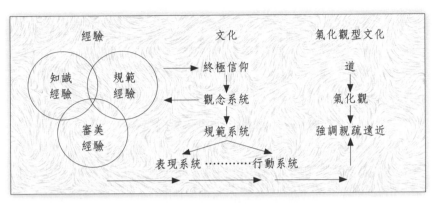

圖3-17　規範系統教學著手程序圖

　　也就是說，從**圖2-10**相關的經驗開端，然後連結它相應的文化次系統，最後才溯及它的所在位置（圖中也順便標出所要教學的氣化觀型文化中的終極信仰和以世界觀作為觀念系統的領銜，以及規範系統中具優先性的規範等）。這也是一般的著手方式；如果是特殊的著手方式，那麼它也是先被意識，而後才回過頭去看所被蘊涵的文化次系統以及所體現的經驗類型，二者也都可以成為教學引導的模式。

　　在如何體證方面，由於規範系統是相承終極信仰和觀念系統而來的，所以所能體證的形態也得在終極信仰和觀念系統的體證上再轉一層。而在了解怎麼著手後，同樣也得引向這類的體證上。好比「強調親疏遠近」的規範，是「自然氣化的根源或過程」和「精氣化生宇宙萬物觀」所凝聚形塑出來的，它的必要分辨從親到疏和從近到遠等兩個層級（精氣化生後，大家蚴結在一起，勢必要分親疏遠近，才能過有秩序的生活；而分親疏遠近，則莫過於以血緣和物類為依據，終而有從親人到陌生人和從人到物的不同對待方式）的歸屬體現的觀感，只要能促使受學者也在人事或環境上如此表現的，他也等於有所體證了。如**圖3-18**所示。

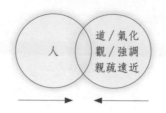

圖3-18　體證強調親疏遠近的形態圖

　　也純就體證強調親疏遠近來說，在形式上只是一個交集的狀態；但在實質上則可能是滿全的演現，因此圖中畫雙箭頭向內，表示兩個圓圈可以重疊。而相同的更進一步看，「如何體證」所隱含的帶強制性引導，最後都得藉「事」予以磨鍊；而這也要過渡到應驗場域上。

　　在應驗場域方面，這一樣也是爲引導受學者去事上磨鍊所得考慮的。而它也得跨過學校、家庭、社會和世界各地等空間概念，而指向「力場」（詳見本章第一節）。也就是所謂的應驗場域，也寧可將它視爲是一個權力場的估量；當中有特定人和不特定人的先行設定，然後才採取行動（詳見圖2-6「爲誰」環節）。至於所要找的「事」，同樣的也就存在這一權力關係中；它可以主動積極造事（從無中生出），也可以被動消極應事（事先模糊存在而後因應使它明確化），直到一個影響或支配行動的結束。

　　再次是有關驗收規範系統的教學成效的「檢核方案」。這相同的除了可以透過測驗和觀察行動來檢核以應驗一個最便捷的方案，還可以運用異體系的對比和藉助層次檢核表的建立等來檢核以自成一個較繁複的方案（詳見第五章）。而從前者要以後二者爲前提（才有辦法檢核出教學實質的成效）來看，後二者的方案性更爲強甚。而它一樣又涉及檢核者的條件具備、檢核的程序和檢核的評估等一整套相關連的方案。在檢核者的條件具備方面，不論檢核者是教學者還是他人或是受學者（詳見圖2-16），他們要檢核規範系

統教學的成效，也勢必得具備有關規範系統的基本經驗（含括了相承性、規範性和系統性等），以及內部層次（如強調親疏遠近所轄穩固血緣和漸離物類及其逐次相關的規範等）和外部差異（如強調親疏遠近和強調互不侵犯及強調自渡解脫的差異）等進層經驗，才有能力研判所教學的效果。此外，檢核者如果是教學者，那麼他對於前面所說的「怎麼著手」、「如何體證」和「應驗場域」等流程的嫻熟度，一樣也是檢核能否落實的一大助緣。至於檢核者是他人或受學者部分，則得經由不斷觀摩和學習以充實可以用來檢核的資源，整體的檢核工作也才不致偏倚軼缺。

　　在檢核的程序方面，檢核者具備的條件也終究要轉為在檢核的程序中運用或接受考驗，而此一程序則是確保規範系統的教學不為虛設或徒發的不二法門。因此，所謂檢核的程序，就是一個在規範系統的教學過程中隨時要現身的關鍵形式。而它也約略可以區分教學前檢核、教學中檢核和教學後檢核等不同歷程，所有的準備、應驗和修補等檢核活動概如**圖3-7**所示及其說明。

　　在檢核的評估方面，從「檢核者的條件具備」到「檢核的程序」的考慮，也莫不是為了最後的果效評估能夠如期完成。而這種評估，則可以針對受學者特能將所學用來分辨規範系統的內部層次和外部差異及其所能理智抉擇的取向等來進行。好比規範系統中優先的規範，它所可以受檢核評估的理解模式，也不妨融合所檢核的方案而布建如**表3-3**所示。

表3-3　世界現存三大文化體系中規範系統（以優先規範為代表）的差異

類型 項目	創造觀型文化	緣起觀型文化	氣化觀型文化
終極信仰	上帝	佛	道
觀念系統	創造觀	緣起觀	氣化觀
規範系統	強調互不侵犯	強調自渡解脫	強調親疏遠近

　　依此相關的內部層次和外部差異及其所能理智抉擇的取向等，也可以依表列對比方便擇要來作說明：

　　這裏以優先規範為例：世界現存三大文化體系分別所見的「強調互不侵犯」、「強調自渡解脫」和「強調親疏遠近」等，倘若以通常性的倫理道德的稱呼來說，那麼就可以從向來所出現的相關論述析辨出一條理路來。

　　如有人曾經以「政治倫理和宗教倫理」、「家族本位和個人本位」和「義務平等和利權平等」等概念組來比較中西道德觀念的不同，而斷言漢民族和西方人原來各有偏重（也就是漢民族較重視政治倫理、家族本位和義務平等等；而西方人則較重視宗教倫理、個人本位和利權平等等）。（黃建中，1990：92~100）類似的說法，也存在其他論說者相關的論述裏。（吳森，1984；曾仰如，1985；樊浩，1994）這顯然可以幫助我們進一步了解倫理在中西社會裏體現的情況（當然這種比較是概略性的，當中難免有相互跨越的情況，而且各自也都有負面的成分存在），但它背後仍然存有一些盲點（見識不精所引起）。如漢民族的倫理和政治結合而道德以家族為本位，這二者固然有連帶關係（由家族倫理推及政治倫理），但西方人的倫理和宗教結合，以神／上帝為依歸，何嘗不是以天下為一大家族（神／上帝是大家長）？那它也應該是重家族倫理才是，為何是重個人倫理？今天漢民族所以重家族倫理、政治倫理，是因為漢民族是一個「橫向」結構的社會（人和人相互依賴〔而無所依賴神／上帝〕），所以大家就會全力關注「人際關係」，而「人際關係」的建立又以由近及遠（由親及疏）為最恰當。因此，這就沒有所謂家族倫理和政治倫理的必要區分。至於西方人以神／上帝為最高主宰，每一個人都是神／上帝的子民，彼此只對神／上帝負責（形成一個無形的「縱向」社會），而且相互平等，所以才有表面看到的那些以個人為本位的作為。其實，這不過

是一種「別有隸屬」（不同於漢民族的相互隸屬）的家族倫理而已。又如漢民族在做到義務平等後，就可以享有利權平等；而西方人在享有利權平等後，也會要求義務平等（如果義務是指「尊重生命」、「尊重自由」、「尊重品格」、「尊重財產」、「尊重社會秩序」、「尊重誠實」、「尊重進步」之類的話）（包爾生〔F. Paulsen〕，1989；佛瑞克納，1991；史密斯，2007；謝扶雅，1973；陳秉璋，1990；鄔昆如，1994；彭炳進，1995；林火旺，1999），以至彼此的「對立」就是假對立。倘若真要區別中西方的不同，只能就中西方各自的利權、義務來作分判，而不能分別拈取一端來作對觀。顯然既有的一些相關的規範還有待「合理」的定案（如上述我個人所用來駁辯的一套說詞，就可勉強替代而成為新的認知對象）。

　　以上是就「大」的方面來說的。此外，涉及「小」的方面如有關最根本或最重要的維繫血緣關係的「親情」的限定，倘若要比照而有所概念化，那麼它就可以依下列這一由我個人所形塑的模式來試為展演。且看兩則案例：

桃應問曰：「舜為天子，皋陶為士，瞽瞍殺人，則如之何？」孟子曰：「執之而已矣！」「然則舜不禁與？」曰：「夫舜惡得而禁之？夫有所受之也。」「然則舜如之何？」曰：「舜視棄天下，猶棄敝蹤也。竊負而逃，遵海濱而處，終身訢然，樂而忘天下。」（孫奭，1982：240~241）

楚昭王有士曰石奢，其為人也，公而好直，王使為理。於是道有殺人者，石奢追之，則父也，還返於廷，曰：「殺人者，臣之父也。以父成政，非孝也；不行君法，非忠也；弛罪廢法，而伏其辜，臣之所守也。」遂伏斧鑕，曰：「命在君。」君曰：「追而不及，庸有罪乎？子其治事矣。」石奢曰：「不

然。不私其父，非孝也；不行君法，非忠也；以死罪生，不廉也。君欲赦之，上之惠也；臣不能失法，下之義也。」遂不去鈇鑕，刎頸而死乎廷。（韓嬰，1988：390）

前則的推測舜的反應，是站在「情有不忍」的立場（如果換成舜戀棧權位而任由他的父親瞽瞍被拘繫治罪，那麼他就只存「沽名釣譽」一線而不再有天理根據），爲氣化觀型文化傳統最典型的表現；而後則的石奢的自我加刑，則不僅是常情「份位原則」（關注在人際互動的關係網絡中，當事人在他的份位上的絕對要求）凌駕「行事原則」（所關切的是導源於行爲本身價值的絕對要求）之上的反映（沈清松編，1993：1~25），它一樣帶有「情所難捨」的倫理自持性，表面看似矯情而實際則是氣化觀型文化傳統必有的高標的道德承擔。

「低階」對「高階」的情形是這樣：反過來「高階」對「低階」又如何？這只能說同樣無法「忘情」。劉義慶《世說新語·傷逝》裏提到「王戎喪兒萬子，山簡往省之，王悲不自勝。簡曰：『孩抱中物，何至於此？』王曰：『聖人忘情，最下不及情；情之所鍾正在我輩。』簡服其言，更爲之慟。」（劉孝標，1978：166），這不就是最好的例證麼！還有唐傳奇中有一篇李復言的〈杜子春〉，它爲杜子春的受度成仙歷程安排了「種種的磨難」（被施以惡鬼、夜叉、猛獸和地獄困妻等試探），最後卻因一聲憐子的長噫而前功盡棄：「盧大怒曰：『昔賈大夫之妻鄙其夫、纔不笑。然觀其射雉、尚釋其憾。今吾又陋不及賈，而文藝非徒射雉也，而竟不言。大丈夫爲妻所鄙，安用其子！』乃持兩足，以頭撲於石上，應手而碎，血濺數步。子春愛生於心，忽忘其約，不覺失聲云：『噫！』噫聲未息，身坐故處，道士者亦在其前，初五更矣。見其紫焰穿屋上，大火起四合，屋室俱焚。道士嘆曰：『錯大

誤余乃如是！』因提其髮投水甕中。未頃，火息。道士前曰：『吾
子之心，喜怒哀懼惡欲皆忘矣，所未臻者愛而已！向使子無噫聲，
吾之藥成，子亦上仙矣。嗟乎，仙才之難得也！吾藥可重煉，而子
之身猶爲世界所容矣。勉之哉！』遙指路使歸。子春強登基觀焉，
其爐已壞，中有鐵柱大如臂長數尺。道士脫衣，以刀子削之。子春
既歸，愧其忘誓。復自效以謝其過。行至雲臺峰，絕無人跡，嘆恨
而歸」（蔡守湘，2002：586），這也是個傳神得不得了的例證。

　　相對的，創造觀型文化傳統中的情況由於只有神／人的「父
子」和人／人的「兄弟姐妹」這二倫，所以對塵世的父母（如同兄
弟姐妹）就沒有上述那種「負擔」（父母老了，有他們所設計的社
會福利制度「照顧」，在情感上一定不及對終身在侍奉的上帝那樣
「愛深」）；最後大概只有父母對子女的憐愛（自比上帝對祂的子
民的憐愛）可以一比。正如舊約《聖經》裏的一段故事所示的：

　　神要試驗亞伯拉罕，就呼叫他說：「亞伯拉罕！」他說：「我
　　在這裏。」 神說：「你帶著你的兒子，就是你獨生的兒子，你
　　所愛的以撒，往摩利亞去，在我所要指示你的山上，把他獻為
　　燔祭。」……亞伯拉罕對他的僕人說：「你們和驢在此等候，
　　我與童子往那裏去拜一拜，就回到你們這裏來。」亞伯拉罕把
　　燔祭的柴放在他兒子以撒身上，自己手裏拿著火與刀，於是二
　　人同行……他們到了神所指示的地方，亞伯拉罕在那裏築壇，
　　把柴擺好，捆綁他的兒子以撒，放在壇的柴上。 亞伯拉罕就伸
　　手拿刀，要殺他的兒子。耶和華的使者從天上呼叫他說：「亞
　　伯拉罕！亞伯拉罕！」他說：「我在這裏。」 天使說：「你不
　　可在這童子身上下手，一點不可害他！現在我知道你是敬畏神
　　的了；因為你沒有將你的兒子，就是你獨生的兒子，留下不給
　　我。」亞伯拉罕舉目觀看，不料有一隻公羊，兩角扣在稠密的

小樹中。亞伯拉罕就取了那隻公羊來，獻為燔祭，代替他的兒子。（香港聖經公會，1996：19）

這裏的「失子」焦慮，還是緣於親情的可以寶貴。但在上帝是必要的終極的所愛對象一旦確立後（這樣才能獲得救贖），這一切就大有「鬆動」的空間。正如新約《聖經》所載的一段耶穌的訓誨：「你們不要想我來是叫地上太平；我來並不是叫地上太平，乃是叫地上動刀兵。因為我來是叫人和父親生疏，女兒和母親生疏，媳婦和婆婆生疏。人的仇敵，就是自己家裏的人。愛父母過於愛我的，不配作我的門徒；愛兒女過於愛我的，不配作我的門徒；不背著他的十字架跟從我的，也不配作我的門徒。得著生命的，將要喪失生命；為我失喪生命的，將要得著生命」。（香港聖經公會，1996：12）這在現實的踐履上，就是「薄了親情」而「厚了敬神」（連原要像上帝那樣對待人類的「博愛」行為，也像前章第五節所說的那樣開始萎縮變調）。依此類推，所有倫常的「強」為牽執與否（「強」為牽執的，如氣化觀型文化傳統中的五倫的設計；不「強」為牽執的，如創造觀型文化傳統中的二倫的設計），也都跟各自的終極信仰／世界觀有關，這就不言可喻了。

又如有一種常見的論調，說漢民族的道德是他律的道德，西方人的道德是自律的道德；又說西方人的社會是契約社會，而漢民族的社會是道律社會。（孫隆基，1985；黃天麟，1992；北島等，1993）這在語意上似乎有矛盾（契約社會本要講求他律道德〔受制於契約〕，卻反而講求自律道德；而一個道律社會本要講求自律道德〔自我負責〕，卻反而講求他律道德），而在實情上似乎也不符合。如：

談論中國人「和合性」的最佳起點，莫如中國人馳名世界的烹調術。中國人所以產生世界上首屈一指的烹調術，是由於他們

能夠將天下種類繁多而氣味各異的食料「和合」於同一碟菜餚中。如果將中國烹調術和西方新教國家（例如美國）相比較，就會發現：後者所能應用的作料，範圍狹小得多；而且一種肉或一種魚往往只能配一種特定的蔬菜，相當「明文規定化」；此外，肉是肉，菜是菜，二者截然劃分，彼此併列而不「和合」……跟西方人的飲食習慣相較，中國人的飲食習慣似乎也反映出同樣的傾向。西方人在進餐時，是將食物先放在自己面前的碟子，再從中吃食，因此是十分個人主義的。中國人在進餐時，則從共同用膳的碗盤中夾食，而且還往往須硬塞給對方吃，因此似乎在假定自己比對方更清楚他本人的飢飽狀態，而且有權為對方決定吃多少。（孫隆基，1985：133~134）

論者以這個來印證漢民族是他律道德的（受制於羣體或依賴於羣體，較少個性的表現），而西方人是自律道德的（嚴分人己界線，有較多個人的自由）。這頗有問題，理由是：西方人講人己分明，互不侵犯對方的權利，在言行上勢必受到更多的限制；反過來看漢民族人人「和合」著過，彼此不嫌棄，所得到的自由豈是西方人所能想像的（這可以舉另一位論者的話為證：「說到自由主義，我更覺得莫名奇妙。我在美國住了十六年，覺得美國人所享受的自由實在有限。踏上他人院子的草地，可能犯上了trespassing的罪名而遭罰款。你自己院子裏的草太長不割，可能被市政府檢控『妨害公共衛生』。做商人的為了說服顧客而略把商品吹噓一下，可能犯上misrepresentation的罪名而被取消營業牌照。做學生的，可能會因抄襲他人作品而勒令退學。反觀中國社會，商人們有自由來針對個別情形開價。司機們有自由來橫衝直撞，不遵守交通規則。出版商有隨便翻版的自由〔按：這種情況，當今已經有「改善」〕。教授們有興之所至的『離題萬丈』的講演的自由。學生們也有寫

論文時無可奈何東抄西抄的自由。一言以蔽之，在中國社會所享受的自由絕不會比一個美國公民所得的自由少」〔吳森，1978：66~67〕）。又如：

> 中國人常以訂定契約為對人不信的表現，這是受了縱式社會以及家庭構造的觀念影響。所以想跟對方訂立契約時，常以「契約應該是不必要的了，不過形式上我們還是……」等等來作為向對方提出訂定契約的前導，試圖緩和對方的情緒。那麼處處要求訂定契約的西方社會，是不是就是「不信之社會」？有人認為如此；但也不盡然……西方因注重獨立構造下的「信」的建立，它不要求同化的過程，但要求獨立體的存在和尊重。沒有同化過程的「信」，自然就傾向於契約，在西方契約不是「不信」的表示，而是「信」的開始；信守契約就是「信」的本身，所以他們對「契約」的信守遠比東方人為堅定。（黃天麟，1992：139~140）

論者以這個來強調西方人的社會是契約社會，而漢民族的社會是道律社會。這是表面的說法，實際上它也是在告訴人：西方人的道德是自律的道德；而漢民族的道德是他律的道德。因此，它也難免要現出跟前例一樣「自我矛盾」的現象（信「契約」和信「口頭承諾」，同樣都是「信」，都是道律，無所謂「對立」〔但差別只在形式〕）。

上述這些論調，還隱含著一個問題，就是論者常有意無意的從西方人的角度來看（或以西方人的道德觀作為衡量的標準），說漢民族是一個他律的或重義務的民族。但如果改從漢民族的角度來看，我們也可以說西方人是一個他律的或重義務的民族（以神／上帝為終極的他律）。這樣還有什麼可分別（指前面所述那些）的？其實，這只要掌握中西方各自的終極信仰及其下貫的觀念系統，就

可以解釋出彼此規範系統的差異。也就是西方人的一神信仰已經給自己畫好了位階：人具有雙面性，是一種可上可下的「居間性」動物。但所謂的「可上」，卻有它的限度，永遠無法神化；而所謂的「可下」，卻是無限的，而且是隨時可能的。有這種觀念，必然一面重視自由意志（緣人都帶有上帝的一點靈明而來），強調「人生而平等」；一面重視法律制度（緣人都有墮落的潛能而來），以便防範人犯罪和規範人的權利義務。這也就是西方人特別講究「互不侵犯」（包括他們在飲食上所表現的那樣「條理化」和「規制化」）的道理所在。正如有位論者所說的：「神是至善，人是罪惡。人既然沉淪罪海，生命最大的目的就是企求神恕，超脫罪海，獲得永生。這種思想，應用到政治上，演爲新教徒的互約論；人的社會乃是靠兩重互約建立，一是人和神之間的互約。一方面人保證服從神意，謹守道德；另一方面，基於人的承諾，神保證人世的福祉和繁榮。在這人神互約之下，人們彼此之間又訂下了進一步的信約，言明政府的目的乃是阻止人的墮落，防制人的罪惡（按：用在個人上，就是互不侵犯，以保障各自所享有的權利）。在這一大前提下，政府的領袖如果恪遵神意，爲民造福，那麼人民接受他的領導；如果他們不能克制自己的罪惡性，因而違反神意，背叛信約，那麼人民可以起而驅逐他，否則整個社會必獲神譴而蒙受各種天災人禍」。（張灝，1989：9~10）因此，當我們在面對底下這些全出自西方人自己口中的話，也就不需要感到訝異了：「我們應該假定每個人都是會拆爛汙的癟三，他的每一個行爲，除了私利，別無目的」、「政府的存在不就是人性的最好說明嗎？如果每一個人都是天使，政府就沒有存在的必要了」、「大人物幾乎都是壞人（地位越高的人，罪惡性也越大）」、「權力容易使人腐化，絕對的權力絕對會使人腐化」（同上，14、18引漢彌兒頓、麥迪遜、阿克頓語）。至於漢民族，以人爲陰陽二氣中的精氣偶然聚合而成；因

為是「偶然聚合」，不定變數，所以承認人有「智愚」、「賢不肖」、「貧富」、「貴賤」、「窮達」、「壽夭」、「勞心勞力」等等不平等現象（這也使得漢民族在某種程度上能「忍受」別人的壓抑、剝削等待遇；甚至在當今有意向西方人看齊，勤學他們的民主制度，卻因為「內質」難變而導至顛躓學步的窘境）。又因為是精氣所化，人神相通（漢民族祭神以人所吃食物為媒介，正是將神比人而人通神的明證〔這在西方人的一神信仰中將神／上帝視為「全能」而不需食物「奉獻」，二者顯然不可同日而語〕），所以大家要關注橫向的人際關係，而有許多相應的道德規範產生（如忠孝仁愛信義和平之類）；並且為不同身分地位的人「量身裁衣」（如父慈子孝、君敬臣忠之類），賦予必要的權威，以維繫社會生活的秩序化運作（至於漢民族的善於烹調和「和合式」的進食方式，基本上也是為「縮合」或「潤滑」人際關係而有意無意發展出來的〔古代皇宮膳食多為討好皇帝一人，現今民眾宴客仍以美食招徠，都可以為證〕）。

　　由此可見，兩種主要文化傳統中的道德觀幾乎是不可共量的；但如今當中一方（指創造觀型文化傳統的道德觀）藉由各種有形無形的殖民手段強為普世化而著為法制（如民主制度、法律規範、社福擘畫等）後，原也有特殊色彩的另一方（指氣化觀型文化傳統的道德觀）就節節敗退到「潰不成軍」的地步（臺灣走西方資本主義路線而徹底被收編固然不必多說，中國大陸先行西方文化的支裔共產主義後寬鬆改兼崇資本主義也無異是完全臣服在西方霸權之下）。像這種沒有了「自家面目」的危機，在二十世紀初就有人深切的感受到了：「當今（按：指二十世紀初）人們愛奢談什麼追求自由；可是我敢說，要獲得自由、真正的自由只有一條路，那就是循規蹈矩，就是學會適當地約束自己。看看革命前的中國吧（那裏沒有教士，沒有警察，沒有市政稅和所得稅，總之沒有這類使歐

美人民苦不欲生的東西），那時的中國人享有較世界其他各民族更多的自由。爲什麼？因爲革命前的中國人循規蹈矩，懂得如何約束自己，如何按照一個良民的標準去辦事。然而，革命以後，中國人的自由不多了。這是由於當今中國有了那些剪了辮子的時髦之徒，那些歸國留學生的緣故。這些人從歐美人那裏，從上海的歐美羣氓那裏，學會了怎樣放蕩不羈，怎樣不按一個良民的標準來約束自己的行爲，從而變成了一羣烏合之衆。在北京，他們成爲一羣被英國外交官和海關稅務司慫恿、嬌慣和推崇的烏合之衆……」（辜鴻銘，1999：16~17）但一個世紀來，這不但沒有減輕，反而更加的陷入泥淖而不知「止歸」（即使西方人的道德觀有可以學習處，也難望「成功」。這一方面是漢民族大多不了解西方人的道德觀而會「胡亂支用」〔如上述論者所指出的情況就是〕；一方面是漢民族的內質難變而移植不成西方人的道德觀）。因此，這裏所重新再建構的一套說詞，不啻就可以冀望經由相關的主體（個別或集體）促動的權力欲求試爲體現差異性風采而從此扭轉傾向一體化道德規範的迷思（終止「集體」的道德烏托邦幻想）。

　　就以「正義」這種道德規範爲例，它在中西方就有不同的賦義而難以混爲一談。我們知道，中西方都有「僱傭」或「半僱傭」武力來遂行權力欲求的情況（霍布斯邦（E. J. Hobsbawm），2004；梁啓超，1971；陶希聖，1982；田毓英，1986；曹正文，1994；董躍忠，1995；易劍東，2000）；而這不論是否也摻雜太多不義的成分（按：所謂的不義，是指不能公正的對待每一個人而使對方可以順利的追求幸福〔阿德勒，1986〕），對被僱傭者來說他都要面對一個「以武力效命」的問題。這時武力的權力媒介特性就會因爲情況背景的差異而染上不同的文化色彩。比如下列三段敘述所展露的：

晉靈公不君，厚斂以彫牆；從臺上彈人，而觀其辟丸也；宰夫
胹熊蹯不熟，殺之，寘諸畚，使婦人戴以過朝……宣子驟諫。
公患之，使鉏麑賊之。晨往，寢門闢矣。盛服將朝，尚早，坐
而假寐。麑退，嘆而言曰：「不忘恭敬，民之主也。賊民之
主，不忠；棄君之命，不信。有一於此，不如死也。」觸槐而
死。（孔穎達，1982b：364）

強盜大英雄奇襲之前，先預警地方上那名專門追捕強盜的警
官，快找地方掩蔽。反過來，警官也曾一度將阿蒙逼困山洞死
角，當時洞內尚有強盜之妻、他新生的嬰兒以及另一名婦女。為
了救這三個人，阿蒙願意交出自己。警官上前接受他的投降，可
是當中一個女人發話了：「你以為你是公平交手，抓住了他。其
實你贏，只是因為他不想讓孩子死掉罷了。」聽了這番嘲諷，警
官竟然無法動手去逮捕他，因為這種贏法太不光彩。最後，竟放
他逃了。（霍布斯邦，2004：72引凱莫的小說《鷹盜阿蒙》）

有位武士目睹主人被殺，由於武士必須為主人復仇，他花了幾
個月的時間追蹤暗殺者。最後，他在暗巷圍堵暗殺者，當武士
拔刀想要砍掉被圍堵的暗殺者時，殺人者在武士的臉上吐了口
痰。就這樣，武士將刀緩慢平靜地收回放入刀鞘，轉身走開。
一臉茫然的殺人者叫喚他：「為什麼你不殺我？」武士回答：
「因為你激怒了我。」（柏肯〔T. Burkan〕，2002：188）

　　第一段所敘述的是中國傳統上的刺客行跡。該刺客明顯遇到
了刺殺良臣等於跟百姓過不去／不刺殺良臣則無法向僱主國君交代
的道德兩難困境；而他最後的抉擇則無疑樹立了一個忠信不能兩
全時可以「一死了之」的典範。這曾被解釋為傳統中國人在面對
「份位原則」和「行事原則」的價值衝突時，常以「份位原則」的

優先性作為選擇的依據。（沈清松編，1993：1~25）而它更深一層的原因是傳統中國人信守氣化觀，所以一切都會認為自己是「靈氣所鍾」而必須「自視甚高」的獨立承擔起來。其他文化傳統中的人別有信仰，自然就不會出現類似的道德行為。而第二段所敘述的是西方傳統上的巡警勤務。該巡警不願「勝之不武」而放走強盜，背後所隱含的「公平決鬥以決勝負」（而不累及無辜）的信念，則顯然是傳統西方人信守創造觀而對於受造者為一個獨立的個體「必須行為自負」的精神體現。至於第三段所敘述的是日本傳統上的武士誼行。該武士的表現則兼有中國傳統的「盡忠」德行和西方傳統的「榮譽至上」修為（這可能跟日本人長久以來勤學中西方文化累積沉澱「菁華」有關）。以上這些彼此「易地而處」勢將無法如此順當的演出；可見當中各有文化主體在進行調節推動，而使得武力也跟其他媒介一樣可以深入文化性的權力場域去取得「優為折衝」的位子。如果說武力所向在某些時候也是為了化解來自他方更大武力的威脅，而它的「以暴制暴」手段則為「至於無暴」的不二法門，那麼它就不可能僅止於一個「正義需求」的驅使而已。所謂「人對『正義』的渴求永遠無法滿足。在他的靈魂深處，對於不能滿足他的正義需求的社會秩序，始終有著一份抗拒感。不管生存何時何處，他都對那個社會的秩序或整個現實生活環境不滿，認為它不公不義。人，就充滿著這股奇特、固執的驅策，對過去、現在、將來的種種事物，永遠不肯忘，永遠在思索，永遠要改變。在這同時，內心還隨時想望明明得不到的東西（即使用神仙童話的形式獲得區區幻想式的滿足，也算一種解決辦法）。也許這就是古往今來，不分階級、宗教、民族，一切英雄傳說的基礎吧」（霍布斯邦，2004：194引奧伯拉契說），這就忽略了正義需求的正義性並非「一個樣子」。換句話說，不同文化系統中所賦予「正義」的意涵不盡一致（如傳統中國人就常以自我承擔「苦果」為正義；而傳

統日本人所兼具的「忠」行也無法純以西方傳統的「公平為義」的
觀念來衡量），以至武力的可能的「止戈」性也就趨向各異了。因
此，武力的權力媒介特性就更得留意它的「適才適所」因緣，才不
致誤認或特許它的泛威嚇或泛施暴功能。

　　這種正義的「擴大」訴求，很容易就會連到由創造觀型文化
所帶動的政治、經濟和科技等全球化浪潮而導至人性嚴重扭曲和塵
世快速沉淪等噩運的「對治」上。這在對氣化觀型文化傳統中相關
道德理念的重新召喚上，顯然有相當的迫切性。而事實上，還有緣
起觀型文化傳統所積極嚮往的自證涅槃以解脫痛苦的「無有作為」
（不思善不思惡）式的道德觀，更可以借來緩和目前的「亂象」而
樹立起相當緊要的一大道德規範；否則不但少了一道有助於扶傾濟
危的「匡世」的清流，還可能因為「無知」病急亂投醫而鑄下更不
可善後的「大錯」（還自以為是在博愛行善呢）！好比下列兩個同
性質的例子所透露的：

> 流行歌手史汀，為解救亞馬遜雨林，曾於1980年代積極奔走，
> 不斷為當地的卡雅布族印第安人爭取保存他們生活方式的權益
> 而努力。最後終於如願以償，巴西總統同意設立印第安保留
> 區，於1991年授予該部族約兩萬五千平方英里的受保護區域。
> 然而，此項協議一達成後，卡雅布族諸酋長卻開始和探礦及伐
> 木公司進行交易，並從中賺進數百萬元的財富；但這些錢據說
> 是花在房子、車子和飛機上，用於村民身上的卻是少之又少。
> （費爾恩〔N. Fearn〕，2003：27）

> 1975年，世界重量級拳擊冠軍阿里把轉播他拳擊賽的阿依達霍爾
> 劇場的門票提高一美元作為捐款，將這些捐款獻給了在非洲的鑽
> 井工程。因為當時非洲的中西部連年乾旱，許多游牧民都為飢餓
> 和乾渴而困擾。在西非獅子山中部挖掘的一口井，的確為保護迫

於乾旱南下而來的幾千名牧民和他們的家畜發揮了很大的作用。當然，阿里的善意也受到人們的讚揚。但幾年以後卻發生了意想不到的問題，很多游牧民定居在水井周圍，並飼養家畜，所以水井方圓三十公里內的草木都被吃得精光。因此，在被綠蔭覆蓋的獅子山中部出現了一塊圓圓光禿禿的地方，形成了來自撒哈拉大沙漠的熱風吹向大海的通道。通道兩側原本濕潤茂密的樹林也變得乾枯稀疏，北部本來就稀疏的樹林地帶竟成了沙漠。阿里本想拯救為飢餓和乾渴而痛苦的人們，結果卻事與願違，造成了更為嚴重的自然破壞。（堺屋太一，1996：200）

歌手史汀沒有詳察在保護亞馬遜雨林而還給原住民生活的權益背後所存在的遭人算計的陰謀，而拳王阿里未能評估贊助非洲鑽井工程的恆久效益而造成無法補救的生態環境的破壞，明顯都出現了道德的反效果而大為抵銷當初的美意。可見浮濫行善不如不行善（至少不必再費心於彌補無意中所留下的後遺症），這當中還有得我們「智慧」裁奪的空間。而這多仰賴一點緣起觀型文化傳統特有的「無欲」、「無我」等一系列無有作為的道德觀，顯然更有現時的意義和價值。（周慶華，2007a：207~226）不過，從恆久的角度來看，這種道德觀只合配合救急，要維繫世界的和諧運作，仍然得靠支取有度的氣化觀型文化的道德觀。換句話說，完全無欲／無我的無所作為，會讓其他物種過於繁盛而反過來造成另一種失衡現象；只有支取有度的道德觀，才能促使世界的和諧而不致向任一端傾斜。因此，相同的倘若受學者在學習過程或學習後能比照上述這種理解程度和理智抉擇的取向，那麼就可以肯定有關所經歷的規範系統的教學是有高度成效的，而教學者同樣也將蒙受特能從事高明且有遠見教學的美名。

歸結上述，規範系統教學的整個理路也已經提點完畢，不但

對所要教學的規範系統本身有明確可從的設定，並且對區別異體系也提供了必要的參考架構。此外，有關教學的實施原則和檢核方案等亟欲了解規範系統的連帶存在狀況以及發掘掌握的途徑等，更有詳細的指明，也合而可以構成一個相關規範系統教學的最佳模式。

第四節　終極信仰和觀念系統及規範系統下貫為表現系統和行動系統的教學

　　表現系統和行動系統並列為文化五個次系統的最低層級，它們各別承自規範系統，並再上接觀念系統和終極信仰等；同時彼此又有某種程度的交涉而為間接相通關係。因此，在談論表現系統和行動系統的教學時，也不妨連帶說這是「終極信仰和觀念系統及規範系統下貫為表現系統和行動系統的教學」。而作為華語文文化教學的又另兩個面向，也是從這裏起論。至於要比照為它們點明前路，一樣也已經有前三節所規模的架構可以遵循。

　　首先是有關作為教學依據的表現系統和行動系統本身的「整套說詞」。這套說詞，原也應該先辨明兩個系統和規範系統／觀念系統／終極信仰的相承性，但因為前兩節所作「純粹當它是承繼或啟示的影響關係」的限定的必要一貫性（才不會有兩套標準而失去規律性），所以這裏也毋須再別作辨明，而把討論的空間留給其他。所謂把討論的空間留給其他，同樣也是指剩下來的關係表現系統和行動系統的表現性／系統性和行動性／系統性的定性和定量兩個層面。在表現性／系統性方面，前者（指表現性）在前面所給表現系統的界定（詳見前章第一節）也已隱含了表現是用感性的方式這一性質，但一樣的它卻尚未說出該性質本身的屬性。也就是

說，表現是怎麼發生的，它的作用又是如何？這可以總稱爲「表現性」，而它也還有待疏通。大略上，除了有某些特殊的用法如美學家克羅齊（B. Croce）把「直覺」視爲表現或形式派美學將「表意的成分」當作表現，一般大多指以語言文字「代表」或「徵候」心中的情意（朱光潛，1981：91~100）；而我個人寧可更顧名思義的把它設定爲「表演呈現」（以意象或事件的藝術手法來表達心中的情意）。（周慶華，2004a：95~98）但不論如何，這都還只是在解釋詞義，而涉及不到所以發生的因緣。我們想知道爲何會有表現，還是得放在權力生產的網絡裏去定位，而讓表現主體可以有另一個擇優原則（刻意有別於非表現的其他行爲）來自我標誌。這樣才算點出了表現的形成及其作用力，也比較可以彰顯表現在命名上應有的「動態」性質。如此一來，表現系統的表現性，也理當賦予它源自意欲對用感性的方式的範限以及盼望該範限能發揮改變世人改用感性的方式的心理屬性。換句話說，表現系統雖然相承於規範系統／觀念系統／終極信仰，但沒有這一心理動機，同樣也不可能會有轉發展出一套表現系統來，前章第二節所提及的權力欲求（兼及文化理想）也再度獲得了印證。此外，表現性也還包含所能繁衍的意涵，會由第一級序表現分化出第二級序、第三級序……等表現。如圖**3-19**所示。

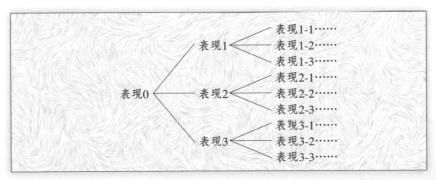

圖3-19 表現分化圖

在這一表現的樹狀圖中，每一次第表現的衍生也都由基本表現或母表現所保障；而這一基本表現或母表現，很明顯的是具有統括性的「內感外應」。這相對創造觀型文化所見的「馳騁想像力」和緣起觀型文化所見的「逆緣起解脫」等來說，無疑的自成一格。正因為有統括性的表現的存在，也才會依此發展出優美、崇高、悲壯等美感類形。反過來說，如果沒有先發展出這緣規範系統／觀念系統／終極信仰而來的最優位的表現，那麼也就不可能有其他相對應的技藝的產生。因此，表現性中所蘊涵的表現羣，也是由統括性的表現領銜的；而各文化體系緣世界觀和優先規範等而來的所有表現的差異，也就一樣各有標別源頭（詳後）。至於後者（指系統性）既然叫做表現系統，表示它也是有系統性的；而這系統性連著表現的動態演出，它相同的也得有驅力形式。換句話說，整體的表現系統也是要經過一個可運作形態的東西加持，才能撐起它的名號。至如這個可運作形態的東西，也無異就是那一系統的「立體化」本身。而所謂的立體化所指的「系統的各成分不是平面的組合，而是立體的構成」以及要「一併在具體情境中運作以完形的」特性等，也跟前兩節所敘的情況類似。因此，**圖3-19**的表現分化情況，也不是單向式的；它終究也要再添加「交纏為用關係」才符合系統要求。如**圖3-20**所示。

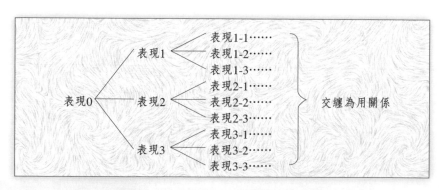

圖3-20　表現分化的交纏為用關係圖

　　此外，有關系統的運作規律和權作選擇以爲相應系統的精神前提等，也跟前兩節所規模的沒有差別，彼此都同享系統的共名，也依照系統的要求自我制度化。

　　在行動性／系統性方面，前者（指行動性）在前面所給行動系統的界定（詳見前章第一節）也已隱含了行動是開發自然和管理人羣的全套辦法這一性質，但同樣的它卻尚未說出該性質本身的屬性。也就是說，行動是怎麼發生的，它的作用又是如何？這可以總稱爲「行動性」，而它也還有待疏通。大概上，行動幾乎都沒有疑義的被視爲一種做事的方式，以對立於理論或抽象思考的應用或操演。（巴克，2007：201）但這一樣只是在解釋詞義，並未涉及行動所以發生的因緣。我們想知道爲何會有行動，還是得放在權力生產的網絡裏去定位，而讓行動主體也可以有另一個擇優原則（刻意有別於無所行動）來自我標誌。這樣才算點出了行動的形成及其作用力，也比較可以彰顯行動在命名上應有的「動態」性質。如此一來，行動系統的行動性，也理當賦予它源自意欲對開發自然和管理人羣的全套辦法的範限以及盼望該範限能發揮改變世人改用類似辦法的心理屬性。換句話說，行動系統雖然相承於規範系統／觀念系統／終極信仰，但沒有這一心理動機，相同的也不可能會有轉發展出一套行動系統來，前章第二節所提及的權力欲求（兼及文化理想）也再度獲得了印證。此外，行動性也還包含所能繁衍的意涵，會由第一級序行動分化出第二級序、第三級序……等表現。如**圖 3-21**所示。

　　在這一行動的樹狀圖中，每一次第行動的衍生也都由基本行動或母行動所保障；而這一基本行動或母行動，特別聲然可辨的是具有總攝性的「隨順自然／勞心勞力分職」。這相對創造觀型文化所展現的「役使萬物／講究均權制衡」和緣起觀型文化所展現的「戒殺／去治」等來說，顯然頗爲殊異。正因爲有總攝性的行動的

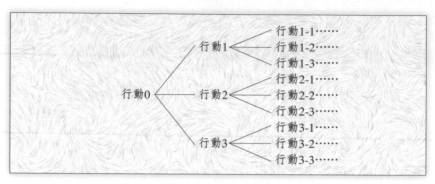

圖3-21　行動分化圖

存在，也才會依此發展出科技、政治、經濟和社會等行動類型。反過來說，如果沒有先發展出這緣規範系統／觀念系統／終極信仰而來的最先存的行動，那麼也就不可能有其他相對應的行為實踐的產生。因此，行動性中所蘊涵的行動羣，也是由總攝性的行動領銜的；而各文化體系緣世界觀和優先規範等而來的所有行動的差異，也就同樣各有標別源頭（詳後）。至於後者（指系統性）既然叫做行動系統，表示它也是有系統性的；而這系統性連著行動的動態演出，它一樣也得有驅力形式。換句話說，整體的行動系統也是要經過一個可運作形態的東西加持，才能撐起它的名號。至如這個可運作形態的東西，也無異就是那一系統的「立體化」本身。而所謂的立體化所指的「系統的各成分不是平面的組合，而是立體的構成」以及要「一併在具體情境中運作以完形的」特性等。也跟前兩節所敘的情況類似。因此，圖3-21的行動分化的情況，也不是單向式的；它終究也要再添加「交纏為用關係」才符合系統要求。如圖3-22所示。

　　此外，有關系統的運作規律和權作選擇以為相應系統的精神前提等，也跟前兩節所規模的沒有差別，彼此都同享系統的共名，也依照系統的要求自我制度化。

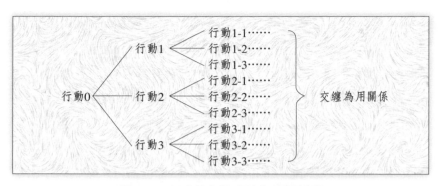

圖3-22　行動分化的交纏為用關係圖

　　其次是有關將表現系統和行動系統的教學付諸實踐的「實施原則」。因為表現系統和行動系統也是體現在各種經驗裏以及跟文化的其他次系統緊相關連（在解析時也常要牽連著講）等，所以在教學時也會涉及怎麼著手、如何體證和應驗場域等實施的原則。在怎麼著手方面，由於表現系統和行動系統位居文化五個次系統的最低層級，所以它們的經驗性和文化性併合後，就會是這樣的掀揭歷程如**圖3-23**所示。

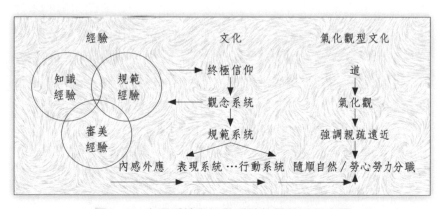

圖3-23　表現系統和行動系統教學著手程序圖

也就是說,從圖2-10相關的經驗開端,然後連結它們相應的文化次系統,最後才溯及它們的所在位置(圖中也順便標出所要教學的氣化觀型文化中的終極信仰、以世界觀作為觀念系統的領銜和規範系統中具優先性的規範,以及表現系統中具統括性的表現和行動系統中具總攝性的行動等)。這也是一般的著手方式,倘若是特殊的著手方式,那麼它們也是先被意識,而後才回過頭去看所被蘊涵的文化次系統以及所體現的經驗類型,二者也都可以成為教學引導的模式。

在如何體證方面,由於表現系統和行動系統都是相承於終極信仰、觀念系統和規範系統而來的,所以所能體證的形態也得在終極信仰、觀念信仰和規範系統的體證上再轉一層。而在怎麼著手後,相同的也得引向這類的體證上。好比「內感外應」的表現和「隨順自然/勞心勞力分職」的行動,是「自然氣化的根源或過程」和「精氣化生宇宙萬物觀」及「強調親疏遠近」所凝聚形塑出來的,它們的必要分辨意象諧美/事件宛轉和不事開發/維護生態及性別異作/層級分工等各別兩個層級(前者的內感外應,全為強調親疏遠近的家族性所制的,勢必要透過諧美的意象和宛轉的事件來達到營造良好人際關係的目的;而後者的隨順自然/勞心勞力分職,則依然是強調親疏遠近的直接間接的落實,所以才會自為所安和不僭越運作)的歸屬體現的觀感,只要能促使受學者也在人事或環境上如此表現的,他也等於有所體證了。如圖3-24、圖3-25所示。

圖3-24　體證內感外應的形態圖

圖3-25　體證隨順自然及勞心勞力分職的形態圖

　　也純就體證內感外應和隨順自然／勞心勞力分職來說，在形式上各別只是一個交集的狀態，但在實質上則是滿全的演現，因此圖中畫雙箭頭向內，表示兩個圓圈可以重疊。而同樣的更進一步看，「如何體證」所隱含的帶強制性引導，最後都得藉「事」予以磨鍊；而這也要過渡到應驗場域上。

　　在應驗場域方面，這相同的也是為引導受學者去事上磨鍊所得考慮的。而它也得跨過學校、家庭、社會和世界各地等空間概念，而指向「力場」（詳見本章第一節）。也就是所謂的應驗場域，也寧可將它視為一個權力場的估量；當中有特定人和不特定人的先行設定，然後才採取行動（詳見**圖2-6**「為誰」環節）。至於所要找的「事」，一樣的也就存在這一權力關係中；它可以主動積極造事（從無中生出），也可以被動消極應事（事先模糊存在而後因應使它明確化），直到一個影響或支配行動的結束。

　　再次是有關驗收表現系統和行動系統的教學成效的「檢核方案」。這同樣的除了可以透過測驗和觀察行動來檢核以應驗一個最便捷的方案，還可以運用異體系的對比和藉助層次檢核表的建立等來檢核以自成一個較繁瑣的方案（詳見第五章）。而從前者要以後二者為前提（才有辦法檢核出教學實質的成效）來看，後二者的方案性更為強甚。而它相同的又涉及檢核者的條件具備、檢核的程序和檢核的評估等一整套相關連的方案。在檢核者的條件具備方面，不論檢核者是教學者還是他人或是受學者（詳見**圖2-16**），他們要檢核規範系統教學的成效，也勢必得具備有關表現系統和行動系統的基本經驗（含括了相承性及表現性／系統性和行動性／系統性等），以及內部層次（如內感外應所轄諧美意象／宛轉事件和隨順自然／勞心勞力分職所轄不事開發／維護生態及性別異作／層級分工及其各自逐次相關的表現和行動等）和外部差異（如內感外應／馳騁想像力／逆緣起解脫和隨順自然／役使萬物／戒殺及勞心勞力

分職／講究均權制衡／去治的差異）等進層經驗，才有能力研判所教學的效果。此外，檢核者如果是教學者，那麼他對於前面所說的「怎麼著手」、「如何體證」和「應驗場域」等流程的嫻熟度，同樣也是檢核能否落實的一大助緣。至於檢核者是他人或受學者部分，則得經由不斷觀摩和學習以充實可以用來檢核的資源，整體的檢核工作也不致偏倚軼缺。

在檢核的程序方面，檢核者具備的條件也終究要轉為在檢核的程序中運用或接受考驗，而此一程序則是確保表現系統和行動系統的教學不為虛設或徒發的不二法門。因此，所謂檢核的程序，就是一個在表現系統和行動系統的教學過程中隨時要現身的關鍵形式。而它也大體可以區分教學前檢核、教學中檢核和教學後檢核等不同歷程，所有的準備、應驗和修補等檢核活動概如**圖3-7**所示及其說明。

在檢核的評估方面，從「檢核者的條件具備」到「檢核的程序」的考慮，也莫不是為了最後的果效評估能夠如期完成。而這種評估，則可以針對受學者特能將所學用來分辨表現系統和行動系統的內部層次和外部差異及其所能理智抉擇的取向等來進行。好比表現系統中統括性的表現和行動系統中總攝性的行動等，它們所可以受檢核評估的理解模式，也不妨融合所檢核方案的布建如**表3-4**所示。

表3-4　世界現存三大文化體系中表現系統（以統括性的表現為代表）和行動系統（以總攝性的行動為代表）的差異

項目 ＼ 類型	創造觀型文化	緣起觀型文化	氣化觀型文化
終極信仰	上帝	佛	道
觀念系統	創造觀	緣起觀	氣化觀
規範系統	強調互不侵犯	強調自渡解脫	強調親疏遠近
表現系統／行動系統	馳騁想像力／役使萬物及講究均權制衡	逆緣起解脫／戒殺及去治	內感外應／隨順自然及勞心勞力分職

依此相關的內部層次和外部差異及其所能理智抉擇的取向等，也可以依表列對比方便擇要來作說明：

在表現系統方面，不論是透過意象或事件（如是其他藝術品，就是以線條、色彩、構圖、旋律、節奏、造形和布置等來暗應意象或事件）還是透過其他相通的肢體語言，都以營造美感為重點，而整體來看，各文化傳統原都有自己所專擅或揚露的美感特徵，它們在彼此的交往過程中應該是一種「並峙分流」且「相互欣賞」的關係；但當有一方獨盛而其他的則萎縮或退卻時，整個「完整」的形勢就會傾圮而造成審美感應的「單調」化。而這對雙方來說，都是一個難以諒解的嚴重的缺憾！就以文學創作為例，我們可以考察得到的在各文化傳統中的表現及其衍變如圖3-26所示。

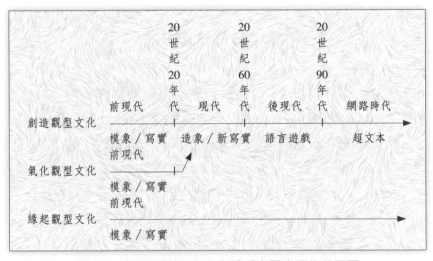

圖3-26　世界現存三大文化體系文學表現的差異圖

這些類型原都著重在模擬或仿效各自的信仰對象的風采或作為：如西方人所信守的創造觀，就在模擬或仿效上帝造物的本事；而中國人所信守的氣化觀和印度人所信守的緣起觀就在模擬或仿效

相應的「氣化」和「緣起」觀念而致力於「縮結人情／諧和自然」和「生死與共／淡化欲求」的人間網絡的經營和拆解。這種情況至今仍然斷斷續續在持續著；只是當中已經有新的質素介入而開始產生某種程度的量變和質變。首先是二十世紀初出現了「造象」這種現代派的文學觀念。它先源起於西方社會，然後才擴及到非西方社會。原因是創造觀型文化所預設的上帝為一無限可能的存有，西方人一旦發現自己的能耐可以跟上帝併比時，不免就會不自覺的「媲美」起上帝而有種種新的發明和創造（這從近代以來西方的科學技術的快速發展以及各學科理論的極力構設等，可以得到充分的印證）。其次是二十世紀中出現了「語言遊戲」這種後現代派的文學觀念。它也先源起於西方社會，然後才擴及到非西方社會。原因是創造觀型文化所預設的上帝為一無限可能的存有性遭到西方人自我的質疑而引發的一種分裂效應（透過玩弄支解語言來達到「自由解放」的目的）。當中創造觀型文化內的文學表現從二十世紀末以來又有新的發展（也就是網路超文本化）；而氣化觀型文化內的文學表現從二十世紀初以來就轉向西方取經，逐漸要失去「自家面目」；至於緣起觀型文化內的文學表現本來就不大積極，也無心他顧，所以雖然略顯「素樸」或「板滯」卻也還能維持一貫的格調。雖然如此，緣起觀型文化傳統中的文學表現早就無緣進入世界文壇去「揚名」；而氣化觀型文化傳統中的文學表現一旦自我退讓自然也就從此要闇默長黑。因此，西方人所有意無意流露的西方人不欣賞東方文學（寒哲，2001：43）一類輕蔑語言，正好成了東方的文學人再「不思長進」的最大的諷刺！換句話說，東方的文學人如果不能持續以自己獨特（翻新）的樣貌面世，那麼只好等著別人另以「拾人唾餘」的譏諷相對；屆時就不是「很少欣賞」一類的話語「贈予」而已，可能連「毫不足觀」的否定口吻都會陸續出籠。

再換個角度看，所謂美感內容的「美」原也是多樣化的；它

演變到現今已經有「說不勝說」的態勢。所謂「『美學的』這個詞有廣義和狹義的用法。它可以用來指稱某件藝術作品相對於它的內容的形式或構成，指涉一貫的藝術哲學，或是指整體文化的藝術向度。『美學』則是指對於上述任何一項或全部事物的研究。不過，傳統上美學主要關切的是美的本質、感知及判斷。這個詞最早在十八世紀開始具備前述意義，而美學向來是德國哲學重要的一環，尤其在康德的作品裏影響最著。這方面的討論趨勢，是嘗試辨認美的超越性和永恆性，並分辨出何者爲偶發之作，不能躋身藝術之林……近來的研究，例如伊格頓的《美學意識形態》，指出了在尋求本質化和超越性的藝術定義的同時，這個傳統其實強化了有關主體、自由、自主性和普遍性的特定概念，這使得美學和『現代階級社會的主流意識形態形式的建構密不可分』。因此，美學和藝術一樣，同樣是受到意識形態和歷史制約的一套論述……然而，一般咸認由影像主導的後現代世界，已經製造出全面『美學化』的社會。這種論點以爲，一切都可以視爲時尚、品味及風格，美學不再具備任何獨特的領域或實踐可以供它據以獨立自處，或是跟外界發生聯繫」（布魯克，2003：3~4），像這段話就區別出了三種美學形態。此外，還有許多不盡一致的劃分法。（門羅〔T. Munro〕，1987；福斯特主編，1998；劉昌元，1987；劉文潭，1987；史文鴻，1992；潘知常，1997）我們很難視而不見或相應不理。而關於這一點，基於論說的方便，姑且以到後現代爲止所被規模出來的「優美」、「崇高」、「悲壯」、「滑稽」、「怪誕」、「諧擬」、「拼貼」等七大美感類型作爲美學的對象。這些對象（特別指前五大美感類型），或者被統稱爲「境界」，或者被統稱爲「意境」，或者被統稱爲「風格」，或者被統稱爲「美的範疇」（王夢鷗，1976；詹鍈，1984；姚一葦，1985），雖然略有差距，但它們同爲美感內容卻是一致的。而這不妨如**圖3-27**所示來作說明。

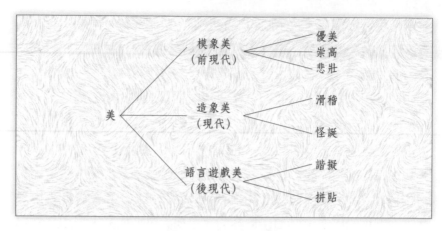

圖3-27　美的類型圖

　　當中優美，指形式的結構和諧、圓滿，可以使人產生純淨的快感；崇高，指形式的結構龐大、變化劇烈，可以使人的情緒振奮高揚；悲壯，指形式的結構包含有正面或英雄性格的人物遭到不應有卻又無法擺脫的失敗、死亡或痛苦，可以激起人的憐憫或恐懼等情緒；滑稽，指形式的結構含有違背常理或矛盾衝突的事物，可以引起人的喜悅和發笑；怪誕，指形式的結構盡是異質性事物的併置，可以使人產生荒誕不經、光怪陸離的感覺；諧擬，指形式的結構顯現出諧趣模擬的特色，讓人感覺到顛倒錯亂；拼貼，指形式的結構在於表露高度拼湊異質材料的本事，讓人有如置身在「歧路花園」裏。這不論彼此之間是否有衝突（按：在模象美中偶爾也可以見到滑稽和怪誕，但總不及在造象美中所體驗到的那麼強烈和凸出），都可以讓我們得有一個架構來權衡去取。然而，「問題」並不是到這裏就結束了。我們會發現同樣在前現代模象美範圍內的氣化觀型文化傳統和緣起觀型文化傳統的美感形態，幾乎都被相關的論者過濾或忽略掉了；所剩下的從「特定」形態的前現代模象美一直發展到後現代語言遊戲美，無一不是以創造觀型文化傳統的美感

表現為典範（並冀望普世人廣為踐行）。這樣一來，大家就看不到
隨審美一體化欲求而來的種種不合理的「抑制」、「收編」、甚至
「扼殺」等危機（這是特定審美觀獨大後必有的現象，但卻容易被
忽視）。因此，我個人在審美感知方面所力關的「正視」或「重
返」多樣途徑的思路，也就有應時「補偏救弊」的功效，無妨有心
人藉為重新尋索「出路」。（周慶華，2005：255~260）再說創造
觀型文化傳統的美感表現發展到現今，已經跟科技密切結合（凡是
媒體運用、傳播技術和出版行銷等，無不跟著科技化），所參與高
度耗能的行列，正在大亮紅燈，顯然不再能長期依恃。此外，緣起
觀型文化以非美感為美感的另類美感表現，恐怕也難符人類需求。
因此，所謂的「正視」或「重返」多樣途徑的審美感知途徑，就得
多寄望在類似氣化觀型文化這種「諧美宛轉」美感的發掘培養上，
才能維持感性表現的恆久性運作。

　　在行動系統方面，開發自然和管理人群，本來就是人類為求
生存所要面對的兩大基本課題；而各種技術的發明和制度的設計，
也都是基於因應生存的需求和生存環境的變遷而有的。只是有關制
度的設計和實踐及其後果等，在不同的文化體系會有極大的差異。
這裏就以中西為例（緣起觀型文化既以講究戒殺／去治為特徵，所
以就比較沒有可以對應的事項而不妨略去），首先看開發自然的技
術部分，中西方開發自然的技術，在近代以前，並沒有太大的差
距。但從近代以來，西方技術的進步，一日千里，漢民族「遠瞠其
後」。綜合的說，西方技術有下列八項突破：

1. 農業技術：包括農業機械化、生產專業化、培育良種、化肥
   和農藥的廣泛應用、利用微生物生產牲畜飼料和人類食物等
   等。

2. 能源技術：包括開發傳統的能源（如煤炭、石油、天然氣、

水力發電、發電等）和開發、利用新能源（如原子能、受控熱核聚變能、太陽能、地熱、風力、潮汐等）。

3. 材料技術：包括生產新品類材料（如鹵化銀膠片、塑料唱片、磁帶、陽極射線管屏幕和複合材料石墨纖維及硼、碳纖維等）和生產合成材料（如塑料、合成橡膠、合成纖維等）。

4. 計算機技術：包括發明巨型、微型、網路、智能模擬等計算機（電腦）。

5. 激光（雷射技術）：包括生產激光熱武器和發明激光通訊（又分大氣光通訊和光纖維通訊）。

6. 空間技術：包括製造運用衛星（如偵察衛星、地球資源衛星、氣象衛星、通訊衛星、科學衛星等）、宇宙飛船、太空梭等等。

7. 遺傳工程技術：包括發展出分子生物學（用類似工程設計的方法，把一種生物體內的脫氧核糖核酸分子分離出來，經過人工重新組合，再安放到另一種生物體的細胞裏，從而創造出新的生物品種）和深入研究細胞的分化、生長發育、腫瘤發生等重大課題。

8. 傳感器技術：包括研發生產能代替人五官的視聽觸三覺的傳感器、能檢出超越人五官的高能狀態的高溫高壓的傳感器和許多跟可見光及紅外溫度有關的傳感器。（孟爾熹等編，1989：245~260）

的確是「漪歟盛哉」，漢民族沒有一樣可以相比擬。有人曾經以是否並重科技的經驗和理論一點，來解釋這種差異。（劉君燦，1983：87~89）這當然有相當程度的可信；只不過漢民族沒有並重科技的經驗和理論而發展出類似西方近代以來的物質文明，未

必是漢民族不知道這麼做，也可能是漢民族不願這麼做（因漢民族特有的觀念和信仰使然）。還有從西方的角度來看，漢民族沒有那麼複雜且多變貌的科技，顯然是一種重大的落後；但如果改從漢民族的角度來看，要那麼多科技幹嘛？它又保證了人類的什麼樣的生活？因此，這不是進步和落後的對比，而是逐漸要證實的盲目和不盲目的對比（西方科技可能永遠解救不了它自己帶來的種種後遺症）。

　　其次看管理人羣的技術部分：人是「社會化」的動物，過的是羣體生活；而有羣體生活，自然有羣體問題或社會問題。人類要解決這些問題，所以設計種種「理想」狀態或方法，以調適社會環境。（龍冠海等，1987：11~12）這也就是前面所說的社會技術或社會工程。而照理所謂社會技術或社會工程，應該包括政治、經濟、社會三部分，分別有政治學、經濟學和社會學等在討論。不過，從一個較為具體可見具有統合性的技術來說，政治制度無疑是我們優先要注意的。而這在中西方各有不同的考慮：有人認為西方的政治向來採行民主制（不論是直接民主還是間接民主），而漢民族的政治向來採行君主制（楊幼炯，1980；浦薛鳳，1984；張金鑑，1989），大體上都合於事實；但他們接著解釋民主制是緣於古希臘城市國家為方便採行或不得不採行，這就難以使人信服。因為一個城市國家，它可以實施民主制，也可以實施君主制，我們想要知道的是它為什麼要實施民主制而不是君主制？以城市國家作為前提，是無法用來解釋這種現象的。它仍然得溯及西方對神或上帝的信仰（或預設）和人生而平等並防止濫權等觀念，才能確立民主制的必然存在（否則後來西方的聯邦國家也未必會沿用民主制）。同樣的，漢民族所以採行君主制，也不是因為它是大國的關係，而是沒有神或上帝的信仰，以及沒有平等、均權等觀念所致。換句話說，漢民族所實行的君主制，乃緣於漢民族只能關注人際關係，而

人又有智能上的差等，於是必須設計一個「賢者」或「聖者」在位的政治體系；這跟西方只有唯一的神或上帝可以仿效而設計一個大家「共治」的政治體系，顯然有極大的差別。

從近代以來，漢民族在西方文化強力的衝擊下，也開始走上西方所走過或正在走的「政治民主」、「經濟自由」、「科技領航」等等的「現代化」道路。當中政治現代化和經濟現代化部分，到現在還走得步履蹣跚，自然不必多說（漢民族很難學好西方的管理方式或遊戲規則，況且西方的管理方式或遊戲規則也問題重重）。而以工業化為主的科技現代化，問題更多。如科技現代化所預設的不外是：西方民族或種族優越感、視科技現代化為一世界性和必然性的時代潮流、科技優越或萬能主義的思想、把科技現代化等同於進步主義來看待等等。（陳秉璋等，1988：29~30）但這不只無法驗證，還有誤導的嫌疑；驗諸許多第三世界國家或社會實施科技現代化的結果，幾乎要瀕臨崩潰和破產的邊緣，可以確定這點。（同上，42~43）又如科技現代化帶來了生態環境的破壞、能源的枯竭、核武恐怖等等後遺症，至今仍沒有人能想出有效的辦法來挽救（只能偶爾作些消極的抵制或小規模的控制）。漢民族既然要實施科技現代化，受西方宰制和參與了現代化噩運的行列等後果絕對免不了。換句話說，科技現代化是一條不歸路，而漢民族已隨人腳跟的走在它上面。（周慶華，1997：131~139）因此，只有自我回返原先的軌道，並且反過來促使西方改絃更張，才能避免走上能趨疲到達臨界點的末路（西方的民主制和科技現代化為相互辯證發展的關係，所以反科技現代化也等於在弱化民主制的「催化」作用；反過來說，不行民主制，也形同在抑制科技現代化的進展，彼此為一事的兩面，這就不必再贅述了）。

於是一樣的，如果受學者在學習過程或學習後能比照上述這種理解程度和理智抉擇的取向，那麼就可以肯定有關所經歷的表現

系統和行動系統的教學是有高度成效的；而教學者相同的也終將蒙受特能從事高明且有遠見教學的美名。

　　總綰上述，表現系統和行動系統教學的整個理路也已經提點完畢，不只對所要教學的表現系統和行動系統本身有明確可從的設定，並且對區別異體系也提供了必要的參考架構。此外，有關教學的實施原則和檢測方案等亟欲了解表現系統和行動系統的連帶存在狀況以及發掘掌握的途徑等，更有詳細的指明，也合而可以構成一個相關表現系統和行動系統教學的最佳模式。

第四章

華語文文化教學的
實施途逕

- 併入其他教材的深化教學
- 單獨取材的強化教學
- 結合多媒體的創意教學

第一節 併入其他教材的深化教學

　　所規模華語文文化教學的面向，都是爲了搏造華語敘述以爲對治全球化而延緩能趨疲臨界點的到來；它以彰顯自我無與倫比卻爲國人所遺忘的文化特色爲起點，而以唾棄全球化救渡世界爲終點（詳見第一章第三節）。因此，要把華語文文化教學的面向落實爲教學實務，就得抓緊「教學文化」的重點，而從教材選用及其教學方式著眼予以開展。而這根據前面所規畫的，則可以併入其他教材加以深化教學，也可以單獨取材從事強化教學，還可以結合多媒體來進行創意教學（詳見第二章第四節）。現在則依次序分別提出相關的實施途徑；在此先談併入其他教材的深化教學部分。

　　併入其他教材的深化教學，所考慮的是「其他教材」多爲制式教材，一般據以爲教學的因爲搆不上文化教學的層次，所以都有欠深化；而這裏要將華語文文化教學擬議爲範本，併入其他教材來重新給予深化教學，則不啻是當中的一個途徑。這個途徑的演練，可以展現華語文教學的最新成果，是從事華語文教學的人最方便「就近觀摩」的對象（因爲他們正在使用那些教材卻尚未具備文化教學的識見，一旦相遇，很快就可以引爲思考改進的資源）。因此，它的出發點就是制式教材，而終點則是完成文化教學。至於教學方式，則隨材料的選定而應機考量。

　　雖然如此，在舉例演示前，還是有一些原則性的觀念可以或必要先行點出，以便臨場能夠無礙的「予以證成」。首先是圖**3-5**、圖**3-11**、圖**3-17**和圖**3-23**等，所提到文化教學的「一般的著手方式」和「特殊的著手方式」等兩種著手程序的模式可以併用，這在教學實務中就得依需彈性調配，以免太常單一化而減少新鮮感。

其次是教學活動的安排固然有講述法、討論法、探究法和創造思考法及其戲劇化等諸多方法（詳見第二章第三節），但這些方法並非逕用就會有效果，它還得衡量去取那些只能再製經驗而那些可以發現新知等（詳見第二章第二節），才算是善用那些方法。好比討論法的運用，對受學者來說，倘若只是任由他們去完成而他們又僅能再製經驗，那麼教學者的存在就沒有作用。因此，教學者一定得有能耐掌握受學者所欠缺的經驗而適時予以補充，受學者才能由此發現新知。

再次是教學的條理化及其有效性的保證，來自對「為誰」環節的具體了解以及「選材」、「教什麼」和「怎麼教」等環節的強力支援，以至相關的教材選定（也可以先考慮「為誰」後再選定）就得向「為誰」和「教什麼」兩端連結，而後才由教學方法總綰流程；而當中「教什麼」又得將基本性的經驗和深層性的文化對列清楚（詳見**圖2-10**），以便有助於教學成效的檢核。

依照上述這些原則，所可以採取的併入其他教材的深化教學的實施途徑，也就有一些模式不妨從中予以形塑出來：第一，教學者可以跟受學者協商「為誰」的策略，也可以先為受學者設想「為誰」的策略，還可以在事後相互討論所能「為誰」的策略，務必讓所教學有「特定目標」能夠依循（才不會「打迷糊仗」）；而這因為有諸如為同儕學習「可以採取特別有反差效果的基進讀法以為獲致敬服而取得較為崇高的社會地位」、為師長學習「可以採取在某些層面有所超越師長的精細讀法以為能反過來教育師長（促使他成長或讓他覺得教學相長）」和為社會人士學習「可以採取特能無中生有的創意讀法以為保證對方真的會被吸引而給予推崇回饋」等可能的差異情況（周慶華，2011b：73），所以教學者有關應驗的「門路」的提供，也就缺少不得。這是為契入領受文化教學的前階；雖然它本身還未直接相關「深化教學」，但沒有此一「門路」

的提供，也不可能會有可觀的文化發掘的相應教學作為。以一本《初中華文》所附〈語文常識——標點符號的使用〉為例，它介紹了句號、逗號、頓號、分號、冒號、問號、驚嘆號、引號、夾注號、破折號、刪節號、私名號、書名號和音界號等用法及其句例。（金榮華主編，2003：139~146）這可以先預設類似我所分解過的整套文化理解的教學：

標點符號在音系文字（以印歐語系為主）為絕對必要；在形系文字（如今則為漢語系所專屬）則不需要或未必需要。西方人所發明的標點符號，用於他們的音系文字，可以「定」音／義／語氣／敘述／思維方式等等；漢民族原來沒有發明標點符號，僅見的一些句讀鉤識點畫等，也不過是藉來輔助斷句易讀而已。因此，回到各自的來處，有標點符號的書寫緣於為紀錄有「時效」性的語音而偏向時間化；無標點符號的書寫則緣於方塊字的自為「形體」化而偏向空間化。前者在切割音／義／語氣／敘述等而發揮語法功能的同時，也「正向」成就了音律思維方式；後者缺乏標點符號，則形同「反向」音律思維方式而成就了圖像思維方式。這麼一來，標點符號就可以進一步用來區別異系統文化（而使得它又具有文化功能）。也就是說，有標點符號的是創造觀型文化使然，它的順從上帝造物「各異」的理則（對所稟自上帝的語言能力中必須說話「音音判別」的在意），委實釐然可辨；而無標點符號的則是氣化觀型文化使然，它的仿氣流動而造字表意，一切都有如線條漫布空中，畫意十足可感。然而，這在後者近一個世紀來移植前者的書寫模式後（雖然還自創或改造了少數標點符號），整個漢語世界中的人就不斷地發生圖像思維／音律思維的糾纏、空間化／時間化的混淆和氣化觀型文化／創造觀型文化的衝突等病徵，至今

還不見有什麼好辦法可以改善這種「中不中，西不西」的怪現象。（周慶華，2007a：332~333）

這樣的認知教學，很明顯適合用來「反啓發」華人（如果是限定要影響或支配同社會中的人，那麼同社會中的人因爲它比較自己所屬「從無到有」的問題，所以很可能感覺不到它有什麼警醒作用）。因此，相關「爲誰」的定位，就可以在事前設想或事後討論確立，以便「學知所用」而有助於另一波教學活動的推展。

第二，所有「選材」的併入考慮，可以隨機單點，也可以刻意統整，還可以透過對比裁成。在隨機單點部分，是遇到有可以從事文化教學的制式教材，就隨機取來發揮。如一本《中級漢語閱讀教程II》收有一篇〈父親給女兒的一封信〉：

……

去海口看望你回來，已經有一個月了。家裏都好，不要掛念。兩個弟弟讀書還算用心，成績有一定進步，特別是唐山的數學成績進步要快一些，希望你多來信鼓勵他們。

……

我回來後幾天，母豬產了幾頭小豬，目前長得很好，估計到四月底能賣出去……早稻秧苗下泥了，我計畫不種早稻而全部改種一季稻，那樣你母親會輕鬆一些。她經常說你外出，又有多少天沒有來信了，希望你多來幾封信，讓她少掛念一些……

……

唐田、唐山都給你寫信了，只希望你少想家，心情愉快，生活快樂。玉芳昨天回來了，她說給你去信了，收到了嗎？

好，不多寫，助你一切順心。（周小兵等主編，2005：31~32）

　　這在編教材的人，只設定「收信人現在住在那裏」、「寫信的人是做什麼工作的」、「收信人收到信和什麼」、「收信人的母親常常旅行嗎」、「收信人的弟弟叫什麼名字？她的名字可能叫什麼」、「收信人現在可能跟誰住在一起」（周小兵等主編，2005：32~33）等表淺且不關緊要的問題在「引導」教學，根本沒有碰觸到文內所透顯的「全家人都被拉來關心外出的家中成員」這一深層且重要的問題。因此，我們就可以在這時展現文化教學的威力，以文化五個次系統來標誌此一課題的來龍去脈，如圖4-1所示。

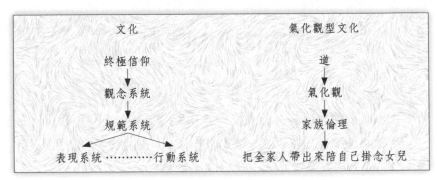

圖4-1　父親掛念女兒方式的文化因緣圖

　　顯然文中做父親的這一掛念女兒的方式，全緣於家族倫理所致；而這種家族倫理的凝聚力又來自氣化觀這種世界觀及其背後道的終極信仰（詳見前章第三節）。相對的，其他文化體系中的人別有終極信仰、世界觀和倫常關係等，就無此習慣。因此，隨機單點教學，就如此一案例將它深刻化，才可盛稱圓滿。

　　在刻意統整方面，是遇到有可以從事文化教學的制式教材，就刻意統整來發揮（而有別於單點教學的個例化）。而所謂刻意統整中的統整，則得有一些「內容」觀念及其相關連的「原則」需要先行設定。當中有關統整的「內容」部分，已經有某些「課程統

整」的思維可以類比：「在課程統整中，組織的主題是來自現有的
生活和經驗。藉著運用這些主題，允許年輕人批判地深究實際的議
題，並因而實踐他們認為需要的社會行動……最後，因課程統整
強調參與計畫、脈絡知識、真實生活議題以及統合組織，而讓不
同的年輕人有更廣泛地接觸知識的機會，也因此開啓一條更成功
的道路。」（貝厄恩〔J. A. Beane〕，2000：4~5）這裏面的「課
程」，把它落實為「教材」，這樣上述那些統整構想基本上都沒有
什麼不可以挪用；只是在本脈絡還得依限定的脈絡去考量，而歸結
到以知識經驗／規範經驗／審美經驗等向度去統整，才能自標立場
以及提供可作為參照系統的語境。至於有關統整相關連的「原則」
部分，也同樣有一些涉及「課程統整的原則」的規模可以比配：
「孩子是建構的學習者、主動的意義創造者，他們依據已經學到的
東西及已經建構、重新建構的東西持續地詮釋、了解他們周遭的世
界」、「在我們的社會中，語言是用來溝通及表達意義的主要系
統……除此之外，語言及其形態是經由各種社會情境中人類活動的
實際運用學習而來」和「知識存在於個體的心靈之中，是經由社會
互動中組織、建構而來……因為我們是社會性的動物，我們的知識
常受到我們的文化、現有的社會情況、歷史時刻及其他事件影響」
等。（帕帕司〔C. C. Pappas〕等，2003：12）這在晚近，又有所
謂「全語言」式的類似說詞：「全語言……視學習者為一完整的個
體，在整體的情境中以語言學習所有要學習的事物，同時學習語言
的全部。」（李連珠，2006：7）換句話說，統整教學和全語言教
學都強調「面面俱到」而不能有不當的偏廢或遺漏。而它在相關課
程設計的實踐上，則可以大略含括下列七個途徑：(一)將各分立的
學科相互連結為一個整體；(二)將幾個學科融合為一個新的整體；
(三)以某個非學科的主題為中心，設計一個單元，兼含數種學科內
容；(四)將學科教材重新選擇、排序和分羣；(五)在某一段時間裏

以某個主題爲中心，實踐跨學科的整體性工作；(六)組織某些經驗
及學習形態以發展個人的創造性、欣賞能力和合作能力等生活能
力；(七)以某個學科或經驗爲核心組織材料。（中華民國課程與教
學學會主編，1999：63~64）此外，還有某些「東挪西借」來規畫
實用模式，如泛說「經驗的統整」、「社會的統整」、「知識的統
整」和「課程的統整」等廣包式統整的方式（歐用生，1999）；
或者細論「學科型統整性課程」、「統整性核心課程」和「活動
課程」等實際統整的原則（林達森，1999）；或者提示「學科統
整」、「己課統整」、「己我統整」和「己世統整」等質次統整的
比例（黃譯瑩，1999）；或者預期「網狀式」或「連串式」或「統
合式」（以主題／概念／活動爲設計範圍）等是未來統整的範本。
（中華民國課程與教學學會主編，1999：63~71）這些不論是否管
用，一律都可以援例歸併或另加斟酌選取，而爲統整本身作最後的
定性。（周慶華，2009：216~218）如一本《一千字說華語》收有
〈祭孔典禮〉、〈北港媽祖廟（二）〉、〈祭祖〉和〈竈神〉等四
篇，分別如下：

> 方先生：來看祭孔典禮的人還真不少呢！
> 林先生：因為大家都對中國古代的禮儀有興趣。
> ……
> 方先生：孔子在中國非常受人尊敬嗎？
> 林先生：是的。孔子思想對中國文化的影響很大。
> 方先生：孔子思想最重要的精神是什麼？
> 林先生：我想就是「仁」的精神。
> （馬昭華，2000：89）

> 林大中：陳叔叔，為什麼媽祖這麼受人崇敬？
> 陳先生：臺灣靠海維生的漁民多，而媽祖正是海上的守護神。

……

林大中：這種民俗活動一定很有意思。

陳先生：不過每年進香活動的花費都很大。

林家明：由此可見媽祖在人民心目中的分量。

陳先生：是啊！媽祖是人民心目中平安的象徵。

（同上，100）

方先生：中國人都很尊敬他們的祖先嗎？

王先生：中國人家庭觀念很重，有慎終追遠的思想。

……

方先生：大概什麼時候要祭拜祖先？

王先生：隨各人的習慣，但過年過節一定要祭祖。

方先生：祭祖時要燒香祈禱嗎？

王先生：是的。請祖先保佑子孫平安幸福。

（同上，96）

方先生：聽說中國人過年要祭祀一位廚房裏的神。

王先生：那是竈神。祂保佑一家平安也監察善惡。

……

方先生：人們祭祀竈神一定特別講究了。

王先生：祭品裏一定要有一種黏黏的麥芽糖。

方先生：麥芽糖特別好吃嗎？

王先生：讓麥芽糖黏住竈神的嘴，就講不出壞話了。

（同上，95）

這在編教材的人，連設定什麼問題在「引導」教學都沒有（只有列出「新字新詞」和「句型練習」等），更別說會想及文內所蘊涵的「泛神信仰」這一攸關文化介入的課題。因此，我們也可以在這時

展現文化教學的威力。先將內蘊的用一個「敬神」的主題來統整相
關的主題，包括祀孔、拜媽祖、祀祖和拜竈神等，如**圖4-2**所示。

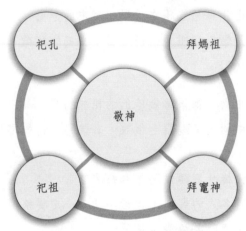

圖4-2　敬神主題的統整圖

　　當中所祀孔（男性神）、拜媽祖（女性神）、祀祖（先人）
和拜竈神（物神）等，彼此同為精氣的位階相通，所以又相互連
線；而依此就可以把用來統整的敬神主題，以文化五個次系統來標
誌它的來由，如**圖4-3**所示。

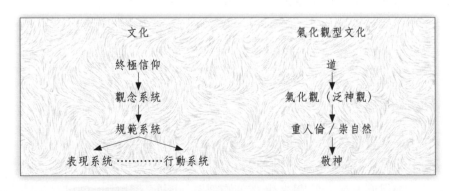

圖4-3　敬神的文化因緣圖

可見所敬神遍及人神／物神，乃因道的終極信仰體現爲氣化觀中的泛神觀及其所形塑的重人倫／崇自然的規範使然（詳見前章第三節）。相對的，其他文化體系所見的單一神信仰或無神信仰，就不可能有泛神崇拜的情事。因此，刻意統整教學，也如此一案例將它深刻化，才可以盛稱圓滿。

在透過對比裁成部分，是遇到有可以從事文化教學的制式教材，就透過對比裁成來發揮（而有別於單點教學的個別化或統整教學的連類化）。而所謂透過對比裁成中的對比，也得先作一點限定。一般所說的對比，不外有普通義的對比和特殊義的對比等兩種情況。前者，主要爲共時性研究所採用，它要揭示研究對象之間的一致性和分歧性（李瑞華主編，1996：4）；後者，爲個別論者所提出，想藉它來取代通常所謂的比較研究法和修正過分強調否定性的辯證法，希望能夠兼顧思想和存在中各種因素的差異性和統一性、斷裂性和連續性，以便作爲任何不同的因素、思想和文化傳統相遇和交談，對照和會通，甚至進而綜合和創新的根本觀念和步驟等。（沈清松，1986：9~10）這些對比觀，都忽略了對比本身也無從避免主體意識和價值觀的介入（而沒有中性化可說）以及對比還得經由詮釋來展示內涵因緣（才可理解）等歷程（周慶華，1997：7~10）；以至這裏就不再貿然沿用，而僅就對比對象的相異性予以比較詮解作爲命意的基礎，然後視情況別爲推衍到可能的對諍上。如前引《初中華文》收有一篇唐代王之渙的〈登鸛鵲樓〉：

白日依山盡，
黃河入海流。
欲窮ㄐ里目，
更上一層樓。
（金榮華主編，2003：58）

　　這在編教材的人，也只設定「『欲窮千里目，更上一層樓』這兩句有什麼涵意存在？試舉實例加以說明」和「你有沒有登高望遠的經驗？有什麼感受？」（金榮華主編，2003：62）等表淺且不關緊要的問題在「引導」教學，全然沒有涉及該文作為山水詩的文化特徵。而這已經有論者從現象學的角度，發掘到裏頭蘊涵有一種「空間時間化」的意識作用，而它正好可以跟西方的山水詩所體現的「時間空間化」的意識作用形成強烈的對比：一位論者對中國傳統山水詩的「空間經驗時間化」的意識作用的解析：他認為中國傳統山水詩中有一種內在的「時間綜合」；它的形成可以說是詩人本身視野角度的移動，使詩人在「遊目騁懷」中契入時間的內在律動，最後贏取一種雖然不能含括殆盡但卻得以極度描繪造化萬象的能力。而這對比於西方普遍存在將一切時間空間化的「空間論述」迥然有別：如以康德時代為中心的西方本體／神學／邏輯傳統，因為強調在「形體以上」的重要性而成為一個空間論述的形式（它的最終理想為一個從形下掙扎而提升的純理念）。換句話說，它的作用是從侷限於時間之中的形體物質世界解放出來，達致精神上的遞升，進入無時間性（例如慣性的永恆、不朽）的「超越」境界。又如黑格爾的重要觀念「提升辯證論」，也同樣地「企圖從這個世界的範圍逃出，以一種遠離它的解釋對象的物質或情況的解釋觀點達到了解，客觀的和抽象的聲稱在歷史的盡頭察看它的運作」。（王建元，1992：131~151）論者在多方舉證後，又以王之渙〈登鸛鵲樓〉為例而作說明如下：「這詩本身的主題無疑是詩人在面對廣闊伸延的空間時將重點放在視覺的瀏覽；然後詩人又因企圖擴展他的視覺角度，終而極明顯地表現出一種對連綿延伸的空間的時間化。這種時間化是循序漸進的運作：首句寫白日漸將消逝，它的情景已經暗合在時間中的動態。黃河在二句中的不停奔流入海卻又是用藏在『流』的時間動作描繪空間的無邊無際。當然，這種表現方式在

中國近體詩中頗爲常見；如李白的『孤帆遠影碧空盡，唯見長江天際流』，就是很好的例子。在這個階段，使我們更感興趣的是詩中後半而又是主題所在的另一個時間化行動：對詩人來說，走上一層樓是詩人能夠儘量將面前宏壯的景色收入眼簾的唯一途徑或作法⋯⋯詩人目盡千里的企圖現在已經時間化。由於詩人因爲體認了時間永遠不停超離自身這個特質，所以才能成功地獲取一個在知識層面比較綜合的視野」。（同上，151~165）這就開始有文化意識了。換句話說，空間時間化所徵候的是一個當所有物如氣流動不止的世界觀在支持著（才會連空間都予以時間化），而這就是氣化觀型文化所體現的。上述論者未能進一步作這樣的解釋，以至他即使還看出西方的山水詩有反向的現象，也無力一併加以解釋。其實，西方人因爲有一神信仰而把天國視爲永恆所在的關係，所以一切的追求都會朝向該一空間境界，而爲創造觀型文化的特殊象徵。因此，透過對比裁成教學（前面兩部分的「餘緒」，也都帶出異體系來對比，彼此看似沒有差別；但又不然！前面只是附帶提及，而這裏則爲主軸），也如此一案例將它深刻化，才可以盛稱圓滿。

　　第三，在「教什麼」的環節，則要將教材裏經過定位後的經驗／文化的關係予以交叉解釋，而讓受學者更知所變換或交錯爲用。如把上述〈登鸛鵲樓〉詩所揉融的文化成分加以條理，就可以跟各種經驗相對應。如圖4-4所示。

　　當中時空意象是詩人所選用作爲表意的媒介，屬於表現系統；而文字駕馭本身，則屬於行動系統；至於砥礪志節或勤勉功業或豪邁胸襟，則是此詩內蘊的詩人激發他人向上意志的企圖所在（周慶華，2004c：99），可歸入規範系統，這樣它們相對應的經驗類型就一一顯明了（按：圖中所標示的僅針對較緊密相關的部分，至如還有其他的交叉關係，因爲不是重點所在，所以就不一一舉證了）。而作這類的教學，可以提供受學者「經驗反思」的機

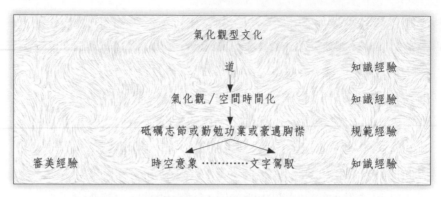

圖4-4　〈登鸛鵲樓〉詩的經驗和文化的關係圖

會，然後再去推衍文化的底蘊，從而有所完整的理解及其知道如何因應所要影響或支配的對象。

　　第四，有關教學活動安排方法的依須選用。這是最後環節「怎麼教」。而它依據所併入教材的情況，討論法的運用一定少不了（把深入了解教材的途徑訴諸討論）；可能的話，再搭配探究法，讓受學者廣為探討相關的案例或在生活中體驗取證。此外，基於活絡學習的氣氛以及加深學習的印象，還可以結合戲劇來教學，以便更多收效。

　　以上是併入其他教材的深化教學所可以採行的途徑；同時因為沒有其他更好的實施辦法足以用來取代它，所以它也就有作為模式典範的意義和價值。至此，**圖2-6**所示的教學實質的面貌和**圖2-10**所示的經驗和文化的關係，就自然融合為一體而可以顯出華語文文化教學在單項裏的「最佳狀態」。

第二節　單獨取材的強化教學

　　接著談單獨取材的強化教學。如果說其他教材的教學都未能有效的觸及文化面（無法搏造華語敘述），而文化教學的介入就能加以深化（足以搏造華語敘述），那麼單獨取材所進行的文化教學就可以稱為強化版了。換句話說，華語文文化教學改採單獨取材來教學，因為它的「焦點化」就不僅是深化教學而已，它還是一種強化教學。而單獨取材的強化教學，也就成了華語文文化教學的另一個實施途徑。

　　這個實施途徑，跟前一個實施途徑有辯證的關係（詳見圖2-13），是由於併入其他教材的深化教學本身的考量和實施經驗等，有助於單獨取材的強化教學的視野開拓及其解析研判，使得單獨取材的強化教學有許多基礎材料可以援引；反過來說，單獨取材的強化教學有了成效，也可以回饋給併入其他教材的深化教學作為取鏡廣發的對象，彼此雙雙循環互進，而應了華語文文化教學各種實施途徑的必要交集性。

　　由於單獨取材的強化教學，不必受制於其他制式教材的「分散教學」困擾，而可以逕自進入文化教學的領域，所以它所要單獨取材的範圍就自由廣闊得多。倘若以優先性的「符號」來統攝或作為區分依據，那麼我們所能囊括的就有語言符號和一般符號（類語言符號）及其各自的次類型符號這些對象（周慶華，2007a：2~3）如圖4-5所示。

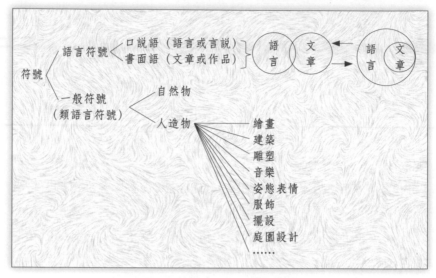

圖4-5　單獨取材的對象範圍

　　上圖中語言符號所包括的口說語和書面語，改以語言（或言說）和文章（或作品）後，它們的關係就有兩種情況：一種是語言和文章相交集，而交集的部分為書面語（也就是語言涵蓋書面語，而文章本身就是書面語）；但文章所以不為語言所全部涵蓋，是因為結構文章的書面語是一完整的作品，有特定的思想情感和表達技巧在裏頭運作，而一般所說的書面語僅是一可供分析的字詞或語句單位。另一種是語言涵蓋文章，彼此是包蘊和被包蘊的關係。這兩種情況可以因限定而存在，所以用雙箭頭表示它們可能的異動狀態。（周慶華，2007a：3）至於一般符號所包含的自然物和人造物，必須有語言去指稱，才能符號化，因而稱它們為類語言符號。以上這些，都理應成為華語文文化教學單獨取材的對象，有關彼此的互通性及其延展性也才能加以全面性的掌握。

　　即使如此，在舉例演示前，一樣還是有一些原則性的觀念可以或必要先行點出，以便臨場能夠無礙的「予以證成」。首先是圖

3-5、圖3-11、圖3-17和圖3-23等，所提到文化教學的「一般的著手方式」和「特殊的著手方式」等兩種著手程序的模式可以併用，這在教學實務中也得依需彈性調配，以免太常單一化而減少新鮮感。

其次是教學活動的安排固然有講述法、討論法、探究法和創造思考法及其戲劇化等諸多方法（詳見第二章第三節），但這些方法並非逕用就會有效果，它也還得衡量去取那些只能再製經驗而那些可以發現新知等（詳見第二章第二節），才算是善用那些方法。也好比探究法的運用，對受學者來說，如果只是任由他們去完成而他們又僅能再製經驗，那麼教學者的存在就沒有作用。因此，教學者一定也得有能耐掌握受學者所欠缺的經驗而適時予以補充，受學者才能由此發現新知。

再次是教學的條理化及其有效性的保證，來自對「為誰」環節的具體了解以及「選材」、「教什麼」和「怎麼教」等環節的強力支援，以至相關的教材選定（也可以先考慮「為誰」後再選定）也得向「為誰」和「教什麼」兩端連結，而後才由教學方法總綰流程；而當中「教什麼」又得將基本性的經驗和深層性的文化對列清楚（詳見圖2-10），以便有助於教學成效的檢核。

根據上述這些原則，所可以採取的單獨取材的強化教學的實施途徑，同樣也就有一些模式不妨從中予以形塑出來：第一，教學者可以跟受學者協商「為誰」的策略，也可以先為受學者設想「為誰」的策略，還可以在事後相互討論所能「為誰」的策略，務必讓所教學有「特定目標」能夠依循（才不會「打迷糊仗」）；而這也因為有為不同對象學習可能的差異情況（詳見前節），所以教學者有關應驗的「門路」的提供，相同的也就缺少不得。這也是為契入領受文化教學的前階；雖然它本身還未直接相關「強化教學」，但沒有此一「門路」的提供，一樣也不可能會有可觀的文化發掘的相應教學作為。以單獨取中國文字的「來歷」為例，這也可以先預設

我所分辨過的整套文化理解的教學：

> 中土的文字來歷是在「氣化」的過程中為諸神靈（精氣的別名）所蘊蓄煥發，導至所有的「進一步」的化成物都有著文數字的可能性（因為那些化成物都是「二度」的精氣所聚，神靈已經內在其中）；而就在「仰體」自然神力和「踐行」自我神力的雙重經驗中，一悟而頓生「虔敬之心」和「收斂之情」（前者保留有比自我神力更強的自然神力的存在而不敢妄自尊大；後者則為可能的受自然神力感通或啟導功效而稍去自詡心理）。這是文字的神聖性得著適時的「累創」或「再製」的表現，神／人／鬼都可以同感歡忻！反觀音系文字的純紀錄語音（而語音的自創率不高或不易被察覺），就不可能有這種輾轉崇拜的情事。而由著這一文字崇拜的效應不輟，中國傳統社會特別設立「敬字亭」（或敬字堂或聖蹟亭或敬聖樓）來倡導惜字紙的風氣，後人也就不難得著充分的理解（雖然相關的研究者都還「契入不深」）。（周慶華，2008a：119~120）

這樣的認知教學，很明顯適合用來啟導同儕或其他同社會中的人，讓他們知道中國文字絕不是一些錯會的論者所詆諆的那樣未脫離前進化階段。（居恩〔G. Jean〕，1994；哈爾門〔H. Haarmann〕，2005）因此，相關「為誰」的定位，也可以在事前設想或事後討論確立，以便「學知所用」而有助於另一波教學活動的推展。

第二，所有「選材」的單獨考慮，同樣可以隨機單點或刻意統整或透過對比裁成（詳見前節），但為了避免重出（很容易混於併入其他教材的教學），無妨專挑能夠衍生強化教學的部分來發揮，以便顯示單獨取材的「特殊」用意。如有一項涉及關係「人情冷暖」的金錢贊助或借貸行為，在中國社會為常態，但在西方社會

則極為罕見，彼此的差異可以各舉一個例子來作說明，並且作為單獨取材的強化教學的範式：

> 雨村因乾過，嘆道：「非晚生酒後狂言，若論時尚之學，晚生也或可去充數沽名；只是目今行囊路費一概無著，神京路遠，非賴賣字撰文即能到者。」士隱不待說完，便道：「兄何不早言……兄宜作速入都，春闈一戰，方不負兄之所學也。其盤費餘事，弟自代為處置，亦不枉兄之謬識矣！」當下既命小童進去，速封五十兩白銀，並兩套冬衣。（馮其庸等，2000：10~11）

> 約翰：「我求你一件事，你能替我保密嗎？」
> 大衛：「當然可以。」
> 約翰：「近來我手頭有點緊，你能借我些錢嗎？」
> 大衛：「不必擔心，我就當沒聽見。」
> （張法，2004：163引）

後者當事人一個不敢「直說」困窘而一個「回拒」不留情面，簡直是「冰冷到不行」！相對的，前者在《紅樓夢》裏甄士隱一開始財施於賈雨村的情況，幾乎看不到有絲毫的吝惜。為何像這種深富人情味的主動贊助事可以在東方社會裏見著（它不只出現在小說裏，現實中也很常見）？這點從語用符號學的角度看，問題就很清楚了：前者是緣於創造觀型文化傳統的「受造」意識（使得每一個體必須爭氣以仰體上帝造人的美意而難以啟齒「求助於他人」以及大可減卻「救渡的善舉」）；而後者是緣於氣化觀型文化傳統的「縮結人情」心理（朋友倫常僅次於親戚有「相助之義」而必須如數表現才能體現精氣化生的真義），彼此各響異趨。縱是如此，我們還可以再問：西方人信仰上帝不是很講究「愛人」的麼，又為

何會在這個環節上「觸處矛盾」？原來西方人仰體上帝造人的美意而仿效起上帝愛祂所造子民那樣來愛同類僅是個幌子，他們只有愛上帝才能獲致「得救」的保障。（周慶華，1999b：192~194）而這一愛上帝的表象底下所蘊涵的爲得到救贖的信念，就是整個西方文化所以會橫掃全世界而禍害無窮的根源。倘若要追溯這段歷史，那麼就可以從關鍵性的基督教獨立自希伯來宗教（猶太教）爲廣招徠信徒而新加入「原罪」的觀念談起：因爲「原罪」教條的強爲訂定，所以導至必須尋求救贖（以便重返天堂）而出現明顯的「塵世急迫感」。這種急迫感的「積重難返」，就是到了十六世紀宗教改革後新教徒（並一起「刺激」帶動舊教徒）的相關反應的「逾量」表現：新教徒脫離天主教教會後強調的「因信稱義」觀念，逐漸演變成要以在塵世累積財富和創造發明（包含哲學、科學、文學、藝術等等建樹翻新）來榮耀上帝或當作特能仰體上帝造人「賜給他無窮潛能」的旨意而不免會躁急蹙迫；尤其在資本主義和殖民主義隨著矯爲成形後，更見這種「過度的煩憂」。而它可以透過**圖4-6**來看出「整體」的形態。

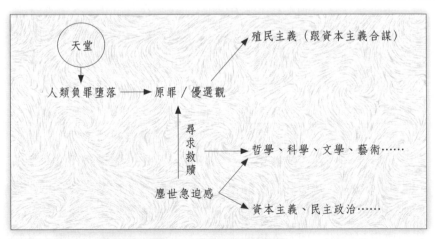

圖4-6　原罪觀的影響圖

　　圖中的「優選觀」，已經先有人加以揭發了（韋伯，1988），但還不夠「貼近」著講。換句話說，對新教徒來說，「優選觀」是在他們漸次締造現世巨大成就以及武力殖民取得支配優勢後才孳生出來的；而這一觀念既然定型了，相伴的殖民災難就隨後四處蔓延，一直到今天仍未稍見緩和。而根據這一點來看，有些西方人的「自我察覺」就到不了「點」上（跨文化視野不足所致）。如：

　　默頓認為新教倫理有如下三條原則：(一)鼓勵人們去頌揚上帝，頌揚上帝的偉大是每個上帝臣民的職責；(二)讚頌上帝的最好途徑，或者是研究和認識自然，或者是為社會謀福利，而運用科學技術可以創造更多的物質財富，所以大多數人應該去從事科學技術和對社會有益的職業；(三)提倡過儉樸的生活和辛勤勞動，每個人都應該辛勤工作，為社會謀幸福，以這一點感謝上帝的恩德。（潘世墨等，1995：114）

　　這段話所提及的新教徒所遵守的三個倫理信條，表面上有相互衝突的現象（如第三個信條就跟第二個信條很不搭調），其實則不然！因為只有過著簡樸的生活，才能「累積」財富以傲人。而新教徒所以要有這類的現世成就，一方面是想藉它來尋求救贖（冀望可以獲得上帝的優先接納而重回天堂）；一方面則是想展現自己的本事而媲美上帝的風采。此外，新教徒所認為的為社會謀福利（創造更多的物質財富）一事，明顯是基於「自利將促進物質福分的增加」這個理念，但它所以可能是建立在「塵世是短暫的，不值得珍惜」（可以無止盡的開發利用；即使耗用完了也不足惜）的前提上；而這已經衍生成地球的資源日益枯竭，且因科技不斷發達所帶來的環境汙染、臭氧層破壞、溫室效應、核武恐怖、生化戰爭風險等後遺症無法解決。因此，這裏可以相當肯定的說，這種宗教信仰

及其相關的實踐行為並不是人類需要普遍遵從的；像在東方的氣化觀型文化和緣起觀型文化自古以來就各別「自成一格」，根本不必創造觀型文化強來「汰舊換新」！現在後二者暫時「盲目」的自我屈就了，並不代表往後不會再努力奮起。（周慶華，2007a：302~305）因此，為了顯示文化教學的獨特性，我們可以把上述的例子用文化五個次系統來標誌對照彼此的差別，如圖4-7所示。

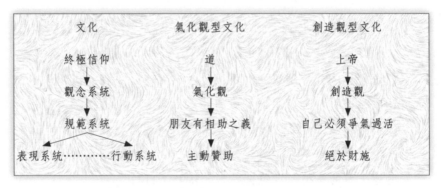

圖4-7　主動贊助和絕於財施的文化對比圖

由此可知，對於「人情冷暖」在中西社會中的迥異現象，全緣於各自不同的終極信仰／世界觀／倫理規範等，彼此無從通約，也難以互換。因此，單獨選材教學，就如此一案例將它強力化，才能顯出殊勝效果。

第三，在「教什麼」的環節，一樣也要將教材裏經過定位後的經驗／文化的關係予以交叉解釋，而讓受學者更知所變換或交錯為用。如上述中西方所見主動贊助和絕於財施的文化對比，就可以跟各種經驗作對照，如圖4-8所示。

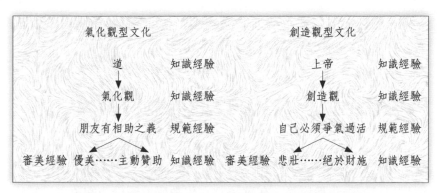

圖4-8 主動贊助和絕於財施的經驗和文化的關係圖

　　圖中所加入相關的生活美學形態，在中國因朋友相助顯現人倫的和諧而屬於優美；而在西方則因朋友未相助顯現人倫的欠缺和諧而屬於悲壯。這樣彼此各自相對應的經驗類型也一一顯明了（按：相同的，圖中所標示的僅針對較緊密相關的部分，至如還有其他的交叉關係，因為不是重點所在，所以就不一一舉證了）。而作這類的教學，更方便提供受學者「經驗反思」的機會，然後再去推衍文化的底蘊，從而有所完整的理解及其知道如何因應所要影響或支配的對象（至於未曾舉證的一般符號的單獨取材教學，則可以依此類推而不再多加贅述；但會在第五章中隨機略舉以證所言）。

　　第四，有關教學活動安排方法的依需選用。這是最後環節「怎麼教」。而它根據單獨取材的情況，討論法的運用也一定少不了（把強為了解教材的途徑訴諸討論）；可能的話，再搭配探究法和創造思考法，讓受學者廣為探討和檢核相關的案例或在生活中體驗取證。此外，基於活絡學習的氣氛以及加深學習的印象，一樣可以結合戲劇來教學，以便更多收效。

　　以上是單獨取材的強化教學所可以採行的途徑；同時也因為沒有其他更好的實施辦法足以用來取代它，所以它也就有作為模式典範的意義和價值。至此，**圖2-6**所示的教學實質的面貌和**圖2-10**所

示的經驗和文化的關係，也自然融合為一體而可以顯出華語文文化教學在單項裏的「最佳狀態」。

第三節　結合多媒體的創意教學

最後談結合多媒體的創意教學，併入其他教材的深化教學和單獨取材的強化教學等，在華語文文化教學上所扮演的角色已經相當可觀，現在如果能再結合多媒體來凸顯不一樣的「創意教學」，那麼有關實施途徑的多樣化及其高格化等也就更有保障了。換句話說，結合多媒體的創意教學是要使華語文文化教學有一進趨向度可循，不但具有「文化教學」的重量，而且還可以展現另一種「可被仿效」的典範性。

在本章第一節中所提到的刻意統整觀念，嚴格的說是要涵蓋多媒體的運用的，但當時所以沒有一併處理，是因為媒體的主題性或學科性尚未具備而不好談論；況且攬進媒體也不知如何安置（雖然在提及教學活動安排的方法有「戲劇化」一項可以充數），不如就留到這裏再給予加碼式的論列。所謂加碼式的論列，是指倘若媒體要在統整中佔位，那麼它只能被動被連結，不像在這裏可以主動而顯現前者所沒有的能動性，以至所論就會有「超出」的部分。

縱是如此，結合多媒體的創意教學雖然可以收編併入其他教材的深化教學和單獨取材的強化教學等，但它的必要獨自標榜仍應作為華語文文化教學的另一個實施途徑，才不致發生範疇混淆而難以成論。也就是說，它還是要保留自己的獨立性，如圖2-13所示可以跟併入其他教材的深化教學和單獨取材的強化教學等構成一種相互影響式的辯證關係（正如前節所說的那樣，彼此廣發互進而不為全然的「獨善其身」）。

　　那麼結合多媒體的創意教學又要如何定位？這可以分三方面來說：第一，有關結合多媒體的結合性，很顯然它的教材無法自給，而得從併入其他教材或單獨取材中來，這樣所謂的結合性就是一種外加式的；但這種外加不只是純運用媒體，而是帶有試探媒體的可用性意味的。換句話說，它要結合的媒體，是為了廣闊經驗而更能連類通達（有別於戲劇化那種媒體運用僅為求能提升學習興味和增加體驗機會等）。第二，有關結合多媒體的多媒體性，它在反全球化而救渡世界的前提下（詳見第一章第三節），對於今天所可能廣涵的諸如圖表、實物、模型、標本、投影片、幻燈片、錄影帶、電影、電視、廣播、**CD**、**VCD**、**DVD**、電子書、網際網路等媒體，就不可能盡取無虞，而得以中國傳統所見迄今俱在且不涉及耗能的媒體為主（如戲曲、繪畫、音樂、建築、雕塑、園林、文人雅集和民俗遊藝等）；並且在結合時要以「可以相發」為終極考慮（否則可能會徒勞無功）。第三，有關結合多媒體的創意教學的創意向度，一般所說的創意以能顯無中生有或製造差異為旨趣（周慶華，2011b：59~61），而此處的創意精神相同，但得強調「巧妙結合」以為開啓新氣象這一特性，才不會白費力氣。

　　縱使如此，在舉例演示前，同樣還是有一些原則性的觀念可以或必要先行點出，以便臨場能夠無礙的「予以證成」。首先是圖**3-5**、圖**3-11**、圖**3-17**和圖**3-23**等，所提到文化教學的「一般的著手方式」和「特殊的著手方式」等兩種著手程序的模式可以併用，這在教學實務中也得依需彈性調配，以免太常單一化而減少新鮮感。

　　其次是教學活動的安排雖然以結合多媒體為核心，但不能免除的講述法、討論法、探究法和創造思考法及其戲劇化等諸多方法一樣不可缺少；同時這些方法也並非逕用就會有效果，它也仍得衡量去取那些只能再製經驗而那些可以發現新知等（詳見第二章第二節），才算是善用那些方法。也好比創造思考法的運用，對受學者

來說，倘若只是任由他們去完成而他們又僅能再製經驗，那麼教學者的存在就沒有作用。因此，教學者一定也得有能耐掌握受學者所欠缺的經驗而適時予以補充，受學者才能由此發現新知。

再次是教學的條理化及其有效性的保證，來自對「為誰」環節的具體了解以及「選材」、「教什麼」和「怎麼教」等環節的強力支援，以至相關的教材選定（也可以先考慮「為誰」後再選定）也得向「為誰」和「教什麼」兩端連結，而後才由教學方法總縮流程；而當中「教什麼」又得將基本性的經驗和深層性的文化對列清楚（詳見**圖2-10**），以便有助於教學成效的檢核。

依據上述這些原則，所可以採取的結合多媒體的創意教學的實施途徑，相同的也就有一些模式不妨從中予以形塑出來：第一，教學者可以跟受學者協商「為誰」的策略，也可以先為受學者設想「為誰」的策略，還可以在事後相互討論所能「為誰」的策略，務必讓所教學有「特定目標」能夠依循（才不會「打迷糊仗」）；而這也因為有為不同對象學習可能的差異情況（詳見本章第一節），所以教學者有關應驗的「門路」的提供，一樣的也就不可或缺。這也是為契入領受文化教學的前階；雖然它本身還未直接相關「創意教學」，但沒有此一「門路」的提供，同樣也不可能會有可觀的文化發掘的相應作為。以中國傳統的卜筮為例，這是氣化觀相應的泛神觀使然（萬物有靈而可以透過卜筮媒介予以溝通；它跟一神信仰無此類溝通的可能大不相同），所占吉凶悔吝有人神相互信賴的精神在。而它相關的文化理解，最便利的莫過於結合多樣實境或紀錄片來教學（按：紀錄片仍屬耗能的科技產物，不如以實境觀摩為切要），以展現巧妙結合的創意性。好比《周易》的占筮遺留，它的原法則約略有《儀禮》所載筮事可以想像：

> 士冠禮，筮於廟門……筮人執策，抽上韇，兼執之，進受命於

主人。宰自右少退贊命。筮人許諾，右還即席坐西面，卦者
在左。卒筮、書卦，執以示主人。主人受胝，反之。筮人還東
西。旅占卒，進告吉。若不吉，則筮遠日，如初儀。（賈公
彥，1982：3~6）

少牢饋食之禮……筮於廟門之外。主人朝服，西面於門東。史
朝服，左執筮，右抽上韇，兼與筮之東面，受命於主人。主人
曰：「孝孫某，來日丁亥，用薦歲事於皇祖伯某，以某妃配某
氏，尚饗。」史曰：「諾！」西面於門西，抽下韇，左執筮，
右兼執韇，以擊筮。遂述命曰：「假爾大筮有常，孝孫某，來
日丁亥，用薦歲事於皇祖伯某，以某妃配某氏，尚饗。」乃釋
韇，立筮。卦者在左，坐，卦以木。卒筮，乃書卦於木，示主
人，乃退占。吉，則史韇筮，史兼執筮與卦，以告於主人，占
曰：「從。」……若不吉，則及遠日，又筮日，如初。（同
上，557~558）

　　依照這兩段話，可以推知「筮事之先，主人有命，主筮者抽
韇筴（類今廟會之探籌），以書畫記（筴上有畫記，即『—』、
『--』陰陽爻二種），其名為卦。進示主人，然後退與眾筮者共占
吉凶。今《周易》都六畫成卦，雖不知所本，但與《儀禮》所載畫
之說相合。又《周易》每卦下有卦辭，卦中各爻下有爻辭；而其卦
辭顯是主筮者就全卦為占，爻辭則是眾筮者共就各爻為占（主筮者
以外筮者，不定多少，占筮過程也難考知），此與《儀禮》『旅占
卒，進告吉』之說相契」。（周慶華，2000b：241）根據這一點，
《周易》六十四卦都可以了解它們的命意所在。姑且以〈師〉卦為
例：

　　䷆：師，貞，丈人吉，无咎。初六：師出以律，否臧凶。

九二：在師，中吉，无咎；王三錫命。六三：師或輿尸，凶。
六四：師左次，无咎。六五：田有禽，利執言，无咎；長子帥
師，弟子輿尸，貞凶。上六：大君有命，開國承家，小人勿
用。（孔穎達，1982c：35~36）

這一卦可知是「主筮者受命於主人（即文中所稱丈人），問
行師之事。主筮者得此卦，就全卦占說：『丈人出師，守正，則吉
而无咎。』其次眾筮者或就初六爻說：『出師必須嚴守法度，不嚴
守法度則有凶險。』或就九二爻說：『行師當中，吉而无咎；且王
將再三賜命，以嘉其有功。』或就六三爻說：『行師當中，可能遭
遇挫敗，載屍而歸，有凶險。』或就六四爻說：『行師時，左次水
澤以避險，則无咎。』或就六五爻說：『有敵間來犯（田有禽以喻
敵間），宜執而訊問，則无咎；且派長子帥師可以獲勝，派庶子帥
師則恐撓敗載屍而歸，不明此利害關係，謹知守正，必有凶險。』
或就上六爻說：『大君（即王）有命令，開創國家事業，不宜擾
民。』」（周慶華，2000b：242~243）這全然以相應於《儀禮》
該一占筮形式所作的解釋，彼此若合符節，而不必他求。此外，占
筮地點在神靈所駐錫的寺廟，又知所占吉凶悔吝來自神靈的諭示
（筮具只是媒介或憑證）；此一人神互信共寧機制的建立，遠為西
方人但知勘天役物以假傳符應上帝旨意而造成如今耗能致遺眾多禍
害所不及。而這則可以透過觀摩或親歷同一範疇的寺廟求籤、乩童
作法和靈乩問事等媒體來相互證成，以為更加確信此類習俗的無礙
世道。這樣的認知教學，很明顯適合用來矯治其他同社會中人的
「不信此事」，促使他們回過頭來認同泛神信仰對生態的有效維
護。因此，有關「為誰」的定位，也可以在事前設想或事後討論確
立，以便「學知所用」而有助於另一波教學活動的推展。
　　第二，所有「選材」的結合多媒體考慮，如同前面所說的不

是併入其他教材就是單獨取材，沒有別的可能性。不過，基於「方便操作」的前提，還是以單獨取材爲優先。如有一個關係音樂歌唱的例子：

轉軸撥絃三兩聲，未成曲調先有情。絃絃掩抑聲聲思，似訴生平不得志。低眉信手續續彈，說盡心中無限事。輕攏慢撚抹復挑，初爲霓裳後六么。大絃嘈嘈如急雨，小絃切切如私語。嘈嘈切切錯雜彈，大珠小珠落玉盤。間關鶯語花底滑，幽咽泉流水下灘。水泉冷澀絃凝絕，凝絕不通聲漸歇。別有幽愁暗恨生，此時無聲勝有聲。銀瓶乍破水漿迸，鐵騎突出刀鎗鳴。曲終收撥當心畫，四絃一聲如裂帛。東船西舫悄無言，唯見江心秋月白。（白居易，1980：242）

王小玉便啓朱唇，發皓齒，唱了幾句書兒。聲音初不甚大，只覺入耳有說不出來的妙境，五臟六腑裏像熨斗熨過，無一處不伏貼，三萬六千個毛孔，像吃了人參果，無一個毛孔不暢快。唱了十數句之後，漸漸的越唱越高，忽然拔了一個尖兒，像一線鋼絲拋入天際，不禁暗暗叫絕。那知她於那極高的地方，尚能迴環轉折。幾轉之後，又高一層，接連有三、四層，節節高起。恍如由傲來峰西面攀登泰山的景象，初看傲來峰削壁千仞，以爲上與天通；及至翻到傲來峰頂，才見扇子崖更在傲來峰上；及至翻到扇子崖，又見南天門更在扇子崖上；愈翻愈險，愈險愈奇！那王小玉唱到極高的三四疊後，陡然一落，又極力騁其千迴百折的精神，如一條飛蛇在黃山三十六峰半中腰裏盤旋穿插，頃刻之間，周匝數遍。從此以後，愈唱愈低，愈低愈細，那聲音漸漸的就聽不見了。滿園子的人，都屏氣凝神，不敢少動。約有兩三分鐘之久，彷彿有一點聲音從地底下發出。這一出之後，忽又揚起，像放那東洋煙火，一個彈子上

天，隨化作千百道五色火光，縱橫散亂。這一聲飛起，即有無限聲音俱來並發。那彈絃子的也全用輪指，忽大忽小，同她那聲音相和相合，有如花塢春曉，好鳥亂鳴，耳朵忙不過來，不曉得聽那一聲的為是。正在撩亂之際，忽聽霍然一聲，人絃俱寂。這時臺下叫好之聲轟然雷動。（劉鶚，1981：20~21）

前者是白居易〈琵琶行〉的片段；後者是劉鶚《老殘遊記》的所記，都跟音聲的「悠揚迴盪」有關。而這最好結合從自然取材的絃樂器演奏和實際歌唱等媒體來教學，以便易入人心；並且透過西方異系統不同的表現方式來顯義。換句話說，中國傳統的音聲都是為了溫慰人心（縮結人情的一種表現），而於文人雅集或家族聚會宴樂的場合中展出，一切和諧可風；而西方的音聲則是為了歌頌／榮耀上帝（娛樂同儕為附帶），所選擇開採冶煉的金屬製樂器及其合奏形態「宏偉高揚」方便達聽，這從早期的教會起源而後走進王宮又走進劇院，屬性自異，但它的發展規模日益浩大同樣事涉耗能而不可久恃。雙方對比，如圖4-9所示。

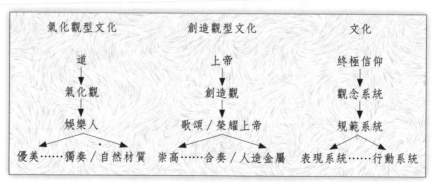

圖4-9　中西音樂表現的差異圖

顯然中西方音樂歌唱的獨奏／合奏和自然材質／人造金屬等

形態的差別，也都源自各別迥異的終極信仰／世界觀／倫理規範等，彼此取向相左，很難「互喻奧妙」。因此，結合多媒體來教學，就如此一案例自逞創意，以為更加可觀。

第三，在「教什麼」的環節，同樣也要將教材裏經過定位後的經驗／文化關係予以交叉解釋，而讓受學者更知所變換或交錯為用。又如上述中西方所見音樂歌唱的獨奏／合奏和自然材質／人造金屬等的文化對比，就可以跟各種經驗作對照，如圖**4-10**所示。

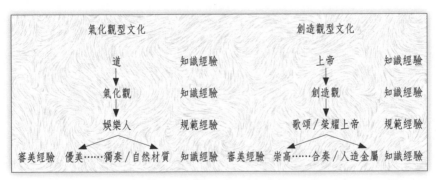

圖4-10　獨奏／合奏和自然材質／人造金屬等的經驗和文化的關係圖

圖中的美感形態，在中國因為音樂歌唱的「悠揚迴盪」以和諧圓滿見長而屬於優美；而在西方因為音樂歌唱的「宏偉高揚」以龐大劇烈見長而屬於崇高。這樣彼此各自相對應的經驗類型也一一顯明了（按：一樣的，圖中所標示的僅針對較緊密相關的部分，至如還有其他的交叉關係，因為不是重點所在，所以就不一一舉證了）。而作這類的教學，更方便提供受學者「經驗反思」的機會，然後再去推衍文化的底蘊，從而有所完整的理解及其知道如何因應所要影響或支配的對象。

第四，有關教學活動安排方法的依需選用。這是最後環節「怎麼教」。而它根據結合多媒體的情況，討論法、探究法和創造

思考法及其戲劇化等都可以選來運用，以爲增加額外的多媒體性而使結合多媒體的創意教學極大化。

　　以上結合多媒體的創意教學所可以採行的途徑；同時也因爲沒有其他更好的實施辦法足以用來取代它，所以它也就有作爲模式典範的意義和價值。至此，**圖2-6**所示的教學實質的面貌和**圖2-10**所示的經驗和文化的關係，也自然融合爲一體而可以顯出華語文文化教學在單項裏的「最佳狀態」。

第五章

華語文文化教學的檢核

- 藉助層次檢核表
- 運用對比檢核
- 測驗和觀察行動檢核

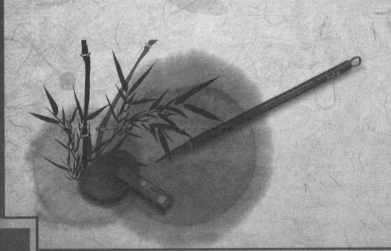

第一節　藉助層次檢核表

有了實施途徑的提供，接著也該為檢核教學成效形塑必要的對策，以便整體華語文文化教學的前提和演繹得以成形。這是為確保華語文文化教學不偏離航道的配套措施，從事相關教學的人無妨優先取則；而它在某種程度上既可以總綰華語文文化教學的理論建構（不致有缺漏），又可以自成一種論述的風采（鮮少見到有這類策略的規模），不啻為華語文教學的整體趨向連它做了最具指標性的宣示。

由於檢核者的身分可以是教學者或他人或受學者，而檢核的方法也可以藉助層次檢核表或運用對比檢核或測驗和觀察檢核等，彼此相互連結後共有九種檢核類型（詳見**圖2-16**），以至論述照理就得這般「依次進行」而讀者的運用考量也不妨「隨後估取」。但這是要到實證探討階段，才必須如此定性；如果只是方案提示，那麼單獨論述檢核方式也就足夠了。換句話說，類如本理論建構取向，重點在指引華語文教學的新途徑，不必例證齊全（況且目前也還欠缺有效的實務案例）。

這可以從最基本的藉助層次檢核表談起。藉助層次檢核表的檢核方式，是順著前面所界定文化五個次系統（詳見第二章第一節）的分辨以及從各次系統再作細較等綜合而成的。它在檢核華語文文化教學是否如實時，是以文化五個次系統為總表而以各次系統可能的延伸為附表（至於各種經驗起點，則可以一併連結，但它比較不關文化教學的成效），由檢核者自行列出而加以檢核；倘若檢核者不十分確定所檢核的準度，那麼他可以參考類似本論述所舉例來從事，一樣可以獲得檢證（只是效率不及自我充實文化知識後研

判）。至於實際的檢核，究竟是以五個次系統的分辨爲優先，還是以各次系統的細較爲優先（然後再回溯五個次系統），那就看論述的需要而定了。

此外，還得附帶說明的是，所要分辨的文化五個次系統，以觀念系統中的世界觀爲深層文化性所在（終極信仰已內在世界觀中或可由世界觀去推得），而規範系統、表現系統和行動系統等則爲淺層文化性所在，終究要上溯提及世界觀才算克盡文化教學的任務；而相關的檢核也要以能切中世界觀爲所檢核的標的。因此，五個次系統的布列檢核，只是爲了方便指出語文對象或類語文對象的位置及其來由；如果檢核者已經熟悉五個次系統的運作模式，那麼不必明列總表也能予以檢證。同樣的，各次系統的細較，也可以比照辦理。還有列表檢核倘若不足以明辨，那麼不妨再採用列圖輔助，以便所要探知的文化性能如期朗現。

如《紅樓夢》第十九回記載：「襲人道：『第二件，你真喜讀書也罷，假喜也罷，只是在老爺跟前或在別人跟前，你別只管批駁誚謗，只作出個喜讀書的樣子來，也教老爺少生些氣，在人前也好說嘴。他心裏想著：我家代代讀書，只從有了你，不承望你不喜讀書，已經他心裏又氣又愧了。而且背前背後亂說那些混話，凡讀書上進的人，你就起個名字叫作祿蠹；又說只除明明德外無書，都是前人自己不能解聖人之書，便另出己意，混編纂出來的。這些話，怎麼怨得老爺不氣，不時時打你。叫別人怎麼想你？』寶玉笑道：『再不說了。那原是那小時不知天高地厚，信口胡說，如今再不敢說了。還有什麼？』」（馮其庸等，2000：306）當中「祿蠹」，據考證「祿：古代官吏的俸祿。蠹：蛀蟲。《韓非子・五蠹》曾把遵『先王之道』的學者、設詐『以成其私』的言談者、帶劍者、習御者以及商工這五種人稱爲『五蠹之民』，認爲足以導至邦國破滅。『祿蠹』之稱或由此化出，用以諷刺那些熱中功名利

祿的人」（同上，313），這還得指「空耗百姓的血汗錢」的負面義，才足以形容。而就賈寶玉的「批判」來說（雖然他在丫鬟花襲人的逼迫下「佯裝」不再重提舊話），他一再的拿文人墮落事開刀而還有其他諸如「國賊祿鬼」和「勢欲薰心」的訾議藐視（同上，545、1298），顯見這在相對應現實上有某種程度的真實性。我們如果把它當作華語文文化教學的教材，那麼在教學的成效上就可以列表來檢核，如**表5-1**所示。

表5-1　「祿蠹」教學的檢核表

文化類型 次系統	氣化觀型文化
終極信仰	道
觀念系統	氣化觀
規範系統	金字塔型社會結構使然（空耗百姓血汗錢）
表現系統／行動系統	近於悲壯／祿蠹行為（文人墮落）

　　在氣化觀型文化傳統裏，因為是「氣」聚成人（精氣化生為人），量多而使得大家虯結在一起，必須分親疏遠近才能過有秩序的生活，而分親疏遠近最便利莫如以血緣為依據，以至整體社會就以家族為基本單位；然後再從各家族中抽繹人才組成政體而延伸為一個特大的家族，從此縱向的金字塔型的社會結構就定型了（詳見第三章第三節）。繁衍所至，仕進變成讀書人唯一的出路；而在權益當前的情況下，自持能力薄弱的人，很容易就走上祿蠹一途而自我悲劇化。因此，透過上表，就可以完成檢核相關教學的實在性。而站在宣揚氣化觀型文化的立場，這看來不怎麼光彩，其實不然！它只是內部的「難免腐化」，對整個環境並無所危害，總比創造觀型文化所興作的資本主義、殖民主義／帝國主義等橫掃全世界而禍端連連那樣輕微太多；縱使沒什麼值得鼓勵，但也不致要對它深惡

痛絕。也就是說，那還是一種可以容受的官場習氣；何況那以外還有更多吏治清明的事跡可以稱頌。

又如一首民謠〈大板城的姑娘〉（〈馬車夫之戀〉）提及：「大板城的石路硬又平哪，西瓜呀大又甜呀！那裏來的姑娘辮子長呀，兩個眼睛真漂亮。假如你要嫁人，不要嫁給別人，一定要你嫁給我。帶著百萬錢財，領著你的妹妹，趕著那馬車來。」（李政祥編，2007：200）中國傳統社會中的家族聯姻，是以「門當互對」為原則，低就或高攀都非常態；而這首民謠卻透露著企圖高攀的心理。它的理路，可以簡圖輔助說明如**圖5-1**。

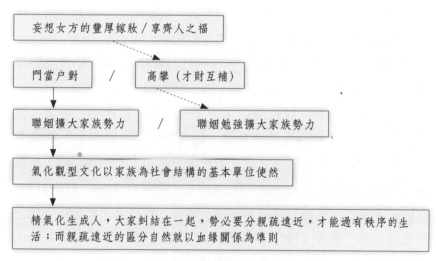

圖5-1　〈大板城的姑娘〉高攀想望理路圖

顯然該民謠中的男主角（馬車夫）在妄想女方的豐厚嫁妝（「享齊人之福」為連帶），期待古來主要為「才財互補」的高攀可以遂行。因為他是對比於別人尋「門當戶對」的正常管道，所以用虛線連結當中的理路。我們倘若把它取為華語文文化教學的教材，那麼在教學的成效上就可以列表來檢核，如**表5-2**所示。

表5-2 「高攀」想望教學的檢核表

文化類型 次系統	氣化觀型文化
終極信仰	道
觀念系統	氣化觀
規範系統	家族為社會結構的基本單位使然（聯姻勉強擴大家族勢力）
表現系統／ 行動系統	近於悲壯／高攀行為

　　在中國傳統社會中門當戶對的聯姻是為了擴大家族勢力；而高攀式的聯姻則僅能勉強擴大家族勢力，又恐不能長久（彼此不相稱的關係）。因此，該民謠中的男主角以最低階的身分要高攀，在現實中幾乎不可能發生，只能「但存想望」而以悲劇收場。而由此可以反觀中國傳統社會的穩定性（不會因為階層流動而造成失序現象），不啻對世界的「必要沉著」有一份貢獻。

　　又如相傳皇帝史官倉頡造字時「天雨粟，鬼夜哭」，後人據為注解說：「倉頡始視鳥迹之文，造書契，則詐偽萌生。詐偽萌生，則去本趨末，棄耕作之業，而務錐刀之利。天知其將餓，故為雨粟。鬼恐為書文所劾，故夜哭也」。（高誘，1978b：116~117）這僅以天神（自然神力特強者）會「憐憫」和鬼魂（神靈經人體後出去者）會「駭怕」來看待倉頡造字一事，恐怕還不夠或太過消極。「天雨粟」，也可以理解為天神對倉頡能造字的「獎賞」；而「鬼夜哭」，也可以理解為鬼魂對「原」同類卻比自己強甚的倉頡能造字的「感動」。（周慶華，2006a：79）這是文字的神聖性得著適時的「累創」或「再製」的表現，神／人／鬼都可以同感歡忭！反觀音系文字的純紀錄語音（因語音的自創率不高或不易被察覺），就不可能有這種輾轉崇拜的情事。而由著這一文字崇拜的效應不輟，中國傳統社會特別設立「敬字亭」（或敬字堂或聖蹟亭

或敬聖樓）來倡導惜字紙的風氣（莊伯和，1982；沈清松主編，2004），後人也就不難得著充分的理解（雖然相關的研究者都還「契入不深」）。（周慶華，2008a：119~120）我們如果把它引爲華語文文化教學的教材，那麼在教學的成效上就可以列表來檢核，如**表5-3**所示。

表5-3　倉頡造字影響教學的檢核表

文化類型 次系統	氣化觀型文化
終極信仰	道
觀念系統	氣化觀
規範系統	神獎賞／鬼感動
表現系統／行動系統	近於崇高／造字行爲

　　造字能力並非人人都有，而是「鍾靈毓秀」或「特別精粹」的人始堪當此任，所以他崇高的造字行爲才會贏得神鬼的獎賞和感動。而以此造字所體現如氣流布的一切「氣化」觀念，它的雍容諧和形象也已經給予世界「如其存在」的保障，不像音系文字隨著發展出如「英語帝國」一類的霸權而徒然造成人間社會的緊張對峙局面。

　　所謂華語文文化教學的檢核在藉助層次檢核表方面，就約略如上面所示。它除了要給語文對象或類語文對象定位（多半位於表現系統和行動系統），還得有效上溯深層文化性位置，而得一「完整」或「全套」的了解，才算克盡檢核的任務。換句話說，不論是教學者還是受學者或是他人，都可以透過這類的層次檢核表來檢核華語文文化教學的成效。

第二節　運用對比檢核

　　藉助層次檢核表所可以得到檢核的，是自我文化教學的成效；如果還要進一步了解跟他者文化的差異情況，那麼就得再行運用對比檢核。對比檢核是連他者文化一起攬進來教學，而從對比評價中顯示自我文化的特殊性。這在前章中已經多有隨機舉例，此地則要再擴大取證來形塑檢核的模式。

　　縱是如此，運用對比檢核相較於藉助層次檢核，只是多一個異系統的對比，在各自層次的羅列上並沒有兩樣。因此，前節所指出的「它在檢核華語文文化教學是否如實時，是以文化五個次系統為總表而以各次系統可能的延伸為附表（至於各種經驗起點，則可以一併連結，但它比較不關文化教學的成效），由檢核者自行列出而加以檢核；倘若檢核者不十分確定所檢核的準度，那麼他可以參考類似本論述所舉例來從事，一樣可以獲得檢證（只是效率不及自我充實文化知識後研判）。至於實際的檢核，究竟是以五個次系統的分辨為優先，還是以各次系統的細較為優先（然後再回溯五個次系統），那就看論述的需要而定了」，只要再加上「對比」，其餘就沒有什麼不同了。

　　同樣的，前節所附帶說明的「所要分辨的文化五個次系統，以觀念系統中的世界觀為深層文化性所在（終極信仰已內在世界觀中或可由世界觀去推得），而規範系統、表現系統和行動系統等則為淺層文化性所在，終究要上溯提及世界觀才算克盡文化教學的任務；而相關的檢核也要以能切中世界觀為所檢核的標的。因此，五個次系統的布列檢核，只是為了方便指出語文對象或類語文對象的位置及其來由；如果檢核者已經熟悉五個次系統的運作模式，那麼

不必明列總表也能予以檢證。同樣的,各次系統的細較,也可以比照辦理。還有列表檢核倘若不足以明辨,那麼不妨再採用列圖輔助,以便所要探知的文化性能如期朗現」,也就再通過「對比」一關,就「准予放行」而不必另加範限。

　　如中國傳統社會有「仁愛」的最高道德要求,這相對於印度佛教「慈悲」的最高道德要求和西方傳統社會「博愛」的最高道德要求等,彼此截然不同。也就是說,三種不同的道德行為,都承自各自所屬的世界觀而展現出相異的規範尺度:一個是推己及人的有差等的愛;一個是已成佛為救渡眾生而慈航倒駕;一個是人我不分的無差等的愛。(周慶華,2010:155)各自的圖示及文獻如**圖5-2**所示。

　　以上述各自的代表性的文獻來看,仁愛是由一己向外推擴而成就的;慈悲是證得佛果後自我降格去普渡眾生而示現的;博愛是比照造物主對所造物的愛而勉力的,彼此立場不同無從互換。此外,還有一種「兼愛」觀似乎可以擇便比類,卻又不能這麼樂觀。理由是兼愛僅為墨家的主張,屬氣化觀的旁衍,只在先秦時代曇花一現(周慶華,2010:156),如**圖5-3**所示。

　　從上面徵引的文獻來推,兼愛的作為勢必要到「視人父如己父,視人子如己子」的地步而淪落孟子所批判的「無父/禽獸行為」(孫奭,1982:117)的下場。它不但為氣化觀型文化的常態社會所不容(不符分親疏遠近的倫理所需),也不易向近似的創造觀型文化的博愛規範過渡(因為還在堅持「兼」的狀態),而跟緣起觀型文化的慈悲規範更是不類,形同被孤立,可以不論。(周慶華,2010:156)我們倘若把它取為華語文文化教學的教材,那麼在教學的成效上就可以透過對比來檢核,如**表5-4**所示。

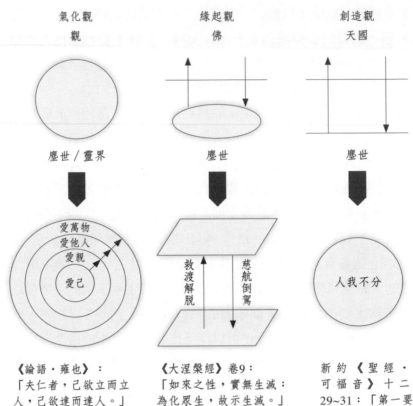

氣化觀	緣起觀	創造觀
觀	佛	天國

塵世／靈界　　　　　塵世　　　　　　塵世

愛萬物
愛他人
愛親
愛己

救渡解脫　　慈航倒駕

人我不分

《論語・雍也》：「夫仁者，己欲立而立人，己欲達而達人。」（邢昺，1982：55）

《孟子・盡心》：「親親而仁民，仁而愛物。」（孫奭，1982：244）

《大涅槃經》卷9：「如來之性，實無生滅；為化眾生，故示生滅。」（曇無讖譯，1974：416上）

《大悲心陀羅尼經》：「觀世音菩薩，不可思議威神之力。已於過去無量劫中，已作佛竟，號正法名如來。大悲願力，為欲發起一切菩薩，安樂成熟諸眾生故，現作菩薩。」（伽梵達摩譯，1974：110上）

新約《聖經・馬可福音》十二／29~31：「第一要緊的就是說：『……你要盡心、盡性、盡意、盡力愛主──你的神。』其次就是說：『要愛人如己。』再也沒有比這兩條誡命更大的了。」（香港聖經公會，1996：53~54）

圖5-2　世界現存三大文化體系中道德規範的差異圖

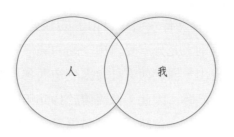

《墨子‧兼愛》：
「視人之國，若視其國；視人之家，若視
其家；視人之身，若視其身。」（孫詒
讓，1978：65）

又：
「是以老而無妻者，有所侍養，以終其
壽；幼弱孤童之無父母者，有所放依，以
長其身。」（同上，72）

圖5-3　兼愛的道德規範圖

表5-4　仁愛和慈悲及博愛的對比

文化類型 次系統	氣化觀型文化	緣起觀型文化	創造觀型文化
終極信仰	道	佛	上帝
觀念系統	氣化觀	緣起觀	創造觀
規範系統	有差等的愛	慈航倒駕	無差等的愛
表現系統／ 行動系統	崇高／ 仁愛行為	崇高／ 慈悲行為	崇高／ 博愛行為

　　雖然三種道德規範都展現了不同形態的崇高行為（由推己及
人、救渡他人和愛人如己等體現），但正如前面所說後二種道德規
範在實踐上不是難為入理就是弊病叢生（詳見第三章第一節），最
後只剩下仁愛能切合人性所需，為最當優先強調且希冀普遍化，才
有助於人間社會的長治久安。

又如中國傳統並沒有「追求自由」的觀念（因為受家族網絡的制約而無所謂個別人充分享受自由空間的關係），而印度佛教一系向來也不在意自由，僅剩西方社會因受造而各自獨立的觀念使然會不容自由被他人剝奪。因此，像流傳於1956年期間遭蘇聯派兵鎮壓反共革命的匈牙利的一首詩「生命誠可貴，愛情價更高。若為自由故，兩者皆可拋」（方鵬程，2007：19），所以將自由看作比生命和愛情還要價高的情況，就不是氣化觀型文化和緣起觀型文化中人所能想像的。而這更進一步的定位，則可以透過**圖5-4**來理解。

顯然西方人所要爭取的自由是三大自由（阿德勒，1986）中的境遇自由（此為西方人的共同感而非匈牙利人所獨鍾），因為意志自由早已「操之在我」而道德自由也沒有人會禁你。而依此類推，西方人優先要取得的無異是「政治的自由」；而「政治的自由」還可以在順勢列下去以為應合具體情境所需求的。（周慶華，2007a：131~133）相對的，中國傳統並沒有這類需求（道家所崇尚的「逍遙自在」，是向內修為而非向外索求，彼此截然不同），僅在近代由西方傳來而迄今都還未得到「安置」。因此，如果我們將它轉作華語文文化教學的教材，那麼在教學的成效上就可以反向透過對比來檢核，如**表5-5**所示。

表5-5　世界現存三大文化體系中有無自由追求的差別

文化類型 次系統	氣化觀型文化	緣起觀型文化	創造觀型文化
終極信仰	道	佛	上帝
觀念系統	氣化觀	緣起觀	創造觀
規範系統	家族倫理	非人倫理	個人倫理
表現系統／行動系統	近於悲壯／ 犧牲自由	近於悲壯／ 不以自由為念	近於悲壯／ 嚮往自由

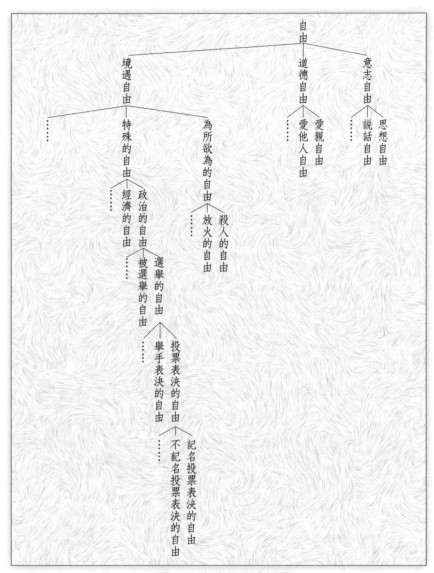

圖5-4　自由概念分辨圖

　　由表中可知，有無自由追求都盡於悲壯行為（從追求自由的
角度來看，自我強迫犧牲自由和為了解脫刻意不以自由為念等，
都是帶著悲劇性；而嚮往自由卻得常靠流血去爭取，也高華不起
來）。這本應各自安於所處情境而不相強（特指爭自由這一部
分），才是正理；但從近代以來，西方人妄自把所需求的自由推銷
至全世界而釀至他者社會內部「極度騷動」的災難，以及像中國人
誤為爭西式的自由卻一波三折還常「徒然賣命」等，已經把世界
搞得沸沸揚揚（周慶華，2011b：133~145），終究不如回返本來
所有而有助人間社會某種程度的秩序化。這時中國傳統所見的和諧
人事而不強要自由的作法，就可以啟發世人多一點而得著「貢獻所
長」的機會。

　　又如中國傳統表現於文學作品或其他藝術品中有關人體的審
美，也跟其他文化系統迥異。這一部分，它在西方從古希臘時代以
來，就一直存在著人體被精心雕繪塑造成「健美」形態的痕跡。如
所有保留下來的裸體雕像、繪畫等所呈現的男女形象，幾乎都極
力在強調男性身材的勻稱結實和女性身材的豐滿性感。（尼德〔L.
Nead〕，1995；勒伯〔M. Le Bot〕，1997；喬堅〔S. Grogan〕，
2001；奇〔T. Ky〕等，2003；克拉克〔K. Clark〕，2004；波恩—
杜貞〔M. Bohm-Duchen〕，2004）前者（指男性身材的勻稱結
實），是以闊肩窄腰的倒三角形身體為標準（並且得胸、臀、腹、
腿等肌肉線條畢露）；而後者（指女性身材的豐滿性感），則是以
前凸後翹的腴美體形為典範（當代還普遍以胸36、腰24、臀36等三
圍為美體極致）。而這些都還可以加上一個「黃金比例」作為整體
選材打底的依據：

　　　古希臘的畢達哥拉斯學派，首先從數的比例中求出美的形式。
　　　沿用至今的「黃金數」，就是希臘數學歐多克斯發現的……黃

金數被作為美的信條，而統治著當時歐洲的建築和藝術；並且這種影響一直延續到今天。它在現代最優化理論中也有它的應用價值，例如在優選法中應用最廣的0.618法……一切藝術作品，都是依據這個比例或者接近於這個比例而創造出來的。著名的維納斯女神以及太陽神阿波羅的塑像，從肚臍到腳底的高度和全身高度的比例都為0.618。在達文西、提香、菩提切利等藝術作品中，有許多比例關係也都是0.618……英國大畫家斐拉克曼的名著《希臘的神話和傳說》一書中，共繪有96幅美人圖，每一幅畫上的美人真可說是妖媚無比、婀娜多姿；但仔細量一下，腰長和身高的比都近似於0.618……文明古國埃及有許多金字塔，形似方錐，大小各異；但這些金字塔底面邊長和高的比都接近於0.618。由此可見，黃金分割確實已經成為一切藝術造型的訣竅。（徐炎章等，1998：63~65）

雖然有些論者對於「黃金比例」作為美學範本頗不以為然（李維歐〔M. Livio〕，2004；朱光潛編譯，1988），但難以否認的這一切早已被認為是「神賜的比例」的黃金分割觀仍舊會是西方人的最愛。因為受造觀念既然成形了，人體就必然是要健壯和腴美的（這才顯現出神／上帝的本事）；否則纖細和病態等天生或自導「殘缺」，一定會削弱或辜負神／上帝的能耐或美意。因此，反觀中國傳統的人體審美受氣化觀影響，僅著重在相貌俊秀／風度翩翩（指男性）、容顏俏麗／嫵媚動人（指女性）等為「靈氣所鍾」的部分，而無關體形的健壯豐腴。前者（指相貌俊秀／風度翩翩），又以「聰明殊德」的體現或自勉為上乘，馴至有《逸周書》官人解、《大戴禮記》文王官人和哀公問五義、《呂氏春秋》季春紀論人以及同涉的《韓詩外傳》、《淮南子》、《法言》、《論衡》、《人物志》等紛紛在討論觀人驗才的學問。（孔晁注，1988；

戴德，1988；高誘，1978b；韓嬰，1988；揚雄，1988；王充，
1988；劉劭，1988）倘若還有附帶條件，也不過是要「風骨」齊備
而已（按：風，是指如氣的流動，也就是上述「風度翩翩」或俗語
「風流倜儻」的意思；而骨，則是指骨骼挺立〔徐復觀，1980；詹
鍈，1984；周慶華，2000b〕，這是多加的，大略是說人的骨架要
明確）。如「（赫連勃勃）其器識高爽，風骨魁奇。姚興睹之而醉
心，宋祖聞之而動色」（房玄齡等，1983：3214）、「（劉裕）身
長七尺六寸，風骨奇特。家貧有大志，不治廉隅」（沈約，1983：
1）等，都是在強調這一審美特性。反過來，如果有人稍顯肥胖遲
鈍，就會遭惹「缺乏風骨」的譏誚！如《世說新語・輕詆》記載
「舊目韓康伯，將肘無風骨」（劉孝標，1978：223），劉孝標注
引《說林》說「范啟云：『韓康伯似肉鴨。』」（同上），就是一
個顯著的例子。至於後者（指容顏俏麗／嫵媚動人），則盡在臉孔
姣好和儀態萬千上著眼。所謂「若把西湖比西子，淡粧濃抹總相
宜（反襯西施的美貌不事強飾）」（蘇軾，1985：430）、「（楊
貴妃）迴眸一笑百媚生，六宮粉黛無顏色」（白居易，1980：
238）、「娉娉嫋嫋十三餘，豆蔻稍頭二月初。春風十里揚州路，
捲上珠簾總不如」（馮集梧，1983：311）、「繡幕芙蓉一笑開，
斜偎寶鴨襯香腮，眼波才動被人猜。一面風情深有韻，半箋嬌恨寄
幽懷，月移花影約重來」（王仲聞，1983：91）等等，無一不在
標榜女性的清艷和風情美。而如今還可見的古代的仕女圖（高居翰
〔J. Cahill〕，2002；楊新等，1999；崔慶忠，2003），僅露出手
和頸部以上（而非西方裸體中的全裸），也可以說跟《詩經・碩
人》所記載的「手如柔荑，膚如凝脂，領如蝤蠐，齒如瓠犀，螓首
蛾眉，巧笑倩兮，美目盼兮」（孔穎達，1982a：129~130）相呼應
而一起印證了這裏所說的審美觀。至於單執緣起觀的人，已經當生
命是一大苦集而亟欲加以超脫，自然無所謂「美醜縈心」一類的世

俗煩惱。如「一切有皆歸於空；無我，無人，無壽，無命，無士，無夫，無形，無像，無男，無女……法法相亂，法法自定」（瞿曇僧伽提婆譯，1974：575下）、「觀父母所生之身，猶彼十方虛空之中吹一微塵，若存若亡；如湛巨海流一浮漚，起滅無從」（子璿集，1974：872上）等，就是在說這個道理。而這把一點推到極致，一個人最後即使必須「割肉餵鷹」或「捨身飼虎」也可以在所不惜。（鳩摩羅什譯，1974b：314下；法盛譯，1974：426~427下）這樣也就不可能會有「進一步」的以體健或美貌來傲人或成為文化壓迫的幫兇。後者是說如今已是西方審美觀一脈獨大的局面，原有的併存而顯得「豐富」的審美情趣不但遭到了窄化，連正居弱勢的審美觀還要不斷地重受壓抑和摧殘（這只要看看非西方社會也在跟人家大為流行不知「能和誰比」的美容整形、強為體育健身等等，就可以知道一二）；而這在「相反而行」的情況下，根本就不可能出現上述這種欺近凌駕的事。（周慶華，2007a：256~262）因此，倘若我們將它轉作華語文文化教學的教材，那麼在教學的成效上就可以透過對比來檢核，如**表5-6**所示。

表5-6 世界現存三大文化體系中有關人體審美的差別

文化類型 次系統	氣化觀型文化	緣起觀型文化	創造觀型文化
終極信仰	道	佛	上帝
觀念系統	氣化觀	緣起觀	創造觀
規範系統	體現如氣流動	摒除世俗煩惱	呼應受造美意
表現系統／ 行動系統	優美／ 崇尚俊秀俏麗	優美／ 不為美醜縈心	優美／ 迷戀健壯豐腴

上述三種人體審美都彰明了不同取向的優美行為（由能體現如氣流動、摒除世俗煩惱和呼應受造美意等分別顯露），但也正如前面所說的創造觀型文化中的美感表現已經跟科技密切結合，所參

與高耗能行列（以人體審美來說，所謂為健美而創設的運動、健身、美容和廣告傳播等產業，無一不耗能可觀），不再能長期依恃；而緣起觀型文化中的美感表現以無所求美感為鵠的，又難為人類需求；以至最終就得多寄望類似氣化觀型文化這種「諧美宛轉」而純任自然美感的發掘培養上，才能維持感性表現的恆久性運作（詳見第三章第四節）。所謂的人體審美，一樣得這般看待。

華語文文化教學的檢核在運用對比檢核方面，也約略如上面所示。它除了要給語文對象或類語文對象定位（也多半為表現系統和行動系統），還要有效上溯深層文化性位置並透過異文化體系的對比，而得更「全面」的了解，也算克盡檢核的任務。換句話說，不論是教學者還是受學者或是他人，都可以經由這類的對比檢核來檢核華語文文化教學的成效。

第三節　測驗和觀察行動檢核

檢核華語文文化教學的成效，有關藉助層次檢核表和運用對比檢核等，都是在教學實施過程所可以從事的；此外就是透過測驗和觀察行動來檢核。透過測驗和觀察行動的檢核，是專就檢核受學者的學習成效而說的（不像藉助層次檢核表和運用對比檢核等是兼顧教和學兩方面）。雖然如此，透過測驗和觀察行動的檢核，還是要以前二者為基礎或參考座標，才能知所檢核的對象及其成效評估。

一般所說的測驗，除了制式教育的考試（包括筆試和口試等），還有一些具認證性質的評量（如國際閱讀素養評比、臺灣學生學習成就評量資料庫和線上閱讀認證等）；但不論如何，這些測驗都鮮少觸及文化理解及其相關的考核。以制式教育的考試來說，測驗的目的只是為符應所教學的目標，而這些目標又都零

碎而難見系統化（總不外涉及知識、技能和情意等一類的目的設定），對於所該有的目標的「來龍去脈」（也就是所謂的知識、技能和情意等究竟是如何可能的）幾乎都未曾措意而跟文化有所連結。又以那些具認證性質的評量來說，情況也沒有太大差別。如國際閱讀素養評比（Progress of International Reading Literacy Study，簡稱PIRLS），它是由國際教育學習成就調查委員會（International Association for the Evaluation of Educational Achievement，簡稱IEA）主辦的國際測驗，目的在於研究世界各國四年級學童的閱讀能力。它的能力指標約有：

1.直接提取能力：培養學習者可從文中信息直接找出目標信息、特定觀點、字詞或句子定義、場景和主題或主旨等。
2.直接推論能力：培養學習者能連結文中兩項以上信息推論，如推論出某事件導至另一事件、一串論點後歸納出重點、找出代名詞和主語的關係、歸納文章主旨和描述人物間的關係。
3.詮釋、整合觀點及信息能力：培養學習者從已知的知識，連結文中為明顯表達的信息，如比較及對照文章信息、推測故事中的情緒或氣氛和詮釋文中信息在真實世界中的實用性等。
4.檢驗、評估和批判文中信息能力：評估文章描述事件真實性、描述作者導出結局的想法、評斷文章信息的完整性和推論作者的觀點等。（國際閱讀素養評比資料庫，2010）

然而，根據這些能力指標所能測驗到的，只是關係對「文章本身」的理解，而無法顧及所以構成文章的文化性問題，更別說還能透過系統的甄辨而許以自我所屬文化傳統體現在知識經驗／規範經驗／審美經驗上的特殊益世價值。換句話說，國際閱讀素養評比所要測驗的都是表層意義的理解能力，而無助於人類前途的試探和規模等，終究沒能展現出深度閱讀的蘄嚮或向度。

又如臺灣學生學習成就評量資料庫（Taiwan Assessment of Student Achievement，簡稱 TASA），它是教育部委託國家教育研究院策畫督導所從事的長期性研究計畫，由一羣測驗和學科專家共同研發「標準化成就測驗」，主要針對學生語文表達能力和閱讀理解能力來進行施測。該資料庫建置施測的對象、科目和內容重點等，以國語文部分為例，略如：

(一)國小四年級和六年級

1. 語文表達能力：測驗內容，包括字形（含字音）、詞語、句子、段落和標點符號的運用和辨別，以完整且生活化的語境，測驗學生對常用字、詞的理解和運用等。
2. 閱讀理解能力：經由閱讀一段文字或一篇文章，檢測學生理解內容、掌握文意的能力，因此命題著重於探討篇章的主旨、觀點、細節和組織架構等，以單題或題組的方式循序評量學生的閱讀理解能力。
3. 透過寫作測驗和問答題型方式檢驗學生綜合運用語文於書面的表達能力；也藉由簡而繁的題型，了解學生寫作能力的發展現況和常見問題等。

(二)國中二年級

1. 語文表達能力：測驗內容，包括字形（含字音）、詞語、句子、段落及標點符號等的辨別及使用，期能測驗學生對語體文和較淺顯的文言文字、詞、句型、標點符號的理解和應用，並配合各種語言情境，理解語句間文意的轉化。
2. 閱讀理解能力：以單題或題組的閱讀測驗方式，檢驗學生理解文章內容、掌握文意的能力，並能進一步思考和探索文章

的寫作觀點和寓意等。

3.透過寫作測驗和問答題型，以檢驗學生是否能完成一篇結構完整的限制式作文或命題式作文，及了解學生思辨能力，並形成邏輯能力訓練。

(三)高中及高職二年級

1.語文表達能力：測驗學生對於語體文及文言文的字、詞能力的掌握及運用情形，包含對字形（字音）、詞語、句子、段落及標點符號等的辨析，並能藉此熟習各種文學作品中的語詞意義。

2.閱讀理解能力：以單題或題組的方式，藉由閱讀篇幅較長的文章檢測學生對於內容細節、篇章意旨、觀點、文章架構及言外之意等，總體評量學生的閱讀理解能力。

3.透過短文及長文的寫作，以了解學生語文表達能力，包括書寫通順的文句、適當運用修辭技巧、書寫意義完整、條理清晰的段落或篇章；並觀察學生結合聯想和生活體驗，抒發情意和感受的表達方式及能力。另以問答題型，作為檢驗學生思辨能力及邏輯訓練能力等。（臺灣學生學習成就評量資料庫，2009）

顯然這跟前者大同小異（異的部分，主要是多了轉運用於寫作表達上），一樣沒有任何文化性的成分被考量。因此，即使這樣的測驗再多，也依然起不了提升受測者的深度理解能力及其連帶要有的文化涵養。

又如線上閱讀認證，它是指將測驗系統建構在網路上，以電腦網路為傳輸媒介，連結評量和資料庫主機，而利用網路電腦瀏覽器平臺的施測方式。（賴苑玲，2009）這為了施測容易，比上述

所提供的兩種測驗方式還要簡單。由於它只能根據文本中故事情境引導的形式去設計題目，根本無法複雜化且能有效的關連文化的課題，所以形同是制式考試的翻版或縮小版而沒有什麼特別的地方。

既然制式教育的考試和一些具認證性質的評量等，都不足以測出文化認知能力，那麼此地所要著重的華語文文化教學更不可能再依賴它（因為它比那些測驗更強調要檢測文化認知能力）。因此，華語文文化教學要透過測驗來檢核成效，就得另闢蹊徑。而這個蹊徑無他，就是運用前面兩節所示的層次檢核表和對比檢核等，融合而來設計題目進行施測，所得結果才能判斷學習文化是否有成效。

至於如何設計題目來進行施測，則以教學所呈現的模式為底據，用文化五個次系統的架構，分別從淺層到深層提問，而看受學者作答情況予以評量。比較簡單的教材，可以採選擇題的方式施測；而比較複雜的教材，則得採問答題的方式施測，綜合考核受學者的學習成效。這是一貫的教學測驗，集中在文化教學和文化理解評量，遠比其他的教學和評量要有「制高點」曠觀的作用。

除了測驗，要看受學者的具體學習成效，還可以透過觀察行動來檢核。因為行動廣及言語、姿態表情、待人接物和做事方式等，所以觀察行動最方便見證學習成效。好比我所服務過的臺東大學語文教育研究所，曾經有位外籍生是美國人，有一天他告訴我他已經「很臺了」（很有臺灣人的味道）。我問他：「你臺到什麼程度？」他說：「可以蹲在地上喝啤酒。」我又問：「你是一個人喝，還是跟別人喝？」他回答：「一個人喝。」我說：「那你還不夠臺，因為臺灣人不會自己蹲在地上喝啤酒而是跟一羣人！」他聽完後，眼神閃過一絲迷惘，似乎不知道華人「羣居」或「夥伴」的習性；也不知道西方人獨來獨往的「個人主義」早已衍生成經由殖民主義／資本主義對他者文化的穿刺攪亂而禍事不斷！因此，以觀察類似的行動來考核受學者的學習成效，最能獲知結果。

第六章

華語文文化教學的推動展演

- 從附帶轉為主軸
- 讀說寫作全方位突破
- 透過傳播新人耳目

第一節　從附帶轉為主軸

正如前章第三節所說，華語文文化教學有制高點曠觀的作用，所以這種教學就得是主軸而非附帶的。但向來的華語文教學，卻都著重在發音、識字、語法分析、風俗民情的認知、歷史故事的介紹、應用文的書寫和商務旅遊語文的熟習等（吳仁甫主編，2002；李泉，2005；李曉琪，2006；葉德明，2006；黃沛榮，2006；何淑貞等，2008；張金蘭，2009；宋如瑜，2010）；偶而才帶點文化知識或透過對比以爲區分中西文化現象的差異（李曉琪主編，2006；何大安等主編，2007），而始終不曾把整套的「文化教學」推向臺前，導至華語文教學經常「立場不明」而前景也「沒得規模」，殊爲可惜！因此，本脈絡所倡議的文化教學，不啻就有「版圖重開」的意義及其提點功能。

有位名叫尼茲彼（R. E. Nisbett）的心理學家，他撰寫了一本討論東西方人思考方式的書，在〈序論〉的開頭就提及一件事來表示中西方思想本質的差異：「幾年前有一位來自中國的傑出學生和我共事研究，探究社會心理學和推理問題。在我們相識後不久的某一天，他說：『你知道嗎？你和我想法不同處在於我認爲世界是圓的，而你認爲是直線的。』他並沒有因爲我臉上驚訝的表情而感到困惑，繼續解釋：『中國人相信世事雖然變化無常，但終究會回歸到原先狀態。他們會注意廣泛的事件，並尋求事物間的關係。他們認爲沒有先對整體全體了解，是無法理解當中的部分。但西方人不一樣，他們認爲所生活的世界是簡單而遵循決定論，因此注意明顯的物體或人，而非較大的情境場面。他們認爲只要知道統御主體行爲的規則，就可以控制事件。』」（尼茲彼，2007：xv）此後，他

又連著有兩段具體的對比論述：

> 相對於心理學家主張人類認知歷程具有普世性，其他領域的學者則認為西方和東亞好幾千年以來維持著不同思想體系……例如他們認為歐洲思想奠基在主體的行為，並可以根據明確的規則而理解……相對地，東亞人則注意主體所位於的廣泛脈絡。比起西方人，世界對東亞人來說顯得更為複雜，需要考慮很多彼此關連的因素，而非簡單的決定論來理解事件，並認為真空抽取的形式邏輯在解決問題方面少有作用。（尼茲彼，2007：xviii）

> 可跟希臘「個人意志」相提並論的中國傳統思想是「和諧」。每個中國人的首要之務，是謹守身為團體成員的本分，這同時包括做好家族中的一員、村裏中的一分子，尤其是善盡家庭成員的職責。希臘人能在各種社會場合依然維持個人獨特身分，而非僅是維繫團體的成員而已……所以在希臘人的花瓶和酒杯上，我們可以看到刻繪著戰爭、運動會和酒神節裏狂歡的圖畫；然而在中國人的畫軸和瓷器上，我們則可以看到家庭聚會和鄉村生活的樂趣。（同上，5）

很顯然這只是涉及現象面的梳理，而搆不上深層性文化的解釋，離可作為文化教學的案例還很遙遠。換句話說，這已經頗能做到「同情的理解」了，但它的無力進一步解釋何以會有這類的差別，終究無法滿足讀者的求知欲而不能完成一個文化知解的範例，文化教學當然也無從加以借鏡了。

其實，這只要以本脈絡所設定的文化五個次系統的架構來說明，很快就知道那是氣化觀和創造觀的不同所致。也就是說，中國人的非線性觀和主體性模糊以及力求和諧等，全是在體現如氣流動

順適的氣化觀；而西方人的線性觀和主體性分明以及強調個人意志等，也全是在體現上帝垂直造物井然有序且各自獨立的創造觀，彼此的觀念系統（及其內蘊了終極信仰）迥異，自然所衍生的思想行為（分居規範系統和行動系統，而表現系統也可以旁及）就互不相侔了。像尼氏這樣有「差異敏感」的人都只能做到這個地步，更別說其他還在「含混不明」中或「唯我獨尊」而不願試著去了解他者文化的人呢！可見文化教學還有待開展，並且得將它提到主軸的地位，才能保證類如華語文教學所要推銷的「華語敘述」（詳見第一章第三節）可以成功。

反過來說，如果華語文教學不是文化教學式的，那麼不但一些制式涉及讀說寫作的教學項目會無處掛搭，連已在類文化教學範圍的教學都沒有機會升級，畢竟只有從文化的角度才知道所讀說寫作的緣由或來龍去脈而那些淺易認知也才知道如何轉深化。前者（指讀說寫作的教學項目）將於後面節次再行細論，這裏就以後者（指類文化教學）為例，姑且舉幾個現成的說詞，以證不把文化教學從附帶轉為主軸就會失去華語文教學的準度或前景：

現在通行的「謝謝」是從西方引進的，但使用範圍還不相同。在中國對理所當然的事不習慣說「謝謝」，如售貨員找錢給顧客，顧客不說「謝謝」；女兒給媽媽倒水，媽媽也不說「謝謝」。在這種場合說「謝謝」讓人感到彆扭，不真誠，因為「謝謝」總有「謝」的理由。中國人認為錢是應該找的；女兒是應該給媽媽倒水的，沒有理由要「謝」。（李曉琪主編，2006：87~88）

中國人認為個人是「滄海一粟」微不足道，推崇社團和集體價值……而西方文化是個人價值至上，它推崇個人主義……如一個老人行動不便，你上前幫助，在中國會被認為是尊敬的表

現，有禮貌。但在西方，他會認為你是輕視他，把他當作受幫助的「弱者」，因此顯得「very angry」。由此也可看出，西方人較強的獨立意識和獨立能力跟這一價值取向有內在的聯繫。（同上，232~233）

西方人空間對抗感很強，特別注重個人空間，也稱個人隱私……如在打招呼時，中國人見面問：「吃飯了嗎？」如譯為英語則為「Have you eaten yet？」外國人常對此莫名其妙；常作此問，有的外國人甚至會誤解你以為他吃不起飯，而覺得受「hurt」……所以英美人的話題，常從無傷大雅、公開性的天氣談起。此外，年齡、收入、體重等成了很敏感的「privacy」；而在中國文化和漢語學習中是常見的。（同上，233）

　　上述這些論述，對於中西文化的差異同樣是「辨而未辨」，一點效果也沒有。如中國人不輕易說「謝謝」，論者說是因為覺得「理所當然」的事不必言謝；但西方人所常說的「謝謝」，卻是對「理所當然」的事也不例外，這又遵循了什麼法則？實際上這跟是否有「理所當然」的事無關，而是跟家族倫理和個人倫理的懸殊有關。也就是說，中國人行集體生活，同一家族人由於親密相處而不必客氣常說「謝謝」；延伸到家族外也由於習慣使然而不易改變「多出」那些禮貌。至於西方人則行個別生活，人際互動必須靠禮貌來維持它的順暢性，所以經常「謝謝」二字不離嘴。而這背後就是氣化觀和創造觀的不同（詳見第三章第三節），如圖6-1所示。

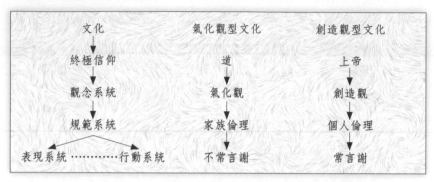

圖6-1　中西方人不常言謝和常言謝的差異圖

又如中國人會主動幫助行動不便的老人；而西方人倘若不是對方求助則不便如此表現熱心，一樣也是跟家族倫理和個人倫理的差別有關，而跟尊敬和輕視的態度相異無涉。換句話說，中國人由於羣居的關係，家族成員勢必要相互協助，才能長久經營，否則很快就會分崩離析；延伸到家族外，也會基於「人饑己饑，人溺己溺」的習性而主動去幫助看來需要幫助的人。至於西方人受個人倫理的制約，不經對方求助就自動前去幫忙，一方面會侵犯到對方的尊嚴；二方面也有違上帝造人原是完好而出現缺陷則得自己去克服的雅意。而這背後也是氣化觀和創造觀的迥異，如**圖6-2**所示。

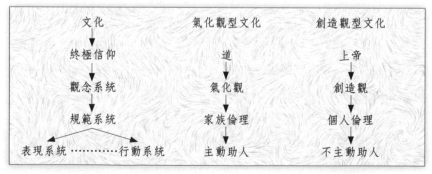

圖6-2　中西方人主動助人和不主動助人的差異圖

又如西方人不容他人窺探隱私；而中國人則對窺探他人隱私習以爲常，這沒有解釋也會讓人覺得好像「沒有來由」。其實，這也是緣於家族倫理和個人倫理的不同。中國人因爲過家族生活，個別人不能有隱私（不然會很難相處）；延伸到家族外，也會有意無意的把對家人的了解投射在他人身上，才方便決定要不要跟對方交往或合作共事。至於西方人因爲過個別生活，人人都是獨立的個體，彼此沒有權利以得知他人的隱私爲樂；同時個別人也有足夠的理由拒絕他人強迫自己透露隱私（如果要合作共事，則以訂契約且靠法律來保障它的遂行和持續）。而這背後也是氣化觀和創造觀的差別，如圖**6-3**所示。

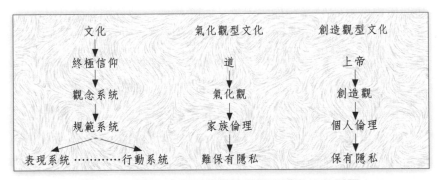

圖6-3　中西方人難保有隱私和保有隱私的差異圖

可見論者所說名爲「對外漢語（華語文）文化教學」，實則僅有現象面的辨別，全然搆不到「文化教學」的實質。而這也就是本脈絡強調文化教學要從附帶轉爲主軸的緣故所在，因爲像上述所舉例觸處無不牽涉中西方人思想行爲相異的課題，倘若不深入到文化教學的層次，那麼就無法對比解釋那些現象；更何況還有據此推衍當中一方文化比較有利於人類社會的長治久安或地球環境的永續經營的問題，得追加討論確立呢！

第二節 讀說寫作全方位突破

　　華語文文化教學既然要從附帶轉為主軸，那麼它所具體顯現於寫作教學的就得進行全方位的突破，才可以盛稱無憾。換句話說，一般的教學項目包括閱讀、說話、寫字和作文等（簡稱讀說寫作），這在華語文教學也相同，以至所謂的從附帶轉為主軸就是要落實在這些項目的教學上，才不會有缺漏或偏廢的憾事發生。

　　這種突破，相異於泛泛的華語文讀說寫作的教學，而要從頭貫串到尾都採文化教學的方式。也就是說，不論是閱讀理解還是說話運用或是寫字熟悉和作文引導，在教學要有效都得是文化式的；否則就不知道是為何理解和運用書寫，以及在終極上如何內化價值。由於華語文的獨特性是既存的事實，大家也不難分辨它跟別的文化的差別，但要怎樣掀揭這種獨特性的不為無謂或大有來頭，也就重重考驗教學者的能耐和毅力（教學過程會很辛苦），所以這裏將文化教學帶出作為一種新的指標，以便整體華語文教學可以得著而有新的開展。而這個向度，自然要有範例可供參考。

　　以我所擬議的，在閱讀教學方面，好比閱讀古今跟愛情有關的詩歌教材，像《詩經·蒹葭》、晏幾道的〈長相思〉和現代流行歌謠〈綠島小夜曲〉等，就頗有可以尋繹的地方：

　　　蒹葭　佚名
　　蒹葭蒼蒼，白露為霜。
　　所謂伊人，在水一方。
　　溯洄從之，道阻且長。
　　溯游從之，宛在水中央。

蒹葭淒淒，白露未晞。

所謂伊人，在水之湄。

溯洄從之，道阻且躋。

溯游從之，宛在水中坻。

蒹葭采采，白露未已。

所謂伊人， 在水之涘。

溯游從之，道阻且右。

溯游從之，宛在水中沚。

（孔穎達，1982a：241~242）

長相思　晏幾道

長相思，

長相思。

欲把相思說與誰？

淺情人不知。

（唐圭璋編，1973：255）

綠島小夜曲　佚名

這綠島像一隻船

在月夜裏搖呀搖

姑娘喲

你也在我的心海裏飄呀飄

讓我的歌聲隨那微風

吹開了你的窗簾

讓我的衷情隨那流水

不斷地向你傾訴

椰子樹的長影

掩不住我的情意

明媚的月光
更照亮了我的心
這綠島的夜已經這樣沉靜
姑娘喲
你為什麼還是默默無語
（KKBOX，2012）

　　這不論是說愛人遙不可及，還是說相思無處寄，或是說愛人沉默不語，都透露了內心愛意纏綿卻難以著實道出的信息。而這相對於西方人所寫的愛戀經常到「痴迷瘋狂」的地步，彼此的差別有如天壤。且看馬維爾（A. Marvell）的〈致羞怯的情人〉、奧登（W. H. Auden）的〈我走出的一夕〉和阿波里奈爾（G. Apollinaire）的〈我最親愛的小露〉等：

　　　　致羞怯的情人　　馬維爾
　　我植物般的愛情會不斷生長
　　比帝國還要遼闊，還要緩慢
　　我會用一百年的時間讚美
　　你的眼睛，凝視你的額眉
　　花兩百年愛慕你的每個乳房
　　三萬年才讚賞完其他的地方
　　每個部位至少花上一個世代
　　在最後一世代才把你的心秀出來
　　因為，小姐，你值得這樣的禮遇
　　我也不願用更低的格調愛你
　　（陳黎等譯著，2005：93）

　　　我走出的一夕　奧登
我將愛你，親親，我將愛你
直到中國和非洲相連
河流跳躍過山
鮭魚在街上唱歌
我將愛你直到大洋
摺疊起來掛著晾乾
七星咯咯大叫
如飛在空中的雁鴨
（史蒂芬斯〔A. Stevens〕，2006：193~194）

　　　我最親愛的小露　阿波里奈爾
我最親愛的小露我愛你
我親愛的心悸的小星我愛你
美妙地彈性軀體我愛你
外陰緊似榛子夾我愛你
左乳如此粉紅如此咄咄逼人我愛你
右乳如此溫情的粉紅我愛你
……
小陰唇因你頻繁接觸而肥厚我愛你
臀部正好往後閃出完美的靈活我愛你
肚臍像陰暗的空心月我愛你
體毛像冬日森林我愛你
多毛的腋窩如新生天鵝我愛你
肩膊斜坡清純可愛我愛你
大腿線條美如古神殿的圓柱我愛你
秀髮浸過愛的血我愛你

　　腳靈巧的腳硬挺我愛你

　　騎士般的腰有勁的腰我愛你

　　身材不需緊身胸衣柔軟身材我愛你

　　完美的背部順從我我愛你

　　嘴我的可口啊我的仙蜜我愛你

　　獨一的秋波星星的秋波我愛你

　　雙手我愛慕其動作我愛你

　　鼻子非凡的高雅我愛你

　　扭擺的舞蹈的步伐我愛你

　　喔小露我愛你我愛你我愛你

　　（莫渝，2007：165~166）

　　顯然對比於創造觀型文化中人這類近於崇高或近於悲壯而讓人「兩相著魔」的情愛表現（被愛戀的人有如此繁複的麗美內蘊或外煥；而寫詩的人也有如此善於想像興感的造美手段），氣化觀型文化中人就只能做到前述那一「強忍思長」的階段（至於緣起觀型文化中人「以色為戒」而不可能有什麼情愛的表現，暫且不論）。這是稟自氣化觀這種世界觀而體現為「含蓄宛轉」的獨特優美風格的結果，彼此幾乎沒有可以共量的地方。換句話說，氣化觀型文化中人因為羣居的關係（氣化觀型文化中人信守氣化觀，大家如氣聚虯結在一起，以至不得不以家族為單位而羣居過活），為避免招嫉，所以不敢赤裸裸的跟愛慕的人表白；而創造觀型文化中人因為別居的關係（創造觀型文化中人信守創造觀，大家平等受造，每一個人都是獨立的個體，為了不相妨礙而大多別居過活），除了無所顧忌，還會覺得不給對方「說明白」，對方就不了解自己在愛她（就像不對上帝懺罪告白或說崇拜的話，上帝就會不知道自己的「誠意」，彼此是相通的），所以才有上述那種亟欲於外發欲望的

表達愛慕的方式（周慶華，2008b：211~215；2011b：89~99）而
這如果以文化五個次系統來給彼此的情愛表現定位，那麼它們各自
的圖示就可以繪製如圖6-4。

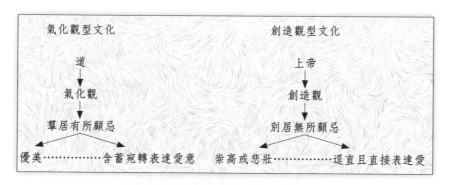

圖6-4　中西情愛表現的差異圖

　　可見面對這些跟愛情有關的詩歌教材，倘若不從文化的角度
來理解而使它們得以被透析，那麼就只能看到一些表面的現象（即
使經由對比，也只不過多一份表面差異的認知而已），根本無從知
道它們的來由及其內蘊的道理。因此，華語文教學在閱讀教學方面
的突破，就如上面所演示的，謹抓住深層的文化性就能完全得著有
效的理解而改變既有的格局。

　　又在說話教學方面，仍以愛情的表白為例，就可以探討論或
演戲的方式來抒發意見。好比上述的詩歌，不妨讓受學者分組討論
「中西方愛情表白不同是否可以跟當今世界所見資源枯竭、環境汙
染、生態失衡、溫室效應、臭氧層破洞和核武恐怖等窘況連上關
係」這類的課題，所得如果是「西方人強要愛，會衍生成霸佔和剝
削地球的資源而遺害人間；中國人不敢愛，自然也不可能強索地球
的資源來自我滿足，可以免去禍端。這就是『外發欲望』和『內斂
欲望』各自類化的結果。西方人走前面那一條路，因強要愛而害了

自己：中國人走後面這一條路，因不敢愛而救了自己」這樣的見解（周慶華，2011b：167~168），那麼它就契入了文化理解的範疇而得予以讚賞。至於在演戲部分，則可以「中西方人互換愛情表白的方式」為題，分組討論和撰寫劇本及演出，以便相互觀摩。底下數例為我所模擬（同上，171~174），略可看出此類互換不成的一斑：

※人物：西方男子甲（○○○飾）、中國女子乙（○○○飾）
　場景：初次約會咖啡館
　　甲：你的頭髮好香，你的衣服好漂亮，你的腿好美，我好喜歡你……
　　乙：（露出驚恐狀，然後急忙逃離現場）

※人物：喬治（○○○飾）、林女（○○○飾）
　場景：火車站
　喬治：（竊取馬維爾和奧登的詩句）小姐，你的眼睛，值得用一百年的時間來讚美；你的乳房可以用兩百年來愛慕。我想愛你，一直到大海摺疊起來晾乾……而現在我最想躲進你茂密的叢林……
　林女：（甩了他一個耳光，然後頭也不回地離去）

※人物：留學生王男（○○○飾）、蘇西（○○○飾）
　場景：校園石椅
　王男：（唱〈綠島小夜曲〉）這綠島像一隻船，在月夜裏搖呀搖。姑娘呦，你也在我的心海裏飄呀飄……
　蘇西：唱的不錯！你想說什麼？
　王男：我……
　蘇西：對我沒感覺嗎？

王男：不是……

蘇西：喜歡我嗎？

王男：這……

蘇西：你這、那的，究竟怎麼搞的嘛！

王男：請別誤會……我……

蘇西：又來了！那你坐這裏繼續唱歌好了，我要離開了！
　　　（説完就負氣走了）

※人物：快遞公司張生（○○○飾）、艾翠絲（○○○飾）

　場景：艾翠絲宅邸

　張生：包裹。（用欣喜的眼神看著對方）

　艾翠絲：謝謝！

（一個月後）

　張生：包裹。（用愛慕的眼神看著對方）

　艾翠絲：謝謝！

（一年後）

　張生：包裹。（用深情的眼神看著對方）

　艾翠絲：謝謝！

（二十年後）

　張生：包裹。

　艾翠絲：（蒼老，拄著拐杖出來）謝……

（張生驚訝的差點哭出來）

　　這在教學活動的情意擴展上，已經頗為善盡引導的能事，對於華語文文化教學勢必可以給世界秩序的重建帶來特殊的貢獻，作了必要的印證。所謂華語文教學在說話教學方面的突破，也就是循著此一模式去完成，它可以單獨強化教學，也可以跟閱讀教學聯絡教學（作為情意擴展的一部分）；只要能照顧到深層的文化性，就

算超越了既有的完全不能的同類教學範圍。

又在寫字教學方面，寫字教學涉及字音、字形、字義和語詞等的教學，而這些也都可以跟文化作結合，使文字的理解達到最高點。也就是說，文字不只是但見物質結構以及隱含心理和社會等創發或運用因緣而已，它還更深微的連結到文化背景，而這必須在教學歷程中懸為經驗發掘本身的終極目的。我們知道，華語文的物質結構「音」和「形」是世界現存的唯一形系文字，它跟西方的音系文字截然不同。在西方「形」（文字）被看作是「音」（語言）的紀錄，為一種「模擬」的關係；但在使用華語文的中國地區卻剛好相反，變成是「音」對「形」的模擬（至少也是一種後起的限定）。好比日／月／山／川、上／下／凶／八這些獨體的象形、指事字，無不是先造形體再賦予字音；爾後的會意、形聲等合體字，則又從獨體字已賦予的音而命聲，全然有別於西方的「音先字後」觀念。而考察所以會有這種觀念，大概跟西方人的造物主信仰有關。換句話說，西方人認為原始的語言來自造物主的賜予：「那時天下人的口音、言語都是一樣。他們往東邊遷移的時候，在示拿地遇見一片平原，就住在那裏。他們彼此商量說：『來吧！我們要做磚，把磚燒透了。』他們就拿磚當石頭，又拿石漆當灰泥，他們說：『來吧！我們要建造一座城和一座塔，塔頂通天，為要傳揚我們的名，免得我們分散在全地上。』耶和華降臨，要看看世人所建造的城和塔。耶和華說：『看哪，他們成為一樣的人民，都是一樣的言語，如今既做起這件事來，以後他們所要做的事就沒有不成就的了。我們下去，在那裏變亂他們的口音，使他們的言語彼此不通。』於是耶和華使他們從那裏分散在全地上；他們就停工，不造那城了。因為耶和華在那裏變亂天下人的言語，使眾人分散在全地上，所以那城名叫巴別。」（香港聖經公會，1996：9）後來人類的四散，也就緣於這一所被賜予的語言被造物主自行搞亂所致（因

爲那是袖所賜予的，所以可以左右它的變化向度）。但這種說法只能侷限於西方的信仰人口，因爲從語言發展史的研究來看，大部分語言的分化是由於地域阻隔後而各地居民不相交往才慢慢分成不同的方言及語言的；況且人類的原始語言也許不只一種呢！假如人類最先是在地球上一個地方出現而後才分散到各地去，那麼我們只有一種原始語言，而所有語言都是由這原始語言演變來的；但假如人類最先是在地球上好幾個地方同時出現的話，那麼也許我們可以有不只一種原始語言。（謝國平，1986：24）而不論如何，只要將語言歸諸造物主的授予，那麼它就只能存音（造物主在造人時只能「直接」授予音的能力），文字則是擬仿紀錄音的結果。而這在中國則迥異其趣，文字是人自己仰觀俯察、模擬自然人事而造出來的（許愼，1978）；後來所加諸的音只是便於「共憑」罷了。而它的形系化，從此就跟西方語言的音系化分道揚鑣，自己往加料語音、系統表義和特殊語法等途徑邁進。換句話說，這裏可以顯現出一種獨有的「文字性」。這種文字性「體大思包」，既不像還可以考得的諸如古埃及的象形文、美索不達米亞的楔形文、克里特的銘文等分布世界各地的古文字遺跡那樣的純爲「象形／指事」而已（何況那些古文字還被西方人視爲是語言發展過程中屬於較原始且粗糙的階段）（居恩，1994；哈爾門，2005），也有別於當今所見的所有音系文字自我稱勝的「言文合一」（可以充分或完整表意）罷了，而是在源頭上就是語言所從出以及廣爲徵候著宗教信仰、哲學思想、藝術風格和社會制度等一切結構文化的成分。（龔鵬程，2001）因此，華語文的物質結構可見的「形」部分，也就因爲緣於氣化觀這種世界觀而著染上文化的色彩；而它的圖像性本身，就有如氣的漫布，更直接相應著氣化觀念而爲氣化觀型文化所體現。此外，它因爲還有別於如創造觀型文化中的音系文字，所以由此一「系統差異」又使它顯出了最後的文化性。

　　就「形」來說是這樣，而它應該是如此受重視的卻又未見。還有任何字形都有「音」，這音在音系文字爲自然形成，已由所屬的世界觀所保障而沒有太多道理可說，但在形系文字就不同了，它的形態及其所多出的成分（如聲調），會使它的文化性可以二度區別於異系統。根據論者的歸結，語言因爲人類的實踐方式不同而形成許多的語族（董同龢，1987；宋光宇編譯，1990）；而這些語族又可以歸結出孤立語、屈折語和粘著語等三種形態。（北京大學語言學教研室編，1962：12、76~77、81~82）由於有語言類型的不同，連帶也使得各類型語言中的語音和語法等成分互有差異。在此所關係的語音部分，所體現異質的主要事實是：(一)音位（原音和輔音）的發音特質：如英語的r，跟俄語的p不同；華語實際上不存在r，r音譯爲爾，但爾的音標是er。華語中也不存在邊音I及齒舌音θ等等；英語中則沒有華語的知（zhi）、癡（chi）、日（ri）、尸（shi）；(二)內部屈折：如華語完全不具備，英語則不完全具備；(三)聲調：如華語有平、上、去、入四聲以及平仄（仄包括上、去、入）交替組合的規律，英語沒有；(四)重音：如英語有詞的重音和句的重音，華語只有句的重音；(五)音調法則：如英語有升調、降調、升降調規則，華語中沒有升降調，升降的規則也不同於英語。（李瑞華主編，1996：24~25）當中聲調「完備化」的有無，是華語和其他語言最大的差異所在。它跟一般所見的肯定句或疑問句或祈使句或驚嘆句上顯現的「語調」大不相同。雖然如此，一樣帶有聲調的語言（如藏語、泰語、緬甸語、許多非洲土語和許多美洲印地安語等），都不及華語特別。華語的聲調在整體上有「抑揚頓挫」的旋律感；相對的其他帶有聲調的語言就沒有這種現象，而沒有聲調的語言（如絕大多數的印歐語系的語言）則更缺少這一可以「撼動人心」或「情意深長」的韻味。

　　華語的聲調自古就有了（只是究竟有幾種，後人在推測時各

有不同見解而已），但一直到佛教傳入後才因為轉讀佛經的關係而被「真切」的發現當中有四聲的變化：

所以適定為四聲，而不為其他數之聲者，以除去本易分別自為一類之入聲，復分別其餘之聲為平、上、去三聲，綜合通計之，適為四聲也。但其所以分別其餘之聲為三者，實依據及模擬中國當日轉讀佛經之三聲。而中國當日轉讀佛經之三聲又出於印度古時〈聲明論〉之三聲也。據天竺圍陀之〈聲明論〉，其所謂聲（svara）者，適與中國四聲之所謂聲者相類似。即指聲之高低言，英語所謂pitch accent者是也。圍陀〈聲明論〉依其聲之高低，分別為三：一曰udâtta；二曰svarita；三曰anudâtta。佛教輸入中國，其教徒轉讀經典時，此三聲之分別當亦隨之輸入。至當日佛教徒轉讀其經典所分別之三聲，是否即與中國之平、上、去三聲切合，今日固難詳知，然二者俱依聲之高下分為三階，則相同無疑也。中國語之入聲皆附有k、p、t等輔音之綴尾，可視為一特殊種類，而最易與其他之聲分別。平、上、去則其聲響高低距離之間雖有分別，但應分別之為若干數之聲殊不易定。故中國文士依據及模擬當日轉讀佛經之聲，分別定為平、上、去之三聲。合入聲共計之，適成四聲。於是創為四聲之說，並撰作聲譜，借轉讀佛經之聲調應用於中國之美化文。此四聲之說所由成立，及其所以適為四聲而不為其他數之故也。（張世祿，1978：147~148引陳寅恪說）

這一由於轉讀佛經而發現的四聲變化，很快的在中土就發生了一些效應：首先是興起以聲調為綱領的韻書的編撰，如魏時李登的《聲類》、呂靜的《韻集》和齊梁時沈約的《四聲譜》、周顒的《四聲切韻》、劉善經的《四聲指歸》、夏侯詠的《四聲韻略》、王斌的《四聲論》等都是；其次是引發文人開始注重文章的聲情

美，所謂「（齊永明）時，盛爲文章。吳興沈約、陳郡謝朓、琅邪
王融，以氣類相推轂。汝南周顒，善識聲韻。約等文皆用宮商，將
平上去入四聲以此制韻，有平頭、上尾、蜂腰、鶴膝。五字之中，
音韻悉異；兩句之內，角徵不同，不可增減。世呼爲永明體」（李
延壽，1983：1195）、「魏建安後，迄江左，詩律屢變；至沈約、
庾信以音韻相婉附，屬對精密；及宋之問、沈佺期又加靡麗，回忌
聲病，約句準篇，如錦繡成文，學者宗之，號曰沈宋體」（歐陽修
等，1983：5751）等，就是在說這種情況；再次是大家逐漸知道
說話可以轉趨優雅，如「又顒傳言：『太學諸生，慕顒之風，爭事
華辯。』其所謂『辯』者，當即顒『音辭辯麗，出言不窮。宮商朱
紫，發口成句』及其子捨『善誦詩書，音韻清辯』之『辯』，皆四
聲轉讀之問題也」（張世祿，1978：154引陳寅恪說）所提到的南
朝人「爭事華辯」、「音辭辯麗」、「音韻清辯」等等，顯然他們
已經懂得刻意「雅化」的說話方式。如果說還沒有發現四聲以前中
國人都「習焉而不察」聲調的存在而形同說話／書寫都未受到聲調
的影響，那麼自從發現四聲以後中國人就立即「窺得秘辛」而有如
開啓了新視野。換句話說，自從有了聲調的察覺以後，中國傳統的
言／文系統就開始轉向找到一個「相互美化」或「雙雙雅化」的途
徑（前者指言／文彼此可以相互「監督」變化四聲以爲自我美化；
後者指言／文在「各行其是」時也因爲有四聲變化的觀念在指引而
彼此都知道要雅化以爲自顯高明），彼此改變了中國人說話／書寫
的形態。

　　四聲的發現，在華語系統裏普遍有著「總收」音聲的認知作
用；而它的後出「完備」構聲成分，也因爲韻書的纂集而音理「粲
然大備」於世。所謂「昔開皇初，有儀同劉臻等八人，同詣法言門
宿。夜永酒闌，論及音韻。以今聲調，既自有別。諸家取捨，亦復
不同。吳楚則時傷輕淺，燕趙則多傷重濁。秦隴則去聲爲入，梁益

則平聲似去。又支脂魚虞，共爲一韻；先仙尤候，俱論是切。欲廣文路，自可清濁皆通；若賞知音，即須輕重有異」（陳彭年等，1974：13引陸法言語），這所強調的爲見賞於知音而必須斟酌變化聲調（就是文中所說的「即須輕重有異」）的高格化，就是這一趨勢的代表性的觀念演出。至於實際成就的韻書，則可以廣爲說話／書寫所檢索參鏡而別爲展現一種「折衝調節」式的影響力（而不像說話／書寫那樣廣遭「形態」上的改變），那就不言可喻了。

　　這種「應機而變」的局勢，很明顯是由書寫部分的凸出表現所定調的。所謂「五言至沈宋，始可稱律。律爲音律法律，天下無嚴於是者。知虛實平仄不得任情，則法度明矣。二君正是敵手」（王世貞，1983：1166）、「五言律體肇自梁陳，唐初四子靡縟相矜，時或拗澀，未堪正始。神龍以還，卓然成調。沈宋蘇李合軌於前，王孟高岑並馳於後。新製迭出，古體攸分。實詞章改革之大機，氣運推遷之一會也」（胡應麟，1973：187~188）等，這都有陳迹可案；而後人也不疑有他的以它們來表徵聲調受重視後的「範式」成果。當中所促使書寫轉向講究「另類節奏」的聲情美，也已經在相關的實踐中留下了可供美談的案例：

　　講究詩句中四聲的參互配置，前人還有二種考究的地方：一種是指每句中儘量求四聲具備；一種是指律詩出句的末一字必須上去入輪用。前者如杜審言的〈和晉陵陸丞早春遊望詩〉，當中「獨有宦遊人」句，「獨有宦」是「入上去」遞用的；「雲霞出海曙」句，「出海曙」是「入上去」遞用的；「淑氣催黃鳥」句，「淑氣鳥」是「入上去」遞用的；「忽聞歌古調」句，「忽古調」是「入上去」遞用的，沒有聯用二個上聲或去聲，所以聲調很美。後者如杜甫〈詠懷古跡〉五首之二，「搖落深知宋玉悲」、「悵望千秋一灑淚」、「江山故宅空文

藻」、「最是楚宮俱泯滅」，末字「悲、淚、藻、滅」正是輪用了平上去入四聲，這種有意的安排，當然是在求音調的抑揚動聽。（黃永武，1987：184~185）

今讀宋詞辨上去之句，如〈夜遊宮〉曰：「橋上酸風私眸子」、「不戀寒衾再三起」；〈秋蕊香〉曰：「午妝粉指印窗眼」、「寶釵落枕夢遠」；〈滿庭芳〉曰：「人靜烏鳶自樂」、「憔悴江南倦客」，凡此四聲異處，雖不知當時合樂音調如何，今但施之脣吻，亦自別有聲情。（張夢機，1997：44引夏承燾說）

其實不只古典詩詞，別的韻文、甚至駢文也多有類似的情況。（孟瑤，1979；劉麟生，1980；陳鐘凡，1984）從此聲調就把語言的交際性從泛泛的「表情達意」層次向特殊的「藝術審美」層次昇華了。這雖然也曾遭遇某些人士的抵拒（如「〔沈〕約撰《四聲譜》，以爲在昔詞人累千載而不悟，而獨得胸衿，窮其妙旨，自謂入神之作，高祖雅不好焉。嘗問周捨曰：『何謂四聲？』捨曰：『天子聖哲是也』然帝竟不遵用」〔姚察等，1983：243〕、「余謂文製本須諷讀，不可蹇礙，但令清濁通流，口吻調利，斯爲足矣。至平上去入，則余病未能；蜂腰鶴膝，閭里已具」〔鍾嶸，1988：3154〕等，就是著名的例子），但它的累代迭出「精采」卻是勢不可擋的大事一樁。

從另一個角度看，聲調的發皇可以到這種足夠「超」交際用的地步，那它「原來」的存在豈能沒有一點廣泛或普遍的社會功能？換句話說，交際可以是預期式的交際（如一篇文章所預設的接受者），也可以是實然式的交際（具體發生於現實生活中的互動行爲）；而聲調在原有的漢語系的自然語言中存在時應該早就在發揮它的「有聲調」的語言實然式交際的社會功能了，我們怎能略過這

一根本性的課題而還能「夸夸其談」聲調的美化文章的因緣？依照聲調的「帶動」語言的實際狀況（該聲調不論是中古所被普遍議論的平、上、去、入四聲，還是近古到現代所廣泛存在的陰平、陽平、上、去四聲，或是其他支裔語言所見的更多調類），它的必然性的「向著社會」的功用，一定有我們予以「掀揭探祕」的空間。

我們知道，聲調在相關的音高變化裏還帶有升降、屈折、緩急、輕重等特徵；而這些特徵，看來除了最基本的「辨義作用」（如〔媽ma˥〕是高平調，麻〔ma˩〕是高升調、〔馬ma˩˥〕是降升調、〔罵ma˥˩〕是全降調〔董同龢，1981：19；陳新雄等編，1989：241~242〕，它們各有各的指意，彼此不能混淆），理當還有更實質或更切要的高檔的「挈情作用」。也就是說，聲調的設計或踐履成形，不可能只是單純的為表義方便而已（如果是那樣，那麼也就不一定要有不同聲調「搭配」來使用，只要逕直的「依義取聲」就行了），它一定還有「攝眾聽取」的考量；而這種挈情性，就是華語聲調所以「獨樹一幟」的根本原因。

試想「你給我過來」、「你好乖哦」、「給你一個紅包」這些語句會發生的場合：第一句語氣盛怒，發音時前四字急促重（第一、二字變調成前半上、後半上）、後一字尾音稍長而可以「延聲易聽」，很明顯是用在高階對直屬低階的吆喝且希冀旁人都聽見他（指高階者）在訓斥低階（如調皮的兒女或犯錯的部屬）以為自我藉機伸張權威或回應旁人期待他「教導有方」的壓力；第二句語氣溫婉，發音時前三字二連緩（第一字變調成後半上）而末字尾音略長、後一字輕短（為現代華語附帶的輕聲，記作·），很明顯是用在高階對非直屬低階的讚美且渴望旁人都知道他（指高階者）很會「做人情」；第三句語氣喜孜，發音時前四字略為抑揚（第一、二字變調成前半上、後半上；第三字變調成陽平）、後二字二連長，很明顯是用在高階對直屬低階或非直屬低階的憐恤且奢求旁人都來

感激表揚他（指高階者）的「慷慨」。可見多變化的華語聲調原就是為了挈情的（不論是為了「諧和人際關係」，還是為了「破壞人際關係」，或是為了「政治造勢」）；它透過個別調值的屈折（特指上聲）以及相互搭配時的抑揚頓挫來達成使命，並且為自己畀予了超常的重擔（也就是聲調在華語裏具有「領音」的作用）。

所謂華語聲調「原就是為了挈情的」，好像是說華語聲調是「後起的」（後於「挈情」的欲求）。其實不是！它應當是在挈情中自然形成的（也就是挈情和說話的聲調是一體成形的）；於是「為了」的用詞在變換語脈後就形同「緣於」，意思為併起或互根。而華語聲調所以緣於挈情而發生，乃因為華人說話沒有私密性的關係。也就是說，華人說話所在的情境大多還有第三者，導至說話者必須比較「聲大話重」的發音（尤其是上聲和去聲的發音），以便讓大家「同沾語益」；這樣日子久了就形成古來所見的聲調變化的範式。

這麼一來，我們就得再追問是什麼樣的文化傳統造成這般的「團夥為生」的社會結構而讓漢語聲調有併存固盤的機會。這一點，得從中國傳統的氣化觀說起。由於華人緣於氣化觀的集聚謀畫的生活形態，在先天上就沒有個別組成分子私自說話的餘地，一切都得「顧全」周遭家族人的感受（即使擴大到外面泛政治階層制的聯盟圈，也不例外）。因此，聲調就從這裏形塑發皇而充分展現它綿密挈情的功用了。

依此類推，中國傳統「抒情」味濃厚的詩詞曲賦式的文學創作，也就是同秉一源而更事「超」交際（見前）的演出了。所謂「詩言志，歌永言，聲依永，律和聲。八音克諧，無相奪倫，神人以和」（孔穎達，1982d：46）、「詩者，持也，持人情性」（劉勰，1988：3090）、「詞曲者，古樂府之末造也。古樂府者，詩之傍行也。詩出於〈離騷〉楚詞；而〈離騷〉者，變風變雅之怨而

迫、哀而傷者也。其發乎其情則同，而止乎禮義則異。名之曰曲，以其曲盡人情耳」（郭紹虞，1981：112引胡寅說）、「（賦）或以杼下情而通諷諭，或以宣上德而盡孝忠，雍容揄揚，著於後嗣，抑亦雅頌之亞也」（李善等，1979：22）等等，這裏面所要紐情杼意（兼及字詞聲調的調節）的創作／接受機制，豈不是跟一般說話的挈情預設相通？因此，說話／書寫在華語系統裏也就因為「本質」齊一而同條共貫了。

　　相對的，沒有華人這種社會／文化背景的地區，就不可能發展出類似華語的聲調來。雖然有人說聲調並不是華語所獨有的，而且「也不是亞洲、東南亞語言所獨有的；非洲也有；美洲有一部分的紅印度語言也有；中美洲、南美洲有的紅印度語言也用聲調作分別……在歐洲各國的語言裏頭，用聲調的比較少，不過也有。比方在北歐立陶宛、瑞典、挪威，都有利用聲調的不同來辨別字的」（趙元任，1987：56~57），但那些類型的聲調幾乎都是「陪襯」性的，而且比較單調（僅有高低／升降以及少數帶有滑音），並不像漢語聲調那樣擔負著語言表述「圓足」的任務。

　　正因為這樣，所以有些「比附」就顯得鑑別欠精：「中國詩文之平仄律，於某種程度上，與西洋詩歌之長短律或輕重律頗為相似」（潘重規等，1981：167）、「平聲之字，較之上、去、入三種仄聲之字，有下列兩種特色：(甲)在『量』的方面，平聲則長於仄聲……(乙)在『質』的方面，平聲則強於仄聲。因此，余遂將中國平聲之字，比之於西洋語言之『重音』（accent），以及古代希臘文字之『長音』而提出：『平仄二聲，為造成中國詩詞曲的『輕重律』（mekaik）之說……本來中國語言，因其兼有四聲：忽升忽降、忽平忽止之故，其自身業已形成一種歌調。再加以平聲之字，既長且重，摻雜其間，於是更造成一種輕重緩急之節奏。故中國語言本身，實具有音樂上各種原素」（張世祿，1978：159引王光祈

說）、「世界上大部分的語言都是聲調語言，單單在非洲就超過一千種；其他如亞洲的許多語言，如華語、泰語、緬甸語以及許多美洲印地安語，都是聲調語言」。（佛隆金〔V. Fromkin〕等，1999：307）其實華語聲調豈止輕重緩急升降而已，它還有高低屈折以及相互錯雜所顯現的抑揚頓挫感，這都是其他語言所未見的。

要了解這個原因，除了像上述那樣掀揭華人所繫的社會／文化的底蘊，還可以透過異社會／文化的對比來彰顯。這裏就以印歐語系中白人所操語言為例：它們所以統統沒有華語式的聲調，只因為使用者不必經常對著「許多人」講話，自然而然就會朝著「輕聲細語」的方向發展。如果他們還要再加點變化，那麼也僅止於輕重／緩急／高低一類有關「輔助傳情」卻不涉「攝眾聽取」的調節罷了。後者（指輕重／緩急／高低一類的調節）是語言使用者所能表現「語言才分」的極致，此外無法想像他們還需要什麼抑揚頓挫來喚起周遭一羣人的「注意」！這是緣於白人世界基本上是一個被創造觀籠罩的世界。這種世界觀預設了一位造物主，而所有受造者（人）凜於造物主個別造物的旨意（而不像氣化那樣的「虯結」在一起），彼此但以「分居」為最切要的考量，以至說話就只侷限於所要互動的對象。這樣又怎麼會需要「聲大話重」而出現華語式的聲調？至於後來白人得著了種種的便宜（包括轉體悟造物的美意而積極的模仿造物主的風采去創造事物、被選中的優越感勃發而極力於發展資本主義和殖民主義以及他方世界的妥協臣服而讓他們予取予求等等），需要面對大庭廣眾說話卻不夠「聲勢嚇人」時，他們就發明擴音器、廣播和視訊設備等來輔助。相對的，華人原來最多只對著「同族／同僚」說話（現在學白人擴及對更多人說話，則另當別論），聲音「抑揚頓挫」就行了，根本毋須輔助器材（因為很少有機會聯合異族相處）。因此，倘若說華語聲調的功能在挈情，那麼白人所操無聲調的語言，就只是單純的為「傳情達意」而已。

　　縱是如此，華語文可見的「形」所依附的「音」，從語式形態到有聲調以及被使用情況等，都跟異系統有著不可共量的表義交流狀況和社會文化背景，但它的母音（韻）和子音（聲）依然不直接表義（不像屈折語和粘著語等拼音系統，「音」是直接表義的，它的可見的「形」純爲「音」的紀錄），這是它的獨特處（該「形」約有八、九成是形聲字，看似「音」表義了，其實不然！回到象形和指事那些作爲偏旁的初文，就可知它們是不表義的）。至於華語文所要直接表義的，則來自「形」。它據考察，有本義、引伸義（或擴大義或縮小義或轉移義）和假借義等。（胡楚生，1980：17~29；譚全基，1981：6~11）如「向」，本義是朝北的窗戶，引伸爲「朝著」或「對著」；「來」，本義是外來種「麥」，假借爲來去的來。當中假借，只一次性；而引伸則可以多次性。如「朝」的本義爲早晨，引伸爲朝見；由朝見再引伸爲朝廷；由朝廷又引伸爲朝代。（譚全基，1981：7~8）以上這些本義、引伸義和假借義等在語用中雖然常混淆不清（周慶華，2000a：30~36），但藉它來追溯文字被造時所蘊涵的文化性，總有別系統所未見的方便性。換句話說，別系統的音／形是他力神聖的，如在西方，它就直承造物主，沒有太多可以轉折精采的地方；而華語文的形／音則是自力神聖的，由精氣／神化生爲人（精氣／神就內在體中）所內蘊而後外煥成就的。自力神聖的，相應氣化觀而造帶圖像性如氣流布的文字，一切就由它來展開生成典章制度、學術、文學和日常語用等自我富華的旅程。而它所搭配的聲調變化和引伸／假借等衍繹現象，則又是直屬曲折，儼然是一個不斷煥發力量的生命體。（周慶華，2011b：178~195）

　　就以「氣」字和「姑娘」語詞爲例，略作跟文化結合的展示：在「氣」字部分，它原指饋客芻米（許愼，1978：336）；後來借爲气（雲气），就再造一個「餼」來還原它的本義。但它的

原義「饋客芻米」（送給客人的小米）為什麼會從气構字（或跟气有什麼關係）？當初許慎《說文解字》只說到氣是送給客人的小米，並引《春秋傳》說「齊人來氣諸侯」為證（同上，336），也沒再說什麼了；後來的文字學家，也從未有過合理的解釋。其實，這是氣化觀底下，送人禮物（特別是像小米這種有點珍貴的東西）時態度要有如和風，對方才能「收受愉快」，而達到縮結人情的目的（相對的，西方人不須經常性的藉饋贈他人禮物來套交情或做人情，所以就未見有相似的禮節）。因此，氣就可以把它放在文化的五個次系統裏看它的形義的展布情況（周慶華，2011b：229~230），如圖6-5所示。

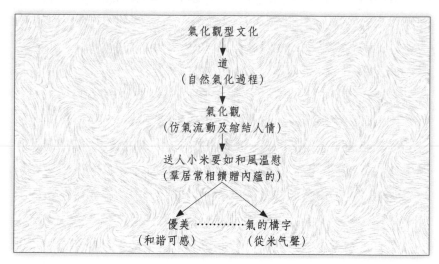

氣化觀型文化
↓
道
（自然氣化過程）
↓
氣化觀
（仿氣流動及縮結人情）
↓
送人小米要如和風溫慰
（羣居常相饋贈內蘊的）

優美 ………… 氣的構字
（和諧可感）　　（從米气聲）

圖6-5　氣字的文化因緣圖

　　至於在「姑娘」語詞部分，它是指未出嫁的女性。姑，原指婆婆；娘，原指媽媽，都是尊貴人物。現在「姑娘」合稱，則兼有二者的尊貴性。然而，中國傳統為什麼要「尊稱」未出嫁的女性為「姑娘」？這就還沒有人能解得。其實，這是緣於未出嫁的女性是

父母的掌上明珠，備受呵護，理當被敬重一如「姑」、「娘」；而姑娘出嫁後就會變成別人的媽媽和婆婆，所以預先用這兩種角色稱呼她。換句話說，少女將來要出嫁，而嫁人後就得持家，成為家族中的核心人物，以至她的尊貴性可以比擬媽媽和婆婆。這是氣化觀型文化內蘊的以家族作為社會結構的基本單位的「身分設計」；相對的，其他如創造觀型文化，因受造意識強烈，社會結構的基本單位是個人，所以只要相互尊重就可以了，不必對某些對象特別崇敬。因此，有關姑娘的稱呼，也可以把它放進文化五個次系統來看它的形義的展布情況（周慶華，2011b：240~244），如圖6-6所示。

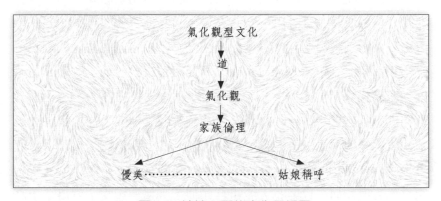

圖6-6　姑娘一詞的文化因緣圖

此外，中國傳統社會，稱呼幼女為小姐（姊）、稱呼少女為姑娘；而姑娘嫁為人婦後，就升格被稱為「奶奶」（奶奶原指祖母）；而後奶奶成為婆婆後，就再升格被稱為「夫人」（夫人原指官太太），這是「尊尊系統」在家族內的體現，甚有秩序。而從整體來看，它對穩定社會有相當的作用，並且可以轉為有助於世界的和諧化（這是強調網絡化且無法預防衝突的西方社會所辦不到的）。（周慶華，2011b：241~242）所謂華語文教學在寫字教學

方面的突破，就是以上述這種方式跟文化結合來進行教學，以顯示它的眾所無性。

又在作文教學方面，可以透過統整或科際整合或多媒體運用（特指運用傳統所見的諸如繪畫、音樂、建築、雕塑和舞蹈等媒體，而非現代各種耗能的科技如電影、電視、廣播和電腦等）的創意途徑來蘊涵文化性，從而總綰華語文文化教學在教學本身的成效。好比我們倘若採取「聽聲作文」這一略帶多媒體運用特性的教學方式，那麼相關的教學活動就無妨這樣設計：教師將事先準備的四個題目（作為分四組使用）分給各組，先討論兩分鐘，然後依序請各組演出題意（一組演出時，其他三組必須閉眼聆聽）；可以發出聲音但不能將題意說出。表演完後，請其他三組討論猜測題意，再由表演組別說出題意。等全部表演完畢，請各組討論組織剛才自己組別所猜測的題意，合力完成一篇極短篇小說，並上臺發表（過程中略為講解寫作要領）。題目：(一)遊客對猩猩揮手，遭猩猩丟石頭而狼狽逃開；(二)動物園管理員對遊客解釋揮手在猩猩詞彙裏所代表的「侮辱低能」意義；(三)遊客二度來到動物園，改用管理員教的對猩猩搥胸示好；(四)猩猩列隊向遊客揮手。而不論受學者的寫作表現如何，只要有人能組合類似下列這一短文，就得給予高度的嘉許：

被猩猩戲弄

有一天，有個男子到動物園，他看見了猩猩。於是他就對猩猩揮手，沒想到卻被猩猩拿石頭砸得亂七八糟！

他相當不解地跑去問管理員。管理員的說法是：在猩猩的肢體語言裏，揮手是代表汙辱、羞辱及罵別人白痴、智障、低能的意思；如果要跟牠們示好的話，就必須對牠們搥胸。

幾天後，他又來了。這次他學聰明了，一看見猩猩就猛搥胸，

結果一羣猩猩站成一列向他揮手。（周慶華，2001：序2~3）

這篇文章所隱含的信息，依次是：男子很容易就聽信管理員的話，結果被擺了一道，他是自作自受；這看來有點滑稽，實則是近於悲壯，在警告缺乏主見的人小心淪落類似被戲弄的下場；它是在氣化觀底下，過慣集體生活，深信家長權威的延伸；我們可以用文化五個次系統的關係圖來標出它的文化性，並擇一個異體系作爲對比項，如**圖6-7**所示。

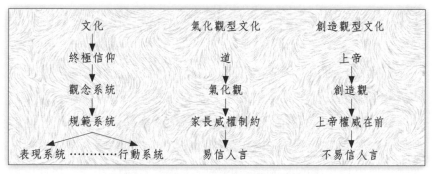

圖6-7　易信人言與否的文化因緣圖

文內所透顯的諷諭故事，它的美感介於滑稽和悲壯之間。而西方因爲沒有類似的例子，所以也就缺乏美感可列。雖然如此，西方人一直都在探索眞理，窮爲發展科學，反而弊病叢生，倒不如像中國人這樣安於現有秩序而不製造衝突來得有助於生態的平衡。可見沒有主見未必是一件壞事，因爲它在諧和自然上具有一定的功能。從這個角度看，即使該諷諭想教人「聰明」，也不能低估它原本形態的特殊作用。（周慶華，2011b：302~305）因此，華語文教學在作文方面的突破，就是比照上面所示範的，儘可能跟文化有所連結以爲特能「知所進趨」。

由此可知，透過讀說寫作全方位突破，華語文文化教學的推動展演就能實際的綻露曙光；否則要冀望它來形塑華語敘述而有所引導世界擺脫能趨疲的魔咒，就杳不可及。換句話說，讀說寫作的教學如果能夠依照此地所示緊密結合文化來實施，那麼華語文教學就不致再像過去那樣漫無目的；而且正等待創造觀型文化以外的其他文化來拯救的世界，華語文教學也會因為有得效力處而無慮從此可以高華起來。

第三節　透過傳播新人耳目

前節所提到的作文教學可以總綰華語文文化教學在教學本身的成效，那是因為作文教學最終所要產出的作品勢必得整合讀說寫作所學到的東西，而使得華語文文化教學的推動展演要多寄望它的發揮。至於作品完成後，則有賴傳播來擴展它的影響力。而其實，傳播不僅可以單項的激勵讀者的接受，只要有辦法連讀說寫作的教學實況也能為大眾所「廣聞樂見」。因此，在讀說寫作全方位突破教學之餘，透過傳播以便新人耳目，也就成了華語文文化教學在推動展演上的另一項利器。

原則上，傳播只是為了讓更多人知道有這種新穎且更實用的華語文教學（進而能加以仿效推廣），並不希望它走上華語文教學產業化的末路（一起參與高耗能的行列而促使能趨疲快速到達臨界點）。也就是說，傳播的無限開發一定會利用到許多的科技，而那些科技無不始終在耗能中存在，對於人類的未來和華語文教學的前景等都無法給予什麼保障，以至在此一範疇中的華語文教學產業化就成了自我矛盾的作為而必須戒絕。在這種情況下，要談藉由傳播來推動展演華語文文化教學就得另闢途徑。

　　通常所說的傳播，涵蓋有生態、系統性和管道等三個環節。在生態方面，傳播是一種人為的互動環境；而在系統性方面，傳播反映了現實中的整體／綜合的觀念；而在管道方面，傳播就是媒介。（周慶華，2011d：184~185）當中媒介，被認為不只是報紙、廣播、海報、雜誌、電話和電腦等各種資訊設備的累加，它還得是「將我們在社會經驗世界中的技術面和意義面同時媒合中介；透過技術和意義的中介，個別的媒體裝置和編制才成為可能，技術也才能和意義、論述、解釋等相接觸，而成為指向社會實踐的結構性場域」。（吉見俊哉，2009：2~3）換句話說，媒介所得著重的是什麼樣的社會場域使個別媒體成為可能，而不是各種媒體的功能。（周慶華，2011d：185）有關華語文文化教學要透過傳播來新人耳目，關鍵就在對這種媒介的仰賴；但這麼一來，它的高耗能化也必然成形，反而無助於反制創造觀型文化話語的形塑（因為它也在做著跟對方所實踐的危害地球相同的事）。因此，重返最基本的口頭傳播兼及耗能較少的書籍傳播，也就是此中的不二選擇。好比我們可以藉助簡易戲劇來教學而使它達到極佳的口頭傳播效果（印象深且兼發揮創意）。例子如我構設的這類（周慶華，2011b：230~233）：

　　氣死人

　　（偶戲，現場取材製作簡易布偶）

　　偶甲：你有沒有被人氣過？

　　偶乙：什麼叫氣？

　　偶甲：（拍了對方一下腦袋）怎麼樣？

　　偶乙：我很氣！

　　偶甲：這就對了！氣就是想打人。

　　偶乙：哦，那這種經驗可多了。

偶甲：説來聽聽。

偶乙：我女朋友跟人家跑了。

偶甲：這該氣，還有？

偶乙：有個歹徒搶我的錢。

偶甲：抓到的話，送給警方斃了他，還有？

偶乙：（搔搔頭）我不知道該不該講……

偶甲：儘管説，不用駭怕。

偶乙：你……

偶甲：我什麼嘛！

偶乙：你欠我的一千塊什麼時候還？

偶甲：真氣死人了，這點「小事」也要公開講！

偶乙：……

氣在找家人

（相聲）

甲：中國字大部分都有個大家族，你知道嗎？

乙：不知道。

甲：像氣，它們家族的大家長是「气」；而「氣」、「氛」、「氫」、「氲」等是兄弟姊妹……

乙：等等，我知道了，它們還有叔叔、伯伯、姑姑、阿姨、舅舅……等一大堆親戚。

甲：是啦！不過氣的家族規模較小，沒那麼多人。

乙：噢，那他們需要再補充成員。

甲：怎麼補充？

乙：（唱起來）「我在這裏氧氧氧，你在那裏氧不氧……」

甲：喂，你在唱什麼！

乙：我在給女朋友寫信，氧諧音癢。

甲：你少開黃腔啦！

乙：不盡然，我還給氣家族找了一個新成員。

甲：還有？

乙：多著呢！像氖、氚、氝、氟、氧、氜、氫、氨、氦、氫、氪、氮、氯、氰、氰等，都來報到了，要我再唱給你聽嗎？

甲：別費心了，我輸給你了。

字族成員搶戲

（雙簧）

後者：有一個字叫氘，把气分了。

前者：（表演分气的動作加嘴型）

後者：分了气後，就會有妖氛、邪氛、怪氛，亂七八糟氛……
　　　（發出饒舌歌的節奏）

前者：（站起來）等等，你這什麼跟什麼嘛，叫人家怎麼表演！

後者：好！好！簡單一點，你坐好。

前者：（重回座位）不能太難。

後者：這個氘呢，想爭老大，氣不肯，說你慢出生，等我死了，你才出頭。

前者：（跟著表演加口型）

後者：氣說不行，你太老了，早就該退位了……

前者：（再度站起來）那有這樣強逼宮！

後者：（作安撫狀）你坐好，聽我說。

前者：（又回座位）別再逼宮了。

後者：你看，如果沒有我，你怎麼形容家族聚會或男女朋友相見的好氣氛？

前者：（跟著表演，露欣慰狀）

後者：得了，你行，我氖字老大位置讓給你了。

前者：（表演完站起來）不對，還有最早的「气」？

後者：它是老祖宗，早就作仙啦！

前者：咥！

　　這分別用了偶戲、相聲和雙簧等劇種來教學「氣」字（引導受學者討論編寫此類劇本而後排練演出，並於事後相互檢討成效），可以做到延伸學習的極大化。而這些如果還要利用書籍傳播（避免無限產業化），那麼就可以再加入理論說明而使它更堅確可信。而關於華語文文化教學，大概就是信守這樣的傳播觀念，而冀望它在某些條件成熟下逐漸的普世化。

　　所謂的某些條件的成熟冀望，是有物理學史內較新的混沌理論、經濟學史上較後出的複雜理論和科普書中的小世界理論等可以借鑑的。當中混沌理論，是非線性系統理論的一種。它指出整個世界並不像過去科學家所說的那麼井然有序，而是處於變動不定的混沌狀態。這透過對流動的大氣、蕩漾的海洋、裊繞上升的炊煙、浴缸內冷熱水的對流、野生動物的突兀增減以及人體心臟的跳動和腦部的變化等現象的觀察，就可以得到證實。因此，不論以什麼作為介質，所有的行為幾乎都遵循著混沌這條新發現的法則。而這種體會也逐漸在改變企業家對保險的決策、天文學家觀測太陽系和政治學者討論武裝衝突壓力的方式；晚近相關的研究更涉及數學、物理、力學、天文、氣象、生態、生理、社會、經濟和政治等多個學科領域，使得混沌一時間成了各種系統的宏觀共相。（葛雷易克，1991；布瑞格〔J. Briggs〕等，1994；顏澤賢，1993；劉華傑，1996）混沌這一本是泛指無序、雜亂狀態的語彙，在學理上的定義已因相關的研究而有了嶄新的意義。過去有日本早稻田大學理工學

院教授相澤洋二簡釋混沌為「凡是在數學、物理學方面已經確知它的原理而仍無法進行預測的現象」；混沌獲得這一新義而被視為包含大量的資訊、耗散能量的重新組合和科學中的深層結構等正面意義。（邱錦榮，1993）換句話說，混沌不再指無序和雜亂，而是更高層級的秩序（相對於一般線性系統來說）。它會自我組織成秩序，又會從秩序回復為混沌狀態；它不但是秩序的先行者，也跟秩序構成互補的關係（反過來說，任何一個紊亂現象的背後，也當有某種秩序的存在）。這裡有兩個現成的例子：

> 印地安社區的議事廳需要一個新屋頂，它東漏漏、西漏漏了好一陣子，狀況越來越糟……直到某天早上，有個男人站在屋頂上，拆下老舊的木瓦，地上有好幾捆新的、手劈的木瓦……然後過了一會兒，另一個傢伙經過，看到在屋頂上的男人，並走上前來……不一會兒，他拿著一把榔頭或短斧，或許一些釘子和一、二卷防水紙回來。到了下午，已經有一羣人在屋頂上忙碌工作……兩、三天後，整個工作完成了。最後，大家在「新」的議事廳裡，舉行了一場盛大的慶祝會。（布瑞格等，2000：81~82）

> 當一名庫格族獵人帶著特別豐盛的戰利品回家而跟家人分享時，他的鄰居不但不會為此感謝，反而會加以貶抑。他們的解釋是：「當年輕人獵得很多的肉，他會開始自認為是個領導者或大人物，覺得其他人是他的奴隸或屬下。我們無法接受這種想法。拒絕讓他自我膨脹，是為了避免有一天驕傲之心會讓他殺了別人；所以我們總是把他獵來的肉說得一文不值。藉著這種方式讓他的心冷靜下來，變得溫和。」（同上，51~52）

前者就是一種由混沌到秩序的現象（由屋漏沒有人管到一

名男子「帶頭」而將屋漏修好,展現了「自我組織」成秩序的狀況);而後者就是一種由秩序到混沌的現象(由年輕獵人的捕獲獵物邀譽到由村人的紛紛冷漠對待而使該榮譽頓時消散,展現了「自我紊亂」為混沌的狀況),充分顯示混沌和秩序相互依存的關係。而這種關係,也無異在預告著秩序的「不確定性」以及混沌的「非恆常性」,彼此都可能在一些變數的介入下而產生互轉或互換的「調節」機能。就是因為這個緣故,所以要限定事物所預設的秩序性,只要為它輸入一點變數(如對前兩點的強力否定之類),很可能就會出現難以逆料的混沌現象(這種現象,可以用相關論者所提及的「如美國麻薩諸塞州的一隻蝴蝶撲搧一下翅膀,可能引起遠在印度次大陸的一次氣象大變化」〔葛雷易克,1991:12~13〕這一蝴蝶效應)。這時我們就得有重回未限定事物前的「元事物」時代的心理準備,而不必定它可以真正的限定「成功」。而複雜理論,是在渾沌理論的基礎上或超越混沌理論而發展出來的新思潮,它所彰顯的特點是「走在秩序和混沌邊緣」。論者認為所有的複雜系統都有一種能力,能使秩序和混亂達到這種特別的平衡:

> 在這個我們稱為「混沌邊緣」的平衡點上,系統的組成分子從來不會真正鎖定在一個位置上,但也從來不會分解開來而融入混亂之中……在混亂邊緣,嶄新的想法及創新的遺傳形態永遠在攻擊現狀,儘管是最警衛森嚴的舊勢力都終將瓦解。在混沌邊緣,美國長達數世紀的奴隸制度和種族隔離,突然就在1960和1970年代向民權運動豎起白旗;1970年代紅透半邊天的蘇聯共產政權,一夕之間在政治騷動中崩潰。也在混沌邊緣,在無數世代中循序漸進的物種演化,也突然出現大規模的物換星移。(沃德羅普〔M. M. Waldrop〕,1995:7)

這一新思潮,打破了從牛頓〔I. Newton〕以來的科學觀念,

也吸引了包括諾貝爾物理大師、離經叛道的經濟學家和紮馬尾的電腦天才等在內的許多人才「盡瘁於斯」的窮爲鑽研；他們的革命性作爲，多少已經改變了經濟、生物、數學、認知科學和人類學等多種學門的面貌（相對的，混沌理論就顯得有點不足；它被認爲不夠深入，「混沌理論告訴你簡單的行爲規則能產生極爲複雜的變化；但儘管碎形的圖案美麗非凡，混沌理論事實上對生命體系或演化的基本原則談得不多，也沒有解釋從散亂的初始狀態如何自我組織成複雜的整體。更重要的是，混沌理論沒有回答它念念不忘的老問題：宇宙中爲何不斷形成結構和秩序」。〔沃德羅普，1995：389〕）。特別有啓發性的是，複雜理論應用在經濟學上，改變了舊經濟理論一貫主張的「負回饋」或「報酬遞減」觀念，而提出「正回饋」或「報酬遞增」的新說法。以往所見的負回饋或報酬遞減的經濟學教條，無異暗示著「第二塊糖的味道一定沒有第一塊好，兩倍的肥料不見得會得到兩倍收成；無論任何事情，只要你做得越多，就會越來越沒有效，越來越無利可圖，或越來越不好玩」；而最後的結果都是一樣的，「負回饋使小的混亂不至於失控而瓦解物理系統，報酬遞減也確保沒有一家公司或一個產品會大到霸佔整個市場。當人們厭倦了吃糖，他們就改吃蘋果或其他東西。當所有最好的水力發電的地點都已經充分利用，電力公司就開始建造火力發電廠」。（同上，39）但正回饋或報酬遞增就是這樣，它能把一些微不足道的偶發意外，擴大成不可扭轉的歷史命運：

年輕的女演員純粹因為天分而成為超級巨星嗎？很少如此，那往往只是因為演了一部熱門的片子，使她知名度暴漲，事業扶搖直上；而其他才藝相當的女演員卻仍在原地踏步。英國殖民者羣集於寒冷、多暴風、且多岩石的麻薩諸塞灣沿岸，是因為新英格蘭的農地最肥沃嗎？不！只不過是因為麻薩諸塞灣是清

教徒當初下船的地方，而清教徒選擇在這裡下船是因為五月花號迷路了，找不到維吉尼亞作為落腳處。結果就是如此。而他們一旦建立起殖民地，就不會再走回頭路了；沒有人打算把波士頓再搬到其他地方去。（沃德羅普，1995：42）

　　而這顯現在經濟領域的，就是「充滿了演化、動亂和意外的」市場不穩定狀態。（沃德羅普，1995：11~62）這樣重視「偶發性」變數的結果，就是混沌和秩序的交替轉換再也不是原先所訂的「規律」所能決定，它毋寧還得把「機遇」問題納入考慮，而給事物限定再配備一個「可能意外成功或失敗」的條件。而經過混沌和複雜這般的「攪和」後，我們就可以重新思考另取混沌和複雜的「變合體」來因應變局。理由是混沌理論的不足處固然是它只提到在開頭輸入小差異就會造成「蝴蝶效應」般的大變化，而無法進一步說明那一變化過程是怎麼可能的（而這在複雜理論中以「偶發」或「意外」的因素來解釋，特別有使人警醒的作用）；但反過來看，複雜理論所示的一切都充滿著偶發或意外的不穩定狀態是否「就是如此」？也未必！這依然無從得著有效的保證（也就是有些事件的發生表面上看似毫無章法，實際上卻都有一定的理則；我們不能因為找不出該理則，就斷然否定該理則的存在）。這樣一來，複雜理論和混沌理論就得「聯合」為用，才能比較有效的解釋事物存在的規律。而這種狀況，可以統稱為混沌和複雜的變合體。而這一變合體的運用，是把原不定變數的混沌理論納進複雜理論而專門選擇最有利的途徑來自我調適，然後冀望它「一舉成名」。這中間仍舊會有無法掌控的成分（也就是複雜理論所說的偶發或意外的因素介入而造成他人不定認同的混亂現象）；但因為有萬全的準備和效應的預期，所以它還是可以自成一個王國而隨時能夠新人耳目。
　　至於具體的作法，則有小世界理論可以讓我們參酌推衍。這

種理論，試圖標榜「在無秩序的複雜中找出有意義的簡單性」，並且以一個鏈結經驗來開啟新聲：

在1960年代，美國心理學家米爾格蘭曾經想要描繪一個鏈結人和社區的人際聯繫網。他在內布斯加州及堪薩斯州隨機選出一些人，寄信給他們。在信中麻煩他們把信轉寄給他在波士頓的一位股票經紀人朋友，但並沒有給他們他那位朋友的地址。為了轉寄這封信，他請他們只能把信寄給他們認識的某個朋友，而這個收件人是他們認為在人脈上可能比較「接近」那位股票交易員的人。大多數的信最後都到了他朋友的手中，而且遠遠出人意外的是，這些信並沒有經過上百次的轉寄，而是只轉寄了約莫六次。（布侃南〔M. Buchanan〕，2004：19）

所謂重新限定事物，大體上就是取這類精義改為「主動」的去勉作鏈結，並且不刻意冀求效應和容許小世界化。後者是因為所限定事物的推廣很難是一廂情願的，以至不刻意冀求迎合者也就成了所限定事物自我安頓的不二法門；而小世界化則是為了自我寬待而擇定的（也就是任何的「影響力」都有可能被高估，畢竟相關的鏈結通常都範圍狹小；因此所限定事物有施展不開來的情況，大家就得寬懷以對而給予高度的包容）。（周慶華，2011d：30~35）華語文文化教學的傳播推廣，也當如此自我定位。

縱是如此，華語文文化教學的持續實施，它的美意一旦被世人肯定了，難保不會被廣為傳揚（不論是靠口頭或書籍或其同樣經濟且不耗能的媒介），而終成化解能趨疲危機的一大助力。好比自然科學界興起的一個瀰（meme）概念，它原是道金斯（R. Dawkins）從希臘字根的英文mimeme截取來的，為的是「希望讀起來有點像"gene"這個單音節的字」；並且「這字也可以聯想到跟英文的記憶（memory）有關，或是聯想到法文的『同樣』或

『自己』（même）」，而方便賦予「文化傳遞單位」的意涵。
（道金斯，1995：293）因為它的科學基因的類比性，可以複製
傳播，所以也被人稱作活性的「思想傳染因子」。（林區〔A.
Lynch〕，1998：14）前者，道金斯認為可舉的例子太多了：

> 旋律、觀念、宣傳語、服裝的流行，製罐或建房子的方式都是
> （而正如同在基因庫中繁衍的基因，藉著精子或卵，由一個身
> 體跳到另一個身體以傳播濔庫中的濔）；繁衍方式是經由所謂
> 模仿的過程，將自己從一個頭腦傳到另一個頭腦。例如科學
> 家如果聽到或讀到某個好的想法，他就將這想法傳給同事或
> 學生，他會在文章裏或演講中提到它。如果這想法行得通，
> 它就是在傳播自己，從一個頭腦傳到另一個頭腦。（道金斯，
> 1995：293）

而後者，論者甚至把它比喻作流行病：「思想傳染因子就像
電腦網路上的病毒軟體，或城市中的流行性病毒，會透過高效率的
『程式設計』，規畫自身的傳染途徑，蓬勃發展。信念在很多方面
會影響傳播，甚至可以引發不同的觀念『流行病』，展開一場不在
計畫中，卻多采多姿的成長競賽」。（林區，1998：14）可見濔早
已不再中性化，它的「新生」力量正在穿透理論的氛圍而被扭轉成
一種可以開啟前衛論述的動能；同時它的這般重新賦義，也使得濔
本身開始濔化而廣被世人所沿用和探索不已。（周慶華，2011d：
9~10）華語文文化教學的傳播倘若也能產生類似的效果，那麼它
自然就會發揮莫大的影響力。這雖然沒得保證，但我們必須要有信
心，推廣華語文教學也才有意義。

第七章

結論

- 華語文文化教學的改造典範
- 華語文文化教學可以救渡世界

第一節　華語文文化教學的改造典範

當華語文教學都還沒有晉升到全面且深入的文化教學領域的討論時，我所構設的這套華語文文化教學的理論就具有典範更新的作用。而所謂的典範，一般是從孔恩（T. S. Kuhn）的著作來的。孔恩說：「我所謂的『典範』，指的是公認的科學成就，在某一段時間內，它們對於科學家社羣而言，是研究工作所要解決的問題和解答的範例。」（孔恩，1989：38）這在本論述才剛成形，自然還沒有機會成為華語文教學研究社羣解決問題的範例；但因為本論述已經研發了許多方案，大家照著去實施諒必可以開啓華語文教學的新局面，所以才以具備典範性自許，期待將來有機會印證。換句話說，在別無更好的論述來取代前，本論述是可以成為改造華語文教學的典範的。

由於一開始是著重在以文化教學收場的深化式的華語文教學的倡議，說著說著卻導到以文化教學來領航的統包式的華語文教學的建言（二者的差別，詳見第一章第二節），看來似乎有點立場不穩；其實不是！因為不論是統包式的還是深化式的，都同秉一個「就是要採文化教學」的理念，誰在前誰在後或但取一端並無關緊要。因此，經由這一路的論述，華語文文化教學的模式就真的可以確立下來了。而它所得的理論建構成果，則可以圖示如**圖7-1**。

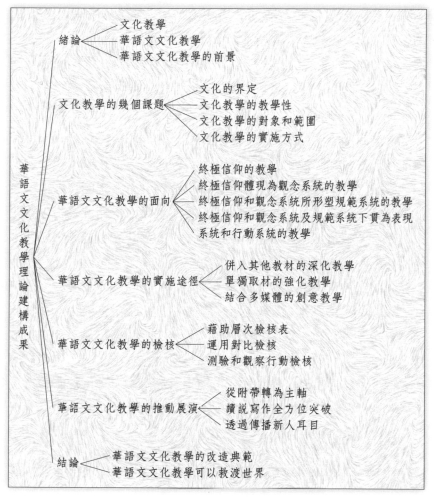

圖7-1 華語文文化教學理論建構成果圖

　　還有以深化式的華語文文化教學爲例，前面說過「深化式的
華語文文化教學，所對應的是其他語文文化教學，它除了自我深掘
以顯義，還得對比其他語文文化教學而凸出獨特色彩，才能完成最
基本的任務」；而它要「一方面穩著自己的主軸前進；一方面則不
斷對照其他語文文化教學來獨標新義，兩相呼應而試爲走出一條通

衢大道」（詳見第一章第二節），這也在各章節中透過隨機對比而
印證了。也就是說，本脈絡不但多方分辨其他語文教學已在或一旦
進入文化教學的論述可能的盲點，而且還自我示範突進標高的具體
作法，期望因此而可以更新世人的觀念且從實踐中去取得成效。

　　此外，本論述基於理論建構優先的前提，只提點華語文文化
教學的面向及規模華語文文化教學的實施途徑和提供華語文文化教
學的檢核方式等，並未全面或擇項到實際的教學情境去接受考驗，
這究竟要如何「使人信服」的問題，理應也要有所說明。因為一般
的語文教學要進到文化教學的層次已經不容易，更何況是對外華語
文教學？所以這裏也不可能經由一朝一夕的實踐就可以印證無誤。
不過，話說回來，華語文文化教學雖然會無比漫長，但只要有這個
腹案，前路就形同鋪設好了，走下去總有「柳暗花明又一村」的可
能。再說如果沒有本論述所提出的這套方案，那麼連新局面要如何
開啟都得不到可以援引的資源，更別說後來者只能沿例再胡亂的投
擲心力了。因此，本論述還來不及廣為取得實務印證，也不是什麼
大不了的缺憾。有心人倘若能從此試為實施檢測，那麼屆時也可以
代為驗證了。

第二節　華語文文化教學可以救渡世界

　　對外華語文教學應該肩負特殊的使命才有存在的必要，而這特
殊的使命經過我的權衡，則莫過於將華語文原所體現以縮結人情／
諧和自然為特性的氣化觀型文化當成教學的核心，以為對治以挑戰
自然／媲美上帝為特性的創造觀型文化所醞成舉世資源短缺、生態
失衡、環境汙染、溫室效應、臭氧層破壞和核武恐怖等禍端，冀能
挽救地球即將毀滅的危機。然而，很遺憾的，現今海峽兩岸仍在撿

拾西方資本主義的餘沫，並且尾隨人家拚命發展科技，使得對外華語文教學要在拯救世界上更形艱難。換句話說，目前的對外華語文教學都是乘著西方人的翅膀在伺機飛翔，不敢攖鬚逆鱗，所提供給人的大多是自我文化中的糟粕，根本無力用來反制而改變西方人所帶動的政治、經濟、社會和科技等全球化格局。這麼一來，華語文教學要重新出發，豈不加倍的困難？

我們知道，海峽兩岸在對外華語文教學上都盡了很大的心力，但是大家所要傳達的東西卻常跟自己的處境相背反，這要如何推廣華語文？以中國大陸來說，晚近於舉世經濟漸呈衰頹之際異軍突起，以接近10%的經濟成長率傲視全球。它原是一個社會主義國家，計畫經濟是它的生活形態；但現在禁不起資本主義的誘惑，向市場經濟靠了過去。換句話說，它長久以來存在的打倒西方強權的意識形態狂熱，已經蛻化變成極度擁抱西方強權所規模的資本主義而正在跟「發展經濟」的觀念共舞，於是出現了一個高度不協調的經濟歧出以及茫然無所適的未來圖景。

這幅圖景，表面上是提供給全球消費者的經濟價值方程式已經被中國競爭者以低成本創新的方式改寫，而被中國製造寵壞了的全球消費者也正在把性價比的重要性提到了前所未有的高度（曾鳴等，2008）；但實際上它卻是以極度飢餓而想快速滿足的姿態崛起，所謂「舊紙、廢塑膠、廢鐵……對中國這隻饕餮來說，今天什麼都成了好東西。國家的工業化引發了真正的需求爆炸：到處都要購買金屬、能源、農業和工業的基礎產品。為了建設道路、橋樑、港口、城市和工廠，中國需要大量的木材、混凝土、鋼、鋁、鎳、鋅和其他金屬。為了讓它的電站和工廠運轉起來，讓火車、飛機和汽車啟動，中國需要充足的汽油、鈾、煤炭和天然氣。為滿足新出生的消費者，中國對小麥、大豆、牛肉、棉花、黃金和白銀的胃口也變得更大」（伊茲拉萊維奇〔E. Izraelewicz〕，2006：171），

正說明了當中驚人的一幕！這「無所不求」的結果，導至廢五金的價值水漲船高（所以以臺灣為始，馬路上的人孔蓋——消失；而蒙古、吉爾吉斯、芝加哥、蒙特婁、格洛斯特和吉隆坡的人孔蓋全都缺貨）；而為了供應它需求的糧食和木材，巴西砍伐大量雨林地種植大豆「每分鐘有六塊足球場大的雨林消失」和印尼「每年有一塊面積相當於瑞士大小的森林遭到盜伐」。（肯吉〔J. Kynge〕，2007：27~28、216~217）此外，它的總消耗量，如鋁、銅、鐵、鉛、鎳、鋅和小麥等已經高居世界第一位，而石油、煤炭和糖等也高居世界第二、三位（慕勒〔H. Müller〕，2009：75~76），酷似一頭永不饜足的巨獸！這樣的崛起，不知道有什麼好光彩的。換句話說，它雖然改造了世界的經濟型態，但也因為自我根基浮動而從此活在一個益發虛無的情境裏。

像上述這一未來不知「伊於胡底」的難堪圖景，近年來更因仿冒風氣特甚而再向前推進危及生態的深淵。這是為了富有卻又無力全然創新領航所想出的對策，已經在中國大陸蔓延開來，並且被稱為山寨文化。當中山寨，英文翻成「Cheap Copy」，也就是廉價的複製品。這種新興的概念，是「用超低成本生產本土零配件，造出不可思議的仿真製品，以難以置信的低廉售價供應市場」，如「汽車、電影、行動電話、GPS、液晶電視、MP3、PSP、電動遊戲機、數位相機、滑鼠、鍵盤和iPad等等」。（張啓致，2010：2）由於它被視為是帶「創新性的模仿」以及逐漸要躍升為全球經濟中的強大新勢力（張廷智，2010），所以就不成文的自動升格為「山寨文化」，表示它的運作獨特且正在影響無數的人。雖然說山寨文化古來並非沒有（張啓致，2010：200~201；張廷智，2010：89~90），但要論及它的機動性和大言不慚的「自封王國」，卻都不及如今中國大陸那麼明甚。顯然山寨又來了，而且這次來的更為兇猛，讓人看得怵目驚心！

　　原來非西方社會在面對西方強權的經濟壓迫時，都只能以製造或代工業來逼自己轉型（以爲因應被邊緣化的命運）。好比「二十世紀六〇年代，人們在法國購買玩具時看到的是『日本製造』的標誌。後來的十年中，很快換成了『臺灣製造』或『香港製造』。到九〇年代，又變爲印尼或泰國製造。在二十一世紀最初幾年，如同聖誕樹周圍擺放的那些兒童禮物一樣，人們已經很難找到沒有貼『中國製造』的標誌玩具了」（伊茲拉萊維奇，2006：94~95），這是實情。當中可能摻雜的「仿冒」一起，也無可厚非（誰叫西方強權都一直那麼不可一世呢）！但這次中國大陸的仿冒卻有鋪天蓋地且逐漸被合理化的氣勢；它自我營造了「模仿是一種生存方式」或「模仿是爲了平衡創新」（張廷智，2010：271、286）的新話語，大剌剌的闖進世界經濟圈（不再有一點愧惡感）。這麼一來，山寨文化就被標榜成是「中國人已經再也不願意完全屈服於西方世界，想要走自己的路」（張啓致，2010：200），彷彿沒有了山寨文化，中國人就會淪爲別人的囚徒或附庸，再也翻不了身。

　　山寨文化是跟中國大陸整個經濟運作軋在一起的，一榮則全榮，一毀則全毀，所以它的成敗就端賴中國大陸市場的「基本」支持度。然而，中國大陸這一波的經濟崛起，卻是源自西方強權的拉拔（包括投資、強化貿易和轉移技術等等），它本身並沒有條件可以在當今世界挺立。這樣說並無意危言聳聽。因爲所看到的中國大陸跟其他非西方社會一樣永遠無法超越西方而取得主導權，當中的關鍵不是中國企業藏有如一位論者所指出的「管理學家柯林斯在《優秀到卓越》一書中，講了一個道理：爲什麼看起很笨的刺蝟能夠戰勝狐狸，只因爲刺蝟專心於一種能力的培養；而狐狸所以不能夠勝利卻緣於牠太聰明，總想透過『計謀』獲得勝利……聰明的中國企業家大多是狐狸型的，而沃爾頓那樣的企業家大多是刺蝟型……這就是爲什麼聰明的中國企業家會在沒有什麼核心技術的消

費業，輸給了『迂笨』的西方企業家的原因，因為我們喜歡各種『計謀』的勝利，而不是喜歡透過堅守做事『邏輯』而獲得的勝利」（姜汝祥，2004：311~312）這種問題，更根本的是全面創新欲望和能力的付諸闕如！大家知道，西方人的一神信仰所給他們自己定調的，始終都在創造以為符應上帝造人的美意。也因為如此，所以它們由集體共識支持，而不斷地開啟一波又一波的創新風潮，並且透過積極的觀念推廣而影響主宰全球的脈動。反觀中國人的終極信仰不同，不但創新無由（不知要榮耀誰或媲美誰），而連稍可用來支持創新的環境也杳渺難尋（大家並不需要創新來粧點門面或相互標榜）。因此，當西方人勇於創新且迭出「優異」表現的觀念和成果傳來後，此地所有「迎頭趕上」的話語都只不過是模仿式的（也就是說人家有什麼就據以為仿效或繁衍），從來不見什麼「全新」的東西（這種全新的東西，像西方早期發明的機器以及後來發明的電腦和遺傳工程等）。試問在這種情況下，中國大陸想要躍居全球產業價值鏈的尖端，豈不是癡心妄想？

可見跟西方強權經濟競爭優勢，勝負已定，不太可能再有轉圜餘地。那麼剩下來還有什麼？就是要強出頭所造成的高汙染以及虛假風氣盛行和有毒製品氾濫等新添的生態災難。據調查，全球汙染嚴重的二十個城市，當中有十六個在中國大陸；而中國大陸有30%的地區下酸雨，許多鄉村淪為有毒廢棄物的傾倒地。（肯吉，2007：214）這是中國大陸為了搞活經濟歡迎外來投資而變成「世界工廠」的結果。至於虛假風氣和有毒製品等，則是急於致富又缺乏本事而走仿冒捷徑和兼廣納外界廢棄物的後遺症。它已經有一張清單在傳布：

> 當今中國，號稱物質豐富，卻是遍地假貨毒物。以「民以食為天」的食物而論，奸商為牟取暴利，與貪官合謀，摻假作偽，

將大量假冒、乃至有毒食品推銷上市，輕則致傷致殘，重則奪人性命。假酒，假茶，假鹽，假醋，假醬油，假火腿……毒米，毒菜，毒油，毒粉絲，毒饅頭，毒奶粉……除此之外，還有假菸，假藥，假肥料，毒筷子……林林總總，包羅萬象，既有假偉哥、假血漿，也有假手錶、假汽車零件……從欺騙發展到危害，從危害發展到致命。（陳破空，2010：168）

在有毒製品泛濫方面，得力於一個似褒實貶的「世界垃圾場」稱號；它除了勤於吸收別人不願處理的垃圾（武田邦彥，2010），還有在無意中又把該垃圾所含毒素藉由製品再流向世界各地，引發二度公害！有人說中國大陸現今製造有能耗高、人工高、汙染高、佔地高和利潤低等「四高一低」的問題。（張亞勤等主編，2010：14）這看似「沒有什麼大不了」，其實它的深化生態災難已經到了預警線，再向前一步就會萬劫不復！換句話說，在能趨疲時代，世人沒有持續耗能的本錢；而中國大陸這樣的崛起法，豈不要深重能趨疲到達臨界點的危機？因此，連帶看到山寨文化的熾熱發展，立刻就會跟著憂慮生態浩劫的提早來臨。（周慶華，2011a：76~87）

所謂要藉華語文文化教學來拯救世界，背後所需要的支持力量就不可能是這種樣態，它得拿出自己原有的東西給人評比，讓人深深感受到氣化觀型文化確實有助於世界秩序的重建。而這經由本脈絡的詳為規畫，已經有了整體的輪廓可以遵循，大家何妨據此戮力以赴，把前面所點明的華語文文化教學的「以彰顯自我無以倫比卻為國人所遺忘的文化特色為起點，而以唾棄全球化救渡世界為終點」的標的（詳見第一章第三節）化為具體的行動，一起來從事永續經營的偉業。

參考文獻

Co+Life A/S策畫（2010），《100個即將消失的地方》（李芳齡譯），臺北：時報。

KKBOX（2011），〈綠島小夜曲〉，網址：http://tw.kkbox.com/song/zOYGUak0352GHBzCBBzCBOP4-index.htm1#1yrics，點閱日期：2012.5.20。

子璿集（1974），《楞嚴經》，《大正藏》卷39，臺北：新文豐。

巴比（2004），《研究方法：基礎理論與方法》（邱泯科等譯），臺北：雙葉。

巴伯（2001），《當科學遇到宗教》（章明儀譯），臺北：商周。

巴克（2007），《文化研究智典》（許夢芸譯），臺北：韋伯。

王充（1978），《論衡》，新編諸子集成本，臺北：世界。

王弼（1978），《老子道德經注》，新編諸子集成本，臺北：世界。

王世貞（1983），《藝苑卮言》，續歷代詩話本，臺北：藝文。

王兆強（1995），《兩大科學疑案：序和熵》，南海：廣東教育。

王仲聞（1983），《李清照集校注》，臺北：漢京。

王先謙（1978），《荀子集解》，新編諸子集成本，臺北：世界。

王岳川（1993），《後現代主義文化研究》，臺北：淑馨。

王海山主編（1998），《科學方法百科》，臺北：恩楷。

王建元（1992），《現象詮釋學與中西雄渾觀》，臺北：東大。

王晴佳等（2000），《後現代與歷史學：中西比較》，臺北：巨流。

王萬清（1997），《國語科教學理論與實際》，臺北：師大書苑。

王夢鷗（1976），《文藝美學》，臺北：遠行。

瓦克（2007），《拉丁文帝國》（陳綺文譯），臺北：貓頭鷹。

孔恩（1989），《科學革命的結構》（王道還編譯），臺北：遠流。

孔晁注（1988），《汲冢周書》，增訂漢魏叢書木，臺北：大化。

孔穎達（1982a），《毛詩正義》，十三經注疏本，臺北：藝文。

孔穎達（1982b），《左傳正義》，十三經注疏本，臺北：藝文。

孔穎達（1982c），《周易正義》，十三經注疏本，臺北：藝文。

孔穎達（1982d），《尚書正義》，十三經注疏本，臺北：藝文。

孔穎達等（1982），《禮記正義》，十三經注疏本，臺北：藝文。

天舒等（2007），《大師級的幽默》，臺北：創意年代。

毛禮銳等（1994），《中國教育史》，臺北：五南。

方鵬程（2007），《金色俄羅斯》，臺北：商務。

中華民國課程與教學學會主編（1999），《九年一貫課程之展望》，臺北：揚智。

北島等（1993），《告別諸神——從思想解放到文化反思1979~1989》，香港：牛津大學。

北京大學語言學教研室編（1962），《語言學名詞解釋》，上海：商務。

卡爾（2012），《網路讓我們變笨？：數位科技正在改變我們的大腦、思考與閱讀行為》（王年愷譯），臺北：貓頭鷹。

卡卡貝茲等（1990），《權力、政治與組織》（蔡麟筆譯），臺北：巨流。

尼德（1990），《女性裸體》（侯宜人譯），臺北：遠流。

尼布爾（1992），《基督教倫理學詮釋》（關勝渝等譯），臺北：桂冠。

尼茲彼（2007），《思維的疆域：東方人與西方人的思考方式》（劉世南譯），臺北：聯經。

石之瑜（1997），《後現代的國家認同》，臺北：世界。

白居易（1980），《白居易集》，臺北：里仁。

白雲觀長春真人編纂（1995），《黃帝內經素問》，《正統道藏》第35冊，臺北：新文豐。

史文鴻（1992），《西方當代美學——問題分析與理解導向》，香港：青文。

史美舍（1991），《社會學》（陳光中等譯），臺北：桂冠。

史馬特（1997），《後現代性》（李衣雲等譯），臺北：巨流。

史密斯（2007），《道德情感論》（謝宗林譯），臺北：五南。

史特勞斯等（1997），《質性研究概論》（徐宗國譯），臺北：巨流。

史蒂芬斯（2006），《大夢兩千天》（薛絢譯），臺北：立緒。

史賓格勒（1985），《西方的沒落》（陳曉林譯），臺北：桂冠。

布侃南（2004），《連結》（胡守仁譯），臺北：天下。

布瑞格等（1994），《渾沌魔鏡》（王彥文譯），臺北：牛頓。

布瑞格等（2000），《亂中求序──混沌理論的永恆智慧》（姜靜繪譯），臺北：先覺。

布雷瑟（2002），《另類世界史──打開歷史廣角》（黃中憲等譯），臺北：書林。

布魯克（2003），《文化理論詞彙》（王志弘等譯），臺北：巨流。

布魯姆（1990），《影響的焦慮──詩歌理論》（徐文博譯），臺北：久大。

布魯格編著（1989），《西洋哲學辭典》（項退結編譯），臺北：華香園。

布魯吉斯（2004），《小小地球》（楊曉霞譯），香港：三聯。

比梅爾等（1987），《美學的思索》（未著譯者姓名），臺北：谷風。

包爾生（1989），《倫理學體系》（何懷宏等譯），臺北：淑馨。

田毓英（1986），《西班牙騎士與中國俠》，臺北：商務。

考夫（2007），《文化創意產業──以契約達成藝術與商業的媒合》（仲曉玲等譯），臺北：典藏。

米勒（2010），《羣的智慧：向螞蟻、蜜蜂、飛鳥學習組織運作絕技》（林俊宏譯），臺北：天下。

朱熹（1972），《易本義》，臺北：世界。

朱光潛（1981），《詩論》，臺北：德華。

朱光潛編譯（1988），《西方美學家論美與美感》，臺北：天工。

朱建民（2003），《知識論》，臺北：空中大學。

朱榮智等（2009），《實用華語文教學概論》，臺北：新學林。

托佛勒（1991），《大未來》（吳迎春譯），臺北：時報。

安東尼等（2006），《無疆界青年問話──G7領袖的回應與夢想》（戚國仁譯），臺北：大塊。

安德生（2006），《綠色資本家：一個可永續企業的實踐典範》（鄭益明譯），臺北：新自然主義。

安德森（1999），《後現代性的起源》（王晶譯），臺北：聯經。

匡惠敏（2010），《新移民女性的語文教育──讀報讀書會的運用與實例》，臺北：秀威。

伊瑪納（1999），《臨終之醫療倫理》（柳麗珍譯），臺北：五南。

伊茲拉萊維奇（2006），《當中國改變世界》（姚海星等譯），臺北：

高寶國際。

吉見俊哉（2009），《媒介文化論──給媒介學習者的十五講》（蘇碩斌譯），臺北：群學。

列維─布留爾（2001），《原始思維》（丁由譯），臺北：商務。

沈約（1983），《宋書》，臺北：鼎文。

沈威等（1996），〈學科規訓制度導論〉（黃德興譯），於香港嶺南學院翻譯系編，《學科・知識・權力》（2），香港：牛津大學。

沈恩（2008），《好思辯的印度人》（陳信宏譯），臺北：先覺。

沈兼士（1986），《中國考試制度史》，臺北：商務。

沈清松（1986），《解除世界魔咒──科技對文化的衝擊與展望》，臺北：時報。

沈清松（1993），〈從現代到後現代〉，於《哲學雜誌》第4期（4~24），臺北。

沈清松編（1993），《中國人的價值觀──人文學觀點》，臺北：桂冠。

沈清松主編（2004），《心靈轉向》，臺北：立緒。

邢昺（1982），《論語注疏》，十三經注疏本，臺北：藝文。

李泉（2005），《對外漢語教學理論思考》，北京：教育科學。

李善等（1979），《增補六臣注文選》，臺北：華正。

李玉玫（2012），《創意戲劇化圖畫書教學》，臺北：秀威。

李咏吟等（2000），《教學原理》，臺北：遠流。

李宗桂（1992），《文化批判與文化重構──中國文化出路探討》，西安：陝西人民。

李延壽（1983），《南史》，臺北：鼎文。

李政祥編（2007），《校園歌唱吉他》，臺中：立誼。

李威斯（2005），《文化研究的基礎》（邱誌勇等譯），臺北：韋伯。

李連珠（2006），《全語言教育》，臺北：心理。

李達三等主編（1990），《中外比較文學研究》（第一冊下），臺北：學生。

李瑞華主編（1996），《英漢語言文化對比研究》，上海：外語教育。

李維歐（2004），《黃金比例》（丘宏義譯），臺北：遠流。

李維─史特勞斯（1998），《野性的思維》（李幼蒸譯），臺北：聯經。

李曉琪（2006），《對外漢語綜合課教學研究》，北京：商務。

李曉琪主編（2006），《對外漢語文化教學研究》，北京：商務。

辛格（2003），《我們只有一個世界》（李尚遠譯），臺北：商周。

汪琪（1984），《文化與傳播》，臺北：三民。

吳森（1978），《比較哲學與文化（一）》，臺北：東大。

吳森（1984），《比較哲學與文化（二）》，臺北：東大。

吳仁甫主編（2002），《對外漢語一對一個別教授研究》，北京：中國
　　社會科學。

門羅（1987），《走向科學的美學》（安宗昇譯），臺北：五洲。

呂大吉主編（1993），《宗教學通論》，臺北：博遠。

何大安等主編（2007），《華語文研究與教學：四分之一世紀的回顧與
　　前瞻》，臺北：世界華語文教育學會。

何秀煌（1998），《從通識教育的觀點看──文明教育和人性教育的反
　　思》，臺北：東大。

何淑貞等（2008），《華語文教學導論》，臺北：三民。

貝厄恩（2000），《課程統整》（單文經等譯），臺北：學富。

貝克曼（2008），《亞洲未來衝擊：未來30年亞洲新商機》（吳國卿
　　譯），臺北：財信。

貝斯特等（1994），《後現代理論：批判的質疑》（朱元鴻等譯），臺
　　北：巨流。

杜加斯等（1990），《當代社會心理學》（程實定譯），臺北：結構
　　群。

宋光宇編譯（1990），《人類學導論》，臺北：桂冠。

宋如瑜（2010），《華語文教學實務》，臺北：正中。

佛克馬等（1991），《走向後現代主義》（王寧等譯），北京：北京大
　　學。

佛隆金等（1999），《語言學新引》（黃宣範譯），臺北：文鶴。

佛瑞克納（1991），《倫理學》（李雄揮編譯），臺北：五南。

克拉克（2004），《裸藝術：探究完美形式》（吳玫等譯），臺北：先
　　覺。

克拉伯粹等（2007），《最新質性方法與研究》（黃惠雯等譯），臺
　　北：韋伯。

伯金斯（2001），《阿基米德的浴缸──突破性思考的藝術與邏輯》

（林志懋譯），臺北：究竟。

希爾斯（2004），《知識分子與當權者》（傅鏗等譯），臺北：桂冠。

伽梵達摩譯（1974），《大悲心陀羅尼經》，《大正藏》卷20，臺北：新文豐。

沃德羅普（1995），《複雜——走在秩序與混沌邊緣》（齊若蘭譯），臺北：天下。

佐藤正夫（1995），《教學論》（鍾啓泉譯），臺北：五南。

求那跋陀羅譯（1974），《雜阿含經》，《大正藏》卷2，臺北：新文豐。

奇等（2003），《燕瘦環肥——完美身材的歷史》（宗明譯），臺北：先覺。

肯吉（2007），《中國撼動世界：飢餓之國崛起》（陳怡傑等譯），臺北：高寶國際。

奈伊（2011），《權力大未來》（李靜宜譯），臺北：天下。

奈思比（1989），《大趨勢》（詹宏志譯），臺北：長河。

奈思比（2006），《奈思比11個未來定見》（潘東傑譯），臺北：天下。

居恩（1994），《文字與書寫——思想的符號》（曹錦清等譯），臺北：時報。

法盛譯（1974），《佛說菩薩投身飴餓虎起塔因緣經》，《大正藏》卷3，臺北：新文豐。

林區（1998），《思想傳染》（張定綺譯），臺北：時報。

林火旺（1999），《倫理學》，臺北：五南。

林怡沁（2012），《寫作戲劇化教學》，臺北：秀威。

林國樑等（1983），《語文科教學研究》，臺北：正中。

林達森（1999），〈論析統整性課程及其對九年一貫課程的啓示〉，於《教育研究資訊》第7卷第4期（102~107），臺北。

林寶山（2000），《教學原理》，臺北：五南。

孟瑤（1979），《中國戲曲史》，臺北：傳記文學。

孟爾熹等編（1989），《自然科學概論》，臺北：新學識。

周小兵等主編（2005），《中級漢語閱讀教程II》，北京：北京大學。

周敦頤（1978），《周子全書》，臺北：商務。

周慶華（1996），《文學圖繪》，臺北：東大。

周慶華（1997），《語言文化學》，臺北：生智。
周慶華（1998），《兒童文學新論》，臺北：生智。
周慶華（1999a），《思維與寫作》，臺北：五南。
周慶華（1999b），《新時代的宗教》，臺北：揚智。
周慶華（2000a），《中國符號學》，臺北：揚智。
周慶華（2000b），《文苑馳走》，臺北：文史哲。
周慶華（2001），《作文指導》，臺北：五南。
周慶華（2002），《故事學》，臺北：五南。
周慶華（2003），《閱讀社會學》，臺北：揚智。
周慶華（2004a），《文學理論》，臺北：五南。
周慶華（2004b），《後佛學》，臺北：里仁。
周慶華（2004c），《語文研究法》，臺北：洪葉。
周慶華（2004d），《創造性寫作教學》，臺北：萬卷樓。
周慶華（2005），《身體權力學》，臺北：弘智。
周慶華（2006a），《靈異學》，臺北：洪葉。
周慶華（2006b），《語用符號學》，臺北：唐山。
周慶華（2007a），《語文教學方法》，臺北：里仁。
周慶華（2007b），《走訪哲學後花園》，臺北：三民。
周慶華（2008a），《轉傳統為開新──另眼看待漢文化》，臺北：秀威。
周慶華（2008b），《從通識教育到語文教育》，臺北：秀威。
周慶華（2009），《文學詮釋學》，臺北：里仁。
周慶華（2010），《反全球化的新語境》，臺北：秀威。
周慶華（2011a），《生態災難與靈療》，臺北：五南。
周慶華（2011b），《華語文教學方法論》，臺北：新學林。
周慶華（2011c），《語文符號學》，上海：東方。
周慶華（2011d），《文學概論》，臺北：揚智。
周慶華（2012），《文化治療》，臺北：五南。
邱天助（1998），《布爾迪厄文化再製理論》，臺北：桂冠。
邱錦榮（1993），〈混沌理論與文學研究〉，於《中外文學》第21卷第12期（59），臺北。
邵玉銘編（1994），《理念與實踐──當前國內文化發展之檢討與展望研討會論文集》，臺北：聯經。

房玄齡等（1983），《晉書》，臺北：鼎文。

波伊曼（1997），《生死的抉擇——基本倫理學與墮胎》（楊植勝等譯），臺北：桂冠。

波恩－杜貞（2004），《曠世傑作的秘密》（余珊珊譯），臺北：時報。

帕帕司等（2003），《統整式語文教學的理論與實務：行動研究取向》（林佩蓉等譯），臺北：心理。

武長德（1984），《科學哲學——科學的根源》，臺北：五南。

武田邦彥（2010），《假環保》（蘇文淑譯），臺北：商周。

杭亭頓（1997），《文明的衝突與世界秩序的重建》（黃裕美譯），臺北：聯經。

金榮華主編（2005），《初中華文（第二冊）》，臺北：中華民國僑務委員會。

金耀基（1997），《從傳統到現代》，臺北：時報。

易劍東（2000），《武俠文化》，臺北：揚智。

阿德勒（1986），《六大觀念》（劉遐齡譯），臺北：國立編譯館。

阿粹希特等（2000），《行動研究方法導論——教師動手做研究》（夏林清等譯），臺北：遠流。

哈山（1993），《後現代的轉向》（劉象愚譯），臺北：時報。

哈爾門（2005），《文字的歷史》（方奕譯），臺中：晨星。

韋伯（1991），《支配的類型——韋伯選集（III）》，臺北：遠流。

柏肯（2002），《最高意志的修煉》（江孟蓉譯），臺北：生命潛能。

郎恩（1994），《權力——它的形式、基礎和作用》（高湘澤等譯），臺北：桂冠。

馬森（2002），《臺灣戲劇——從現代到後現代》，宜蘭：佛光人文社會學院。

馬昭華（2000），《一千字說華語》，臺北：中華民國僑務委員會。

姚察等（1983），《梁書》，臺北：鼎文。

姚一葦（1985），《藝術的奧秘》，臺北：開明。

范錡（1987），《哲學概論》，臺北：商務。

耶龍（2000），《教學原理》（劉錫麒等譯），臺北：學富。

施護譯（1974），《初分說經》，《大正藏》卷14，臺北：新文豐。

施良方等主編（2000），《教學理論：課堂教學的原理、策略與研

究》，上海：華東師範大學。

施密特（2006），《基督教對文明的影響》（汪曉丹等譯），臺北：雅歌。

姜汝祥（2004），《差距：從中國一流企業與世界第一的距離，思考臺灣企業的競爭力》，桃園：良品文化館。

苗東升（1990），《系統科學原理》，北京：中國人民大學。

胡楚生（1980），《訓詁學大綱》，臺北：蘭臺。

胡應麟（1973），《詩藪》，臺北：廣文。

封‧笙堡（2008），《窮得有品味》（闞旭玲譯），臺北：商周。

紀登斯（2001），《失控的世界》（陳其邁譯），臺北：時報。

紀登斯（2011），《氣候變遷政治學》（黃煜文等譯），臺北：商周。

柯爾朋等（2008），《失竊的未來——環境荷爾蒙的隱形浩劫》（吳東傑等譯），臺北：綠色陣線協會。

柯嬌燕（2012），《書寫大歷史：閱讀全球的第一堂課》（劉文明譯），新北：廣場。

香港聖經公會（1996），《聖經》，新標點和合本，香港：香港聖經公會。

孫奭（1982），《孟子注疏》，十三經注疏本，臺北：藝文。

孫詒讓（1978），《墨子閒詁》，新編諸子集成本，臺北：世界。

孫隆基（1985），《中國文化的「深層結構」》，香港：集賢社。

高誘（1978a），《呂氏春秋注》，新編諸子集成本：臺北，世界。

高誘（1978b），《淮南子注》，新編諸子集成本，臺北：世界。

高居翰（2002），《中國繪畫史》（李渝譯），臺北：雄獅。

高宣揚（1999），《後現代論》，臺北：五南。

柴熙（1983），《認識論》，臺北：商務。

徐子亮等（2008），《實用對外漢語教學法》，臺北：新學林。

徐炎章等（1998），《數學美學思想史》，臺北：曉園。

徐復觀（1980），《中國文學論集》，臺北：學生。

唐圭璋編（1973），《全宋詞》，臺北：文光。

泰特薩（1999），《終極演化——人類的起源與結局》（孟祥森譯），臺北：先覺。

殷海光（1979），《中國文化的展望》，臺北：活泉。

浦薛鳳（1984），《現代西洋政治思潮》，臺北：國立編譯館。

埃斯卡皮（1990），《文學社會學》（葉淑燕譯），臺北：遠流。

勒伯（1997），《身體的意象》（湯皇珍譯），臺北：遠流。

張法（2004），《美學導論》，臺北：五南。

張湛（1978），《列子注》，新編諸子集成本，臺北：世界。

張灝（1989），《幽暗意識與民主傳統》，臺北：聯經。

張世忠（2001），《教學原理──統整與應用》，臺北：五南。

張世祿（1978），《中國音韻學史（上）》，臺北：商務。

張永聲主編（1991），《思維方法大全》，海門：江蘇科學技術。

張廷智（2010），《山寨經濟力：在模仿中創造新世界》，臺北：寂天。

張和生主編（2006），《對外漢語課堂教學技巧研究》，北京：商務。

張亞勤等主編（2010），《百萬商學院：九種由中國撼動世界的創新思考》，臺北：高寶國際。

張金蘭（2009），《實用華語文教材教法》，臺北：文光。

張金鑑（1989），《中國政治思想史》，臺北：三民。

張建邦編著（1998），《回顧與前瞻──走過未來學運動三十年》，臺北：淡江大學。

張啓致（2010），《臺灣新勢力──山寨來了》，臺北：捷徑。

張夢機（1997），《古典詩的形式結構》，臺北：駱駝。

張銘娟（2011），《創意論說文寫作教學》，臺北：秀威。

張澄基（1973），《佛學今詮》，臺北：慧炬。

張曉華（1999），《創作性戲劇原理與實作》，臺北：財團法人成長文教基金會。

康納（1999），《後現代文化導論》（唐維敏譯），臺北：五南。

莫渝（2007），《波光瀲灩──20世紀法國文學》，臺北：秀威。

許慎（1978），《說文解字》，段玉裁注本，臺北：南嶽。

曼德（2001），《網路大衰退》（曾郁惠譯），臺北：聯經。

陳黎等譯著（2005），《致羞怯的情人：400年英語情詩名作選》，臺北：九歌。

陳弘昌（1999），《國小語文科教學研究》，臺北：五南。

陳東原（1980），《中國教育史》，臺北：商務。

陳佩真（2008），《電視字幕對語言理解的影響──以「形系」和「音系」文字的差異為切入點》，臺北：秀威。

陳明賀（2008），《思考，沒有框框：成功的思考法》，臺北：曼尼。

陳美伶（2012），《電影在語文教學上的運用》，臺北：秀威。

陳秉璋等（1988），《邁向現代化》，臺北：桂冠。

陳秉璋（1990），《道德規範與倫理價值》，臺北：國家政策研究資料
　　中心。

陳祖耀（1987），《理則學》，臺北：三民。

陳破空（2010），《中南海厚黑學——中共不能說的祕密》，臺北：允
　　晨。

陳彭年等（1974），《校正宋本廣韻》，臺北：藝文。

陳新雄等編（1989），《語言學辭典》，臺北：三民。

陳龍安（2004），《創造思考教學的理論與實際》，臺北：心理。

陳鐘凡（1984），《中國韻文通論》，臺北：中華。

梁鏞（1999），《跨文化的外語教學與研究》，上海：上海外語教育。

梁啓超（1971），《中國之武士道》，臺北：中華。

曹正文（1994），《中國俠文化史》，上海：上海文藝。

莊伯和（1982），《民間美術巡禮——藝術見聞錄之二》，臺北：雄
　　獅。

陶希聖（1982），《辯士與遊俠》，臺北：商務。

麥奇本（2011），《地球‧地殊：如何在質變的地球上生存？》（曾育
　　慧譯），臺北：高寶國際。

馮其庸等（2000），《紅樓夢校注》，臺北：里仁。

馮集梧（1983），《樊川詩集注》，臺北：漢京。

畢修普等（2000），《基因聖戰》（楊玉齡譯），臺北：天下。

荷曼斯（1987），《社會科學的本質》（楊念祖譯），臺北：桂冠。

郭紹虞（1981），《中國歷代文論選》（中冊），臺北：木鐸。

郭蒂尼（1984），《信仰的生命》（林啓藩等譯），臺北：聯經。

開普樓（1986），《權力遊戲——人類三角關係》（章英華等譯），臺
　　北：桂冠。

陸蓉之（1990），《後現代的藝術現象》，臺北：藝術家。

崔慶忠（2003），《圖說中國繪畫史》，臺北‧揚智。

國立編譯館（1983），《語文科教學研究》，臺北：正中。

國立臺灣師範大學學術研究委員會主編（1994），《教學法研究》，臺
　　北：五南。

國際閱讀素養評比資料庫（2010），〈國際閱讀素養評比〉，網址：http://140.115.78.41/PIRIS-home.htm，點閱日期：2012.5.15。

淡江大學通識與核心課程組編（1996），《大學院校通識與核心課程教學研討會論文彙編》，臺北：淡江大學通識與核心課程組。

寒哲（2001），《西方思想抒寫》（胡亞非譯），臺北：立緒。

費根（1999），《聖嬰與文明興衰》（董更生譯），臺北：聯經。

費爾恩（2003），《當哲學家遇上烏龜──25種生活中不可缺少的思考工具》（黃惟郁譯），臺北：究竟。

舒曼（2001），《知識的戰爭》（吳書榆譯），臺北：聯經。

喬堅（2001），《身體意象》（黎士鳴譯），臺北：弘智。

喬登（2001），《網際權力：網際空間與網際網路的文化與政治》（江靜之譯），臺北：韋伯。

揚雄（1988），《法言》，增訂漢魏叢書本，臺北：大化。

曾鳴等（2008），《龍行天下──中國製造未來十年新格局》，臺北：大都會。

曾仰如（1985），《倫理哲學》，臺北：商務。

曾仰如（1987），《形上學》，臺北：商務。

曾仰如（1993），《宗教哲學》，臺北：商務。

湯一介主編（1994），《中國宗教：過去與現在》，臺北：淑馨。

湯林森（2007），《文化與全球化的反思》（鄭棨元等譯），臺北：韋伯。

湯恩比（1984），《歷史研究》（陳曉林譯），臺北：桂冠。

傅大為（1991），《知識與權力的空間──對文化、學術、教育的基進反省》，臺北：桂冠。

傅大為（1994），《基進筆記》，臺北：桂冠。

傅佩榮（1989），《我看哲學──心靈世界的開拓》，臺北：業強。

傅偉勳（1990），《從創造的詮釋到大乘佛學──「哲學與宗教」四集》，臺北：東大。

黃文山（1986），《文化學體系》，臺北：中華。

黃乃熒主編（2007），《後現代思潮與教育發展》，臺北：心理。

黃天麟（1992），《東方與西方》，臺北：桂冠。

黃永武（1987），《中國詩學──設計篇》，臺北：巨流。

黃光雄主編（2000），《教學理論》，高雄：復文。

黃沛榮（2006），《漢字教學的理論與實踐》，臺北：樂學。

黃建中（1990），《比較倫理學》，臺北：正中。

黃俊傑（1999），《大學通識教育的理念與實踐》，臺北：中華民國通
　　識教育學會。

黃政傑主編（1999），《多元化的教學方法》，臺北：師大書苑。

黃進興（2006），《後現代主義與史學研究》，臺北：三民。

黃瑞祺主編（2003），《現代性／後現代性／全球化》，臺北：左岸。

黃獻加（2012），《非人採訪術》，臺北：秀威。

黃譯瑩（1999），〈九年一貫課程中課程統整相關問題探究〉，於《教
　　育研究資訊》第7卷第5期（67~75），臺北。

勞思光（1984），《新編中國哲學史》，臺北：三民。

斯珀波等（2008），《關聯：交際與認知》（蔣嚴譯），北京：中國社
　　會科學。

彭炳進（1995），《人際關係之發展趨勢》，臺北：水牛。

華特斯（2000），《全球化》（徐偉傑譯），臺北：弘智。

萊斯理（2001），《世界末日——人類滅絕的科學與道德觀》（賈士蘅
　　譯），臺北：揚智。

辜鴻銘（1999），《中國人的精神》（黃興濤等譯），臺北：稻田。

堺屋太一（1996），《世紀末啟示》（王彥花等譯），臺北：宏觀。

楊新等（1999），《中國繪畫三千年》，臺北：聯經。

楊九俊（1994），《語文教學藝術論》，南京：江蘇教育。

楊幼炯（1980），《中國政治思想史》，臺北：商務。

詹鍈（1984），《文心雕龍的風格學》，臺北：木鐸。

詹明信（1990），《後現代主義與文化理論》（唐小兵譯），臺北：合
　　志。

詹德勒（2008），《關於美之必要》（楊雅婷譯），臺北：天下。

雷夫金（1988），《能趨疲：新世界觀——二十一世紀人類文明的新曙
　　光》（蔡伸章譯），臺北：志文。

賈公彥（1982），《儀禮注疏》，十三經注疏本，臺北：藝文。

賈公彥等（1982），《周禮注疏》，十三經注疏本，臺北：藝文。

溫公頤（1983），《哲學概論》，臺北：商務。

葉玉滿（2009），《新移民女性子女國語文補救教學》，臺北：秀威。

葉德明（2006），《華語文教學規範與理論基礎——華語文為第二語言

　　教學理論芻議》，臺北：師大書苑。

董同龢（1981），《漢語音韻學》，臺北：文史哲。

董同龢（1987），《語言學大綱》，臺北：東華。

董躍忠（1995），《武俠文化》，北京：中國經濟。

奧伯汀（2005），《2010大趨勢》（徐愛婷譯），臺北：智庫。

路克斯（2006），《權力——基進觀點》（林葦芸譯），臺北：商周。

道金斯（1995），《自私的基因》（趙淑妙譯），臺北：天下。

鄔昆如（1994），《倫理學》，臺北：五南。

福斯特主編（1998），《反美學：後現代文化論集》（呂健忠譯），臺北：立緒。

葛雷易克（1991），《混沌——不測風雲的背後》（林和譯），臺北：天下。

鳩摩羅什譯（1974a），《中論》，《大正藏》卷30，臺北：新文豐。

鳩摩羅什譯（1974b），《大智度論》，《大正藏》卷25，臺北：新文豐。

維柯（1997），《新科學》（朱光潛譯），北京：商務。

趙元任（1987），《語言問題》，臺北：商務。

趙天儀（1978），《美學與語言》，臺北：三民。

趙雅博（1975），《中西文化的新出路》，臺北：商務。

趙雅博（1979），《知識論》，臺北：幼獅。

廖五梅（2010），《唐傳奇戲劇化在閱讀教學上的應用》，臺北：秀威。

廖順約（2006），《表演藝術教材教法》，臺北：心理。

赫爾德等（2005），《全球化與反全球化》（林祐聖等譯），臺北：弘智。

漢語大字典編輯委員會編（1998），《漢語大字典》，臺北：建宏。

臺灣學生學習成就評量資料庫（2009），〈臺灣學生學習成就評量資料庫〉，網址：http://tasa.naer.edu.tw/15news-1.asp，點閱日期：2012.5.15。

劉向（1988），《說苑》，增訂漢魏叢書本，臺北：大化。

劉劭（1988），《人物志》，增訂漢魏叢書本，臺北：大化。

劉珣（2000），《對外漢語教學引論》，北京：北京語言文化大學。

劉勰（1988），《文心雕龍》，增訂漢魏叢書本，臺北：大化。

劉鶚（1981），《老殘遊記》，臺北：河洛。

劉介民（1990），《比較文學方法論》，臺北：時報。

劉元亮等（1990），《科學認識論與方法論》，臺北：曉園。

劉文潭（1987），《現代美學》，臺北：商務。

劉孝標（1978），《世說新語注》，新編諸子集成本，臺北：世界。

劉君燦（1983），《科技史與文化》，臺北：華世。

劉昌元（1987），《西方美學導論》，臺北：聯經。

劉華傑（1996），《混沌之旅》，濟南：山東教育。

劉麟生（1980），《中國駢文史》，臺北：商務。

樊浩（1994），《中國倫理精神的歷史建構》，臺北：文史哲。

摩根等（1999），《戲劇教學：啓動多彩的心》（鄭黛瓊譯），臺北：心理。

慕勒（2009），《全球七大短缺》（張淑惠等譯），臺北：商周。

潘世墨等（1995），《現代社會中的科學》，臺北：淑馨。

潘知常（1997），《反美學》，上海：學林。

潘重規等（1981），《中國聲韻學》，臺北：東大。

蔡守湘（2002），《唐人小說選注》，臺北：里仁。

蔡源煌（1988），《從浪漫主義到後現代主義》，臺北：雅典。

鄭泰丞（2000），《科技、理性與自由——現代及後現代狀況》，臺北：桂冠。

鄭祥福（1996），《後現代政治意識》，臺北：揚智。

歐用生（1999），〈從「課程統整」的概念評九年一貫課程〉，於《教育研究資訊》第7卷第1期（25~26），臺北。

歐陽修等（1983），《新唐書》，臺北：鼎文。

歐蘇利文等（1997），《傳播及文化研究主要概念》（楊祖珺譯），臺北：遠流。

賴苑玲（2009），〈臺中市國小高年級學童對校園閱讀線上認證系統滿意度之分析研究〉，於《臺中教育大學社會科教育研究》第13期（103~124），臺中。

龍冠海等（1987），《西洋社會思想史》，臺北：三民。

曇無讖譯（1974），《大般涅槃經》，《大正藏》卷12，臺北：新文豐。

霍布斯邦（2004），《盜匪：從羅賓漢到水滸英雄》（鄭明萱譯），臺北：麥田。

盧納察爾斯基（1998），《藝術及其最新形式》（郭家申譯），天津：百花文藝。

戴德（1988），《大戴禮記》，增訂漢魏叢書本，臺北：大化。

戴維揚等編著（2009），《漢學研究與華語文教學》，臺北：萬卷樓。

戴波米耶（2012），《垂直農場：城市發展新趨勢》（林慧珍譯），臺北：馬可孛羅。

蕭燁（1996），《知識的雙刃劍——後現代主義與當代理論》，北京：中國社會。

韓嬰（1988），《韓詩外傳》，增訂漢魏叢書本，臺北：大化。

鍾嶸（1988），《詩品》，增訂漢魏叢書本，臺北：大化。

謝扶雅（1973），《倫理學新論》，臺北：商務。

謝國平（1986），《語言學概論》，臺北：三民。

簡克斯（1998），《文化》（俞智敏等譯），臺北：巨流。

瓊斯（2010），《綠領經濟：下一波景氣大復甦的新動力》（鄭詠澤等譯），臺北：野人。

薩克斯（2010），《終結貧窮：可以在2025年之前達成》（鐵人雍譯），臺北：臉譜等。

魏宏森（1983），《系統科學方法論導論》，北京：人民。

魏明德（2006），《新軸心時代》（楊麗貞等譯），臺北：利氏。

顏澤賢（1993），《現代系統理論》，臺北：遠流。

瞿曇僧伽提婆譯（1974），《增壹阿含經》，《大正藏》卷2，臺北：新文豐。

羅青（1989），《什麼是後現代主義》，臺北：五四書店。

羅青（1992），《詩人之燈》，臺北：東大。

羅素（1995），《權力、性和愛的進化》（林憲正譯），臺北：正中。

懷特（2003），《後現代歷史敘事學》（陳永國等譯），北京：中國社會科學。

譚全基（1981），《古代漢語基礎》，臺北：華正。

譚國根（2000），《主體建構政治與現代中國文學》，香港：牛津大學。

蘇軾（1985），《蘇軾詩集》，臺北：學海。

蘭特利奇等編（1994），《文學批評術語》（張京媛等譯），香港：牛津大學。

龔鵬程（2001），《文化符號學》，臺北：學生。

Culture Map 31

華語文文化教學

作　　者／周慶華
出 版 者／揚智文化事業股份有限公司
發 行 人／葉忠賢
總 編 輯／閻富萍
特約執編／鄭美珠
地　　址／新北市深坑區北深路三段 260 號 8 樓
電　　話／(02)8662-6826
傳　　真／(02)2664-7633
網　　址／http://www.ycrc.com.tw
　E-mail ／service@ycrc.com.tw
印　　刷／鼎易印刷事業股份有限公司
ISBN ／978 986 298 063 7
初版一刷／2012 年 10 月
定　　價／新台幣 350 元

國家圖書館出版品預行編目（CIP）資料

華語文文化教學／周慶華著. -- 初版. -- 新北
市：揚智文化, 2012.10
面；　公分. --（Culture map；31）

ISBN 978-986-298-063-7（平裝）

1.漢語教學　2.中國文化　3.文集

802.03　　　　　　　　　　　　101019282